AF415325

9 789198 830583

أحقاد رجل مرهوب الجانب

منصور المنصور

MANSOUR AL MANSOUR

أحقاد رجل مرهوب الجانب

Hämnaren

رواية

SAMEH Publishing
دار سامح للنشر

1958

«لازم أروح»، همس أحمد الفقير لنفسه، وهو جالس على حافة عتبة الباب المنخفضة قليلاً عن مستوى أرض الغرفة؛ في ذلك الحيز المنخفض حيث اعتاد الفلاحون أن يخلعوا أحذيتهم. أمّا الغرفة فكانت- كأغلب بيوت الفلاحين- غرفة طينية مسقوفة بحصيرة من القصب مشدودة من طرفيها، ويتوسط الحصيرة عمود خشبي ممتدّ أفقياً، استقرّ طرفاه على أعلى الجدارين المتقابلين ليكون جسراً حاملاً لحصيرة السقف. فيما شُيّدت جدران الغرفة من الحجر الغشيم الذي برز بعضه إلى الأمام، وتراجع بعضه الآخر إلى الخلف، وقد كُسيت بطبقة من الطين أخفت الشقوق والفراغات بين الحجارة، ثم طُليت بالكلس الأبيض المطفأ.

احتلت جزمة أحمد حيزاً كبيراً من مساحة العتبة، وذلك بسبب ما علق بها من كتل الطين. فيما أسند أحمد ظهره إلى الخابية القائمة إلى

يمين الباب، وراحت إصبعه الغليظة والخشنة تعبث بثقبٍ في البساط المرقّع والملوّن الذي غطى أرض الغرفة. بدا شارد الذهن وبائس المظهر بسرواله الأسود وسترته العسكرية الصفراء الباهتة ذات الأزرار النحاسية الكروية الكبيرة.

صرخت صبحة صرخة بدّدت سكون الغرفة، ثم تلوَّت على الأرض وتضرّعت إلى ربّها ليساعدها ويخفّف عنها الألم. وبعد ذلك، اعتدلت جالسة على الأرض، وباعدت ما بين ساقيها، وأرجعت ظهرها إلى الخلف قليلاً معتمدة على يديها. فالتفت أحمد إليها وقد توقف عن العبث بثقب البساط، واهتزّت جفونه عدة اهتزازات متناغمة مع صرخات صبحة. ثم حكّ شعر رأسه وكرّر الجملة نفسها: «لازم أروح أجيب الداية».

انشغلت حماته أمّ حازم بمعالجة مدفأة الحطب المتهالكة التي انطفأت للتو بسبب قوة الرياح في الخارج، فاندفع دخان المدفأة خارجاً من أحشائها وانتشر في الغرفة. ناولت أم حازم أحمد وعاءً من القش المجدول يشبه القفة، وطلبت منه جلب كمية من الجلّة لتوقد بها المدفأة. فما كان من أحمد إلّا أن نهض ودسّ قدميه في الجزمة، وخرج حاملاً الوعاء.

في تلك الأثناء، كانت السماء متّصلة بالأرض بحبال من المطر، وطافت أرض الحاكورة الممتدة أمام الدار بمياه الأمطار. خاض أحمد في الماء ليصل إلى مستودع أقراص الجلّة، وهو غرفة طينية صغيرة قائمة بالقرب من مدخل الحاكورة. فقد صنعت زوجته صبحة أقراص الجلّة تلك في الربيع والصيف المنصرمين، بعد أن لاحقت قطيع الأبقار- مع

أقرانها من الفتيات والنساء- لتلقط الروث النازل للتو من الأبقار وتضعه في وعاء من القش وتعود به إلى البيت. وبعدها، جمعت صبحة الروث في زاوية الحاكورة، ثم مزجته بالتبن الخشن، وصنعت منه أقراصاً؛ حجم الواحد منها بحجم نصف كرة القدم. وبعد ذلك، نشرت تلك الأقراص على حجارة البيادر، وتركتها لتجفّ تحت أشعة الشمس طوال الصيف. وأخيراً، خزّنت أقراص الجلّة في غرفة المستودع تلك لاستخدامها كوقود للمدفأة في الشتاء.

دفع أحمد باب الغرفة المتهالك فسُمع له صرير، ثمّ دخل وملأ الوعاء بأقراص الجلّة وعاد مسرعاً إلى الغرفة. تناولت أمّ حازم الوعاء منه، وبدأت تلقم المدفأة بأقراص الجلّة، ثمّ حرّكت الجمر المتبقي في المدفأة حتى اشتعلت النار مجدداً، وأغلقت باب المدفأة.

جلس أحمد في مكانه من جديد، معاوداً التفكير في ضرورة الذهاب لإحضار الداية. في تلك اللّحظة، داهمت صبحة انقباضات الطلق وتكرّرت، فصرخت وهي تتلوى على الأرض، وتضرعت إلى الله كي يفرّج عنها بأقصى سرعة. توتّر أحمد، وعاد للعبث بالثقب فوسّع من محيطه، ثم كرّر العبارة نفسها: «لازم أروح أجيب الداية أمّ جبر...»

نظرت أمّ حازم إلى أحمد وقد أغاظها سكونه، ثمّ انفجرت في وجهه موبّخة إيّاه، وطلبت منه الذهاب فوراً لإحضار الداية. وما هي إلّا لحظات حتّى هبّ أحمد واقفاً، وتحرّك بسرعة؛ على الرغم من تباطئه المعتاد بسبب مرض الروماتيزم الذي يعاني منه منذ سنين. ارتدى فروة بالية غطّت جسده النحيل، ودسّ قدميه في جزمته، ثم خرج مسرعاً من

دون الالتفات يمنة أو يسرة كعادته. لم يكن أحمد يحبّ حماته أمّ حازم؛ لأنها تكثر من لومه، وتوبخه بسبب كسله وجلوسه في البيت لأيام من دون عمل. ولكنه لم يكن يكرهها أيضاً؛ فهو إنسان تخلو نفسه من الكراهية.

وفي طريقه إلى دار الداية أمّ جبر، هدأت الريح، ولكنّ المطر ازداد انهماراً، فخلت أزقة قرية سعدة الترابية من الناس، وأصبحت موحلة وزلقة وأكثر خطورة. ولكي يتجنب المرء خطر الانزلاق والوقوع في الوحل عليه أن يعرف أين يضع قدمه وكيف.

قرية سعدة واحدة من قرى كثيرة، تقع في السهل الواسع الخصب. أزقتها ضيقة للغاية، أمّا بيوتها فبنيت من الحجر الغشيم والطين، متقاربة من بعضها بعضاً، بل متكئة على بعضها بعضاً كما لو أنها مذعورة من وحوش مفترسة. ولكن بعد أن يتجاوز المرء مركز القرية، تتباعد البيوت عن بعضها، وتتّسع الأزقة وتصبح عريضة. وفي أطراف القرية، تتناثر البيوت ذات الأسقف الإسمنتية هنا وهناك.

تعتبر قرية سعدة مركزاً قضائياً. ففيها مركز للشرطة، ودائرة للسجل المدني. كما أنّها مركز اقتصادي؛ حيث يقصدها سكان القرى المجاورة للتسوق. وتحيط بالقرية سهول تمتد على مدّ النّظر في ثلاثة اتجاهات، بينما تنهض التّلال من جهة الشمال. السهول البعيدة تُزرع حبوباً، من قمح وشعير وعدس وحمص. أمّا السهول القريبة فيطلق عليها اسم «الكروم»؛ لأنها تحتوي على أشجار الكرمة، وهي أشجار العنب الحلو ذي الحبة الصفراء والصغيرة. كما يوجد فيها الكثير من أشجار التين

والرمان. أما السهول الملاصقة للقرية فتزرع بالخضار. ويخترق السهول من جهة الغرب جدول صغير موسمي الجريان، قليل العمق، يخترق القرية ليكوّن بركة ماء مساحتها تساوي مساحة ملعب كرة قدم. وبعد أن تمتلئ البركة بالماء، يتابع الجدول جريانه باتجاه الشرق. ولبركة الماء أهمية قصوى بالنسبة إلى الفلاحين؛ فهي مصدر مياه الخدمة اليوميّة في البيوت، ومورد للماشية، ومسبح للأطفال والمراهقين وحتى الشباب في فصل الصيف.

جاء أحمد الفقير إلى قرية سعدة قبل خمس عشرة سنة، ولا أحد يعرف من أين أتى. ليس الأمر سرًّا، ولكنْ لا أحد يهتم بفقير معدم لن يشكل أية إضافة إلى فقراء القرية. لم يُعرَف نسبه، فأُطلق عليه نسب الفقير نظراً لواقع حاله، وأصبح يُنادى بأحمد الفقير. وبعد ذلك، بدأ الفلاحون الأغنياء والميسورون والذين يملكون أراضي كثيرة يستخدمونه في أعمال سخرة مقابل قوت يومه ومنامته، ثم اتسعت دائرة معارفه، وراح يلبّي طلب كل من يطلب منه العمل عنده مقابل قوت يومه وبعض المواد العينية؛ كحذاء شبه بالٍ، أو سروال استُخدِم كثيراً، أو كنزة أوشكت على الاهتراء. وكان عمله يشمل بناء أسيجة البيادر أو إعادة بناء تلك التي تهدمت، وتصليح النوافذ والأبواب القديمة، وتصليح أدوات الفلاحة والحصاد. ثم تطوّر عمله وصار يشمل بناء غرف من الحجر الغشيم.

أصبح واحداً من فقراء القرية بدون تفرقة أو تمييز؛ فالفقر يوحّد البشر في المعاناة ومحاولة التغلب على قسوة الحياة. وذات يوم، تعرف على صبحة وتزوج منها- فهي فقيرة مثله- وعاش في كنف حماته أُمّ حازم،

المرأة القوية التي تكافح لتبقى وابنتها على قيد الحياة. فقسوة الحياة تصنع من المرأة رجلاً لكي تستطيع الاستمرار.

قبل سنوات، بدأ أحمد بمساعدة العم عقلة في عمله، وهو المختص في حذاء الخيول والأحصنة والبغال؛ وخاصة أيام المواسم، حيث تكثر حالات تبديل النعال. فكان أحمد الفقير خير مساعد للعم عقلة الذي بدوره لم يبخل عليه؛ إذ اعتنى به، وأعطاه بدل أتعابه، والأهم من كل ذلك، حماه من أي شخص قد يحاول الاعتداء عليه. كان أحمد الفقير مريضاً يعاني من أمراض كثيرة، أشهرها الروماتيزم الذي كان يقعده في الفراش لفترات طويلة؛ ممّا جعله عرضة لسخرية أمّ حازم التي ما برحت تسمعه كلاماً قاسياً. جرّب كل العلاجات العربية التي تعتمد على الأعشاب، ولكنه لم يستفد ولم يشفَ. كما جرّب الكيّ في كل المواضع التي يتألم منها، فانتشرت تشوهات جلدية على جميع مفاصل جسده بسبب الحروق، ولكنّه لم يشفَ أيضاً، بل عانى من التهابات موضعية بسبب تلك الحروق. ومع مرور الوقت، تكيّف مع مرضه وآلامه. فليس المرض وحده مصدراً للألم، إذ إنّ اليتم والفقر وكلّ صنوف القهر الاجتماعية الموجودة في هذه الحياة مصدر لألم لا ينتهي، بل إن الحياة نفسها ظالمة. فهي لم تمنحه يوماً واحداً من الفرح أو السعادة، ولذلك يراه المرء مُكشّراً دائماً، لا يضحك ولا حتى يبتسم. وردة فعله على «نكتة» تقال تشبه ردة فعله لدى موت عزيز؛ التكشيرة نفسها، حتى يخاله المرء يضحك في أوقات الحزن ويبكي في أوقات الفرح. ولكنّه لم يعد يتأثر بكل الكلمات التي تقال بحقه، ولا بالمديح الذي نادراً ما يسمعه،

وردة فعله هي نفسها.

كان أحمد قد اقترب من بيت أُمّ جبر، وقد لفّ جسده بالفروة، ووضع يديه داخلها. فجأة، انزلقت قدمه واختل توازنه، ولم يستطع إخراج يديه من داخل الفروة فسقط على وجهه. راح يتململ يمنة ويسرة لكي يحرر يديه اللتين أصبحتا تحت جسده من داخل الفروة، ليتكئ عليهما ويقف. وبعد عدّة محاولات، استطاع الوقوف وقد تلوث بالطين من قمة رأسه إلى أخمص قدميه. كان كلما حاول أن يزيل الطين عن وجهه بيديه يتلطّخ وجهه بالطّين أكثر؛ لأنّ يديه ملوثتان بالطين. فما كان منه إلّا أن مسح يديه بالفروة حتى أزال الطين منهما، ثم راح يزيل الطين عن وجهه وشعره، إلى أن وصل إلى بيت أُمّ جبر المكون من غرفة طينية واحدة، بجانبها حظيرة لحمارها. عبر الحاكورة، وطرق على باب غرفتها. كان المطر غزيراً لدرجة أنّه بالكاد سمع صوت أُمّ جبر وهي تطلب منه أن يدخل. دفع الباب الخشبي القديم فأصدر صريراً غليظاً دلّ على قِدَمِه؛ كما لو أنّه يحكي قصة تاريخ قديم. خطا أحمد إلى عتبة الغرفة ووقف هناك. كانت أُمّ جبر واقفة تتجهز للخروج، فنظرت إليه بدهشة، ثم راحت تضحك وهي تشير إليه من قمة رأسه إلى قدميه. نظر أحمد إلى حيث أشارت، فلفت انتباهه أن فردتي جزمته تحملان من الطين كمية ملأت عتبة الغرفة. حرّك يديه مستسلماً لواقعه، ثم ابتسم تلك الابتسامة التي كانت أقرب إلى التكشيرة منها إلى الابتسامة. وحين توقفت أُمّ جبر عن الضحك، سألته عدة أسئلة عن أحوال صبحة، ثم طلبت منه أن يخرج ويجلب لها حمارها من الحظيرة.

وعلى الفور، لبى أحمد طلبها وجلب الحمار، وساعدها على امتطائه، ثمّ مشى إلى جانب الحمار ممسكا بالرسن، يقوده راجعاً إلى بيته. طيلة الطريق، لم يتوقف المطر. وعندما وصلا البيت، ودخلت أمّ جبر الغرفة، كانت صبحة قد ولدت طفلها. صرخاته الأولى وصلت إلى أذني أحمد الذي كان لا يزال واقفاً ممسكاً برسن الحمار، فخفق قلبه واختلج من شدة الفرح.

في هذه اللحظة، أصبح أحمد أباً. لم يتخيل يوماً أن يصبح أباً، بل لم يتخيل أن يتزوج. فهو يشعر أنه ينتمي إلى مجموعة بشرية مهملة، لا حاجة إليها في هذه الحياة إلا للشقاء. فهو يدرك أنه يُظلَم، ولكنه لا يملك الطاقة للدفاع عن نفسه، فيلوذ بالصمت الذي يلف حياته كلها. وفي تلك اللّحظة، تساءل أحمد: هل حياة نجله ستكون كحياته التي تختصر بحالته الآن؟ فروة ممزقة ومرقعة عشرات الرقـع، وطين يلــوثه من قمة رأسه إلى أسفل قدميه، وكلما حاول إزالة الطين لطّخ نفسه أكثر فأكثر!

قاد أحمد الحمار إلى غرفة الحطب. فعائلة أمّ حازم لا تملك حظيرة حيوانات لأنها لا تملك أي نوع من أنواع الحيوانات، حتى إنّها لا تملك شبراً واحداً من الأرض، ولا أيّ شي في هذه الحياة؛ سوى تلك الغرفة. أدخل الحمار إلى غرفة الجلّة، وبقي واقفاً قرب الباب، يحتمي من المطر الغزير، وينتظر ريثما تنتهي النسوة من استكمال عملية الولادة.

خلق الصمت الذي غلّف المكان مع صوت المطر حالة شعورية عند أحمد، جعلته يظنّ للحظات أنه وحيد على وجه الكرة الأرضية مع المطر

والصمت. لكنّ صوت حماته أعاده إلى الواقع، فانتفض عائداً إلى الغرفة. وقرب الباب، أعطته حماته الوعاء كي يملأه بأقراص الجلّة مرة أخرى. فعاد أدراجه، ودخل غرفة الجلّة وملأ الوعاء، ثم عاد مجدّداً إلى الغرفة. رأى صبحة وقد جلست على فراش في أقصى زاوية الغرفة. أراد أن يقول لها كلاماً عاطفياً، غير أنّه بقي واقفاً عند العتبة. وضع الوعاء جانباً، وحدّق إلى الأرض، ثم خدش رأسه، فراحت قطرات من مياه الأمطار العالقة بفروته تسقط لتجعل من عتبة الباب بركة ماء مخلوطة بالطين. أعماقه مزدحمة بالمشاعر الجياشة التي حاولت أن تخرج على شكل كلمات تبارك صبحة وتواسيها، إلا أنّ كل ذلك خرج على شكل همهمات. لم يسمعه أحد، بل لم ينتبه أحد إلى وجوده. رفع رأسه، وأجال النظر. بدت الغرفة كبيرة. بحث بعينيه عن طفله، فوجده بين يدي أمّ جبر التي وضعت اللمسات الأخيرة لمهمتها، ثم ناولته إلى أمّ حازم التي نالت لقب الجدة للتو. قالت أمّ جبر:

– مبارك لكم الفلاح الجديد.

ثمّ نظرت إلى أحمد وقالت مازحة:

– والله يا أحمد مانك قليل، طلعت تقدر تحبّل النسوان!

وأطلقت ضحكة رنانة، ثمّ جالت بنظراتها لتستقر على الجدة أمّ حازم، وقالت:

– شو بدكم تسموه؟

– حازم.

أجابت أمّ حازم بسرعة وبحزم؛ كما لو أنها تدربت سابقاً على قول

ذلك. ران الصمت على المكان، حتى الوليد كف عن البكاء. هل تتكرر القصص إذا تكررت أسماء أبطالها؟ همس أحمد متسائلاً بقلق، ولم يجرؤ أن يبوح بما يفكر فيه. فهو أب بيولوجي، ولكن لا سلطة له على أحد؛ فالمقرر هو الجدة أُمّ حازم، وهي أُمّ قبل أن تكون جدة، وقد فقدت بكرها حازم وهو في ريعان شبابه. قيل عنه الكثير، ونُسِجت القصص عن مغامراته حتى تحول إلى أسطورة. وقد رويت تلك القصص بغض النظر عن حدوثها فعلاً، ومنها ما هو حقيقي وصحيح، ومنها ما هو خيالي ومزيف. ولكن المعضلة أن لا أحد يستطيع أن يميّز بين الحقيقي والوهمي، الواقعي والخيالي. إذ قيل إنّ «حازم» كان قاطع طريق يقتل لأتفه الأسباب، وقيل إنّه كان يعتدي على الأغنياء فقط ويحب الفقراء لأنه فقير. تلك معضلة التاريخ؛ حيث يختلط الوهم بالحقيقة، ويصبح جزءًا منها. ولكن الحل السهل أن يختار كل إنسان ما يناسبه.

نشأ حازم- خال حازم الذي ولد قبل لحظات- فقيراً بلا أب. وقد رفض الظلم وتمرّد على واقعه. بدأ مثل أسلافه الصعاليك، يسطو على بيوت الأغنياء ليطعم الفقراء ويساعدهم. ثمّ اتسعت دائرة نشاطه حتى شملت القرى المجاورة. وأصبح لاسمه وقع يخيف الأغنياء ويسعد الفقراء. قيل إنّه انتهك أعراض الأغنياء، وقيل إنّه سلب واغتصب ونهب، ولكنّه في النهاية قُتِل شر قتلة؛ إذ استيقظ سكان قرية سعدة على جثته معلقة من عضوه الذكري. وقيل أيضاً إنّه مات وحده متجمداً من البرد، بعد أن طاردته قوات الشرطة من مخبئه فالتجأ إلى البراري، وكان الطقس حينها عاصفاً وبارداً بعد أن هطلت كميات هائلة من الثلج،

فعثر عليه بعد أيام متجمداً، وتمّ أخذه من قبل بعض الأغنياء الذين ادعوا أنهم قبضوا عليه بعد معركة استخدمت فيها البنادق، فأردوه قتيلا. وقيلت قصص أخرى، ولكن لم يؤخذ بها.

وهكذا انتهى حازم، نصير الفقراء الذين أحبوه لأنهم رأوا فيه قائداً لهم ينتقم لظلمهم. بينما رأى الأغنياء أنّه كابوس وانتهى شر نهاية، وعادت القرية إلى سيرتها الأولى.

ومنذ ذلك الحين، عاشت أمّه وأخته طيلة سنوات في ظل خوف دائم من الاعتداء عليهما حتى لفّ النسيان قصته. ويفضل سيرته تلك أصبحت أمّ حازم امرأة قوية لتدافع عن وجودها ووجود ابنتها صبحة. فعلى الرّغم من أنّها امرأة قصيرة ونحيفة ولكنّها تملك إرادة وعزيمة قوية جعلتاها لا تهاب أحداً مهما علا شأنه.

قالت أمّ جبر:

- الله يرحم الميت ويجبر بخاطركم بالمولود الجديد.

ثمّ التفتت إلى أحمد وقالت له:

- عندي ولادة ثانية، خذني إلى دار قاسم الهوشة.

كان المطر قد توقف، فعبر أحمد الفقير أزقة القرية من شرقها إلى غربها، حيث دار قاسم الهوشة، مرافقاً لأمّ جبر الّتي تثرثر وهي ممتطية الحمار. لم تترك أحداً من سكان القرية إلّا وتناولته بلسانها مدحاً أو قدحاً. بينما دلف أحمد إلى عالمه الداخلي، وراح يستعرض قصصه التي تخصه وحده ولا أحد يعرف عنها أي شيء. في العادة، يستمتع أحمد في الولوج

إلى عالمه الداخلي، فينصب نفسه أميراً فارساً لا يشقّ له غبار، يبارز عنترة بن شداد ويغلبه، والزير سالم فيصرعه. وأحياناً يكون ملكاً يأمر فيُطاع، يمدّ يده إلى صناديق ممتلئة بالنقود، ويغرف منها، ويوزع على الفقراء الذين اصطفوا أمام قصره. ولكنّه هذه المرة كان قلقاً من اسم ابنه. فهل سيكبر مثل خاله ويتمرد ويثور على المجتمع، أمْ سيكون مسالماً فقيراً مثل أبيه؟ اجتهد أحمد في اختيار مستقبل ابنه، كما لو أن مستقبل الأبناء يتم بناء على رغبات الآباء! اختار أحمد لابنه مستقبلاً ورديّاً؛ إذ اختار له أن يكون طفلاً مسالماً وذكياً، ذا جسد سليم وقـوة هائلة، يعمل ولا يتعب، يكبر بسلام ويعمل ويتزوج وينجب أطفالاً، ويصبح غنياً، ولكن لا يظلم أحداً.

فجأة، أيقظه من أحلامه صوت أحدهم:

– والله ابن حلال يا أحمد... ريّحتني من مشوار لعند أمّ جبر.

كان قاسم الهوشة يقف أمام الدار بانتظار توقّف المطر كي يذهب ويجلب الداية. وكان لا يزال يرتدي بزته العسكرية، وقد وضع إشارة العريف على أعلى ذراعه اليسرى. كانت الدار عبارة عن ثلاث غرف بنيت من الحجر الأسود البازلتي بتواريخ متفاوتة. آخر غرفة، وهي المضافة، بنيت قبل سنتين. فقد استخدم الإسمنت كملاط بدلاً من الطين. وطلي السقف بقشرة إسمنتية أيضاً بدلاً من الطين. وتمتد أمام الغرف مرتبةٌ بعرض مترين، وترتفع عن الأرض مسافة متر؛ أشبه بترّاس، ويسمّيها أهل القرية «السيباط». وأمام السيباط تأتي الحاكورة، مساحتها تقارب مئتي متر مربع. وقد زرع قاسم على أطرافها أشجار الرمان والتين

والعنب. وفي الطرف الآخر من الحاكورة حظيرة للحيوانات، وغرفة أخرى تستخدم كمستودع للتبن.

رحّب قاسم بهما، ودعا أحمد إلى دخول المضافة ليشرب القهوة، بينما دلفت أمّ جبر إلى الغرفة الأخرى حيث مريم التي تنتظر أن تضع مولودها الأول، مثل صبحة.

بارك العريف قاسم لأحمد بمولوده الجديد، وسكب له القهوة المرّة، وهو يدعوه إلى الجلوس في صدر المضافة. عندها، شعر أحمد بالإحراج؛ إذ لم يعتد أن يجلس في صدر المضافات، ولم يكن يشعر بالراحة في ذلك المكان. ولكن، تحت إصرار قاسم الهوشة، جلس هناك. تبادلا كلمات المجاملة، وسأل أحمد قاسماً عن مكان خدمته العسكرية. فقال الأخير إنّه يخدم على كتف بحيرة طبرية، وإنّه على التخوم مع فلسطين ويرى اليهود بأم العين، وقال إنّهم سوف يطردونهم من أرض فلسطين بعد أن قامت الوحدة بيننا وبين مصر البارحة. لقد أصبح العرب أقوياء وقادرين على هزيمة إسرائيل.

بدأ أحمد يألف المكان، ويشعر بقيمته وأهميته كرجل يُدعى ليجلس في صدر المكان؛ ذلك المكان الذي كان يتطلع إليه في مناسبات كثيرة، وهو يجلس قرب عتبة الباب. ما سرّ الأمكنة التي تعطي الآخرين مهابة وقيمة!؟ إنّه هو، أحمد الّذي يعرف نفسه جيّداً. ولكنّه الآن يشعر أنه ذو قيمة وقدر أكثر ممّا هو عليه! إنّه سحر الأمكنة الغامض! فجأة، علت الأصوات خارج المضافة، ثمّ اندفعت أمّ قاسم إلى المضافة سعيدة، وهي تصيح وتبارك لقاسم بقدوم ابنه البكر. وراحت تزغرد، فتهلّل وجه

قاسم، وحمد الله على قدوم ابنه. قالت أمّ قاسم لابنها:

– مبروك يا قاسم. يتربّى بعزك، شو رح تسميه؟

فأجاب قاسم وبدون تردد:

– جمال... وأنا أبو جمال!

توافد الجيران بعد سماعهم الزغاريد؛ رجالاً ونساء وأولاداً. الجميع يرتدون المعاطف، وفي أرجلهم الجزمات المغطّاة بالكثير من الطين. خلع الرجال أحذيتهم عند العتبة ودخلوا المضافة، وهم يباركون لقاسم بقدوم بكره، بينما قاسم يسكب القهوة. كلّ الرجال أخذوا أماكنهم إلى جانبَي أحمد الفقير؛ فازدادت ثقته بنفسه أكثر... إلى أن دخل الحاج مصطفى المضافة وهو يتكلّم بصوت مرتفع كعادته:

– مبروك يا قاسم، يتربّى بعزّك.

– الله يبارك بعمرك يا حاج مصطفى.

خطى الحاج مصطفى خطواته العرجاء باتجاه صدر المضافة، فنهض الجميع لمصافحته، ولكنّه أشار لهم بيده كي يجلسوا قائلاً:

– تفضّلوا ارتاحوا يا غانمين.

للحاج مصطفى جسد ذو بنية قوية. وهو متوسط الطول، عيناه صغيرتان ماكرتان، بؤبؤاهما في حركة دائمة، فيشعر من ينظر إليه أنّه يعاني من قلق دائم؛ كما لو أنّه يتوقّع حدوث الأسوأ. أمّا مشيته فعرجاء بسبب قصر ساقه الّتي كسرت أيام الطفولة. وشعره لا يزال غزيراً. يرتدي غالباً سروالاً أسود وكنزة كحلية اللون وسترة سوداء، ولا يغطّي

رأسه بشيء. وحين أصبح بجانب أحمد الّذي جلس للتو، نظر إليه نظرة استعلاء، وركله برجله العرجاء، ونهره قائلاً:

– قوم ولاه... قوم! العمى، ما صفّى احترام!

فنهض أحمد مسرعاً، وتلفّت حوله كمن أضاع شيئاً للتّو. ثمّ تمتم بكلمات اعتذار عن هذا الخطأ الذي لم يقصده بالتأكيد، ومضى مبتعداً عن الحاج مصطفى الذي ما فتئ يتكلم:

– الناس مقامات... العمى يطسّ عيونك.

بدا واضحاً للجميع أنّ أحمد شعر بالإهانة. وذلك نظراً إلى حركات جسده الخرقاء، ووجهه الذي تغير لونه، والتفاتاته يميناً ويساراً. ولكنّه اعتاد ابتلاع الإهانات وعدم الرّد عليها؛ لأنه ضعيف ومهيض الجناح. وهو مقتنع بأّنه ينتمي إلى قسم من البشر خُلِقوا لكي يُهانوا، وأنّ الله خلق البشر طبقات؛ فقد سمع هذا الكلام من شيخ الجامع، وفي خطب الجمعة. ولكنّه أيضاً سمع أنّ الرسول نشأ فقيراً، ولحق به الكثير من الأذى من قبل الكفار. ولكنّ الله وعده ووعد جميع الفقراء بالجنة التي عرضها عرض السماوات والأرض.

ابتعد أحمد عن المكان مسرعاً، فرأى العم عقلة يشير إليه بيده كي يقترب ويجلس بجانبه. فتنهّد وهو يجلس بجانب العم عقلة الذي ربّت على كتفه يواسيه. جلس على مسافة من الحاج مصطفى الذي كان لا يزال يتكلم عن عدم الاحترام الذي ينتشر بين الناس هذه الأيام. لم يعلّق أحد على كلام الحاج مصطفى؛ رغم أنّ عدم الارتياح ظهر على الوجوه. أسرع قاسم وسكب القهوة المرة له وهو يرحب ويهلل بقدومه،

ثم خرج ليعود بعدها وهو يحمل طبقاً من القش الملون يحتوي على الكراميل والنوغا والراحة. طاف على الجميع موزّعاً تلك السكاكر، ثمّ أعاد الكرّة وهو يوزّع على الحضور سجائر التبغ الّتي تعطى خصوصاً لأفراد الجيش. بينما تولّى أحد الأقرباء من الشباب مهمة تقديم القهوة المرّة للقادمين الجدد.

امتلأت المضافة بالأقارب والأصدقاء والجيران الّذين جاءوا ليهنّئوا قاسم بمولوده البكر. وسرعان ما وجد أحمد الفقير نفسه قرب العتبة التي امتلأت بالأحذية والطين. كان يلتزم الصمت كعادته، متأمّلاً الآخرين فيما التكشيرة تعلو شفته.

راح الحاج مصطفى يتحدث عن نفسه، وعن عائلته. وقال إنّ الطبيب «فواز»- ابنه البكر- قد تزوّج من صبية شامية وغنية، وهي طبيبة أيضاً، وعلى وشك الإنجاب. ولكن في الحقيقة، إنّ ابنه فواز لا يزال يدرس الطب، فهو في السنة الأخيرة، ولكنّه رغم ذلك بدأ يمارس المهنة؛ ففي المنطقة كلها لا يوجد طبيب. بينما زوجته تدرس الصيدلة وليس الطب. سأله قاسم:

- ليش ما عملتو عرسه هون بالقرية؟

فأجاب الحاج مصطفى بفوقية واضحة:

- ما حدا بيستاهل! الناس هون حسودة وغيورة. عملنا عرس مطنطن بالشام.

عندها، شعر العم عقلة أنّه أهين. والعم عقلة رجل يهابه الجميع.

إذ يتمتّع بحضور لافت رغم أنّه من بيئة فقيرة. فقد استطاع أن يفرض احترامه على الناس جميعاً؛ بسبب شجاعته وحكمته وقوله كلمة الحق أمام الجميع من دون استثناء. لذا، قال العم عقلة بصوته الجهوري:

– السبب إنكم ما بتقدروا ترفعوا راسكم قدام نسايبكم الشوام!

فردّ الحاج مصطفى بشيء من الحدة:

– لَهْ يا حاج عقلة! نحن رجال مرّين!

فما كان من العم عقلة إلّا أن ردّ:

– إنت رجال مرّ على الدراويش والفقرا. مين الرجّال يلي بيقبل على حاله يعمل عرس لابنه بديرة العروس.

فامتعض الحاج مصطفى، ولكنّه لم يجرؤ على الرد بسبب قوة شخصية العم عقلة. وما كان منه إلّا أن أخذ الكلام إلى سياق آخر:

– أيامكم، بتقدروا تحكوا يلي بدكم إيّاه.

وكـان يقصـد الوحدة بين مصر وسوريا؛ لأنّ العم عقلة ناصري الهوى والانتماء.

في تلك الأثناء، دخلت مجموعة من الرجال المضافة، الأمر الذي ساعد الحاج مصطفى على تغيير مجرى الحديث. وحين لم يجد أحمد الفقير مكاناً له، خرج من دون أن يقول أو يسمع كلمات المجاملة، بل تسلّل إلى الخارج بصمت. وما إن أصبح في الزقاق حتى تنفس الصعداء؛ إذ يروق له أن يكون وحده، حتّى إنّه يسعى دائماً ليكون وحده. فالوحدة تحقّق له شيئاً من السلام والأمان الداخلي، لأنه يكون بمنأى عن سخرية

الآخرين منه. مشى وحيداً وهو يعود إلى البيت ليرى ولده «حازم»، وراح يخوض في برك الماء.

في تلك الأثناء، صفت السماء، وتبددت الغيوم، وسطعت الشمس، فبدأ الأطفال والنساء يخرجون من بيوتهم بعد حصار استمر يومين. وفيما كان أحمد الفقير يجدّ في سيره سمع صوتاً يناديه، فتوقّف والتفت إلى الخلف. وإذ به يرى الحاج مصطفى يحاول جاهداً بمشيته العرجاء اللحاق به. وعلى الفور، أدرك أحمد أنّ الحاج مصطفى يحتاج إليه في عمل سخرة وإلّا لما ناداه. فعلى الرّغم من ثراء الحاج مصطفى إلّا أنّه بخيل. وما إن صار الحاج مصطفى قربه حتّى بادره بالقول:

– قال إجاك ولد!

فهزّ أحمد رأسه وهو يحدق إلى الأرض، وقال:

– الحمد لله.

عندها، قال الحاج مصطفى ممازحاً وساخراً في الوقت نفسه:

– ولك... ليكون مو من ظهرك!

فاكتفى أحمد بهزّ كتفيه ولم يجب. إذ أدرك أنّ الحاج مصطفى يسخر منه، ولكنه لا يستطيع أن يرد له الإهانة التي يستحقها. فما كان منه إلّا أن ابتسم فقط، وبقي محدقاً إلى الأرض، فيما تابع الحاج مصطفى:

– عم امزح معك. مبروك، ويتربى بعزّك.

وأعقبت كلمته الأخيرة ضحكة قوية، فيها من السخرية أكثر ممّا فيها من الفرح، بل كلّها سخرية. ثمّ تابع باستنكار:

- عزَّك! أيّ عزّ يا مشحّر!؟

أراد الحاج مصطفى من أحمد أن يبني له بيتاً في مزرعته التي تبعد كيلومترين عن القرية، وتبلغ مساحتها ثلاثين دوناً، ومزروعة بأشجار العنب والتين والزيتون وبعض أنواع الفاكهة. عرض على أحمد هذا العمل، ووعده بأن يعطيه أجراً إن نجح الأخير في البناء. غير أنه حذّره أيضاً بعدم إعطائه قرشاً واحداً إذا لم يعجبه البناء. فما كان من أحمد إلّا أن هزّ رأسه موافقاً؛ وهو يدرك أنّ الحاج مصطفى لن يعطيه أجراً، وأنّه سوف يعمل مجاناً.

وحين وصل أحمد إلى البيت، كانت صبحة قد جلست على فراشها مُسنِدة ظهرها إلى الجدار، بينما الجدة أمّ حازم تحتضن الوليد «حازم»، بعد أن لفّته بقطعة قماش كانت قد جهّزتها لهذا الغرض. اقترب أحمد من الجدّة ببطء، ثمّ تلفّت حوله، وحكّ رأسه، وطلب منها أن يحمل طفله. فما كان منها إلّا أن وجّهت إليه مجموعة من التعليمات وهي تعطيه الطفل، بينما قلبه يهفو له. وبعد ذلك، خرجت الجدة من الغرفة، فضمّ أحمد ابنه إلى صدره، وراح يتأمّله كما لو أنه قديس يدخل معبداً يضمّ أسراراً إلهيّة. ثمّ جلس بالقرب من صبحة التي كانت تنظر إليه بعطف وحنوّ، وتأمّل ابنه ويكى. نزلت دموعه بصمت، واستقرت على قطعة القماش التي لُفَّ بها الوليد حازم. دعا ربّه في سرّه أن يوفّق طفله، ويبعد عنه كلّ مكروه. وازدادت دموعه وهو يتضرّع إلى الله ألّا يجعل ابنه محطّ سخرية واستهزاء وإذلال، ورجاه أن يمنح ابنه القوة والشكيمة والبأس الشديد، وأن يجعله سيداً لا عبداً. وحين لم يعد أحمد قادراً على التحكم

23

بعواطفه، بدأ فكه الأسفل بالارتجاف، ثمّ أجهش بالبكاء بصوت مرتفع؛ الأمر الّذي جعل صبحة تشاركه تلك المشاعر وتبكي مثله.

وعندما دخلت الجدة الغرفة وهي تحمل ثلاث بيضات، فوجئت بمشهد البكاء، وخافت أن يكون مكروه قد لحق بحازم. فصرخت بهما مستفسرة عمّا حدث، وسارعت صبحة إلى التّوضيح قائلة إنّهما يبكيان من الفرح. غير أنّ الجدة أخذت حفيدها من حضن أبيه قائلة:

- لازم تفرحو، مو تبكو.

وأطلقت زغرودة تحمل سعادة جدة حرمت من نجلها في أوج شبابه.

✳✳✳

انقضى شتاءان وربيعان. وها هو الصيف الثاني في نهايته، وقرية سعدة تكبر شيئاً فشيئاً. وعلى الرّغم من أنّ الناموس الكونيّ يحكم حياتهم- الموت والولادة- إلّا أنّ الفلاحين كانوا يزدادون عدداً مع مرور الأيام والسنين.

ها هو حازم أصبح ابن عامين، وبعد بضعة أشهر سيلعب في «الحاكورة»، ويذهب مع جدته إلى كل مكان تذهب إليه. بينما جمال يلهو مع الفراشات، ويلاحق فراخ العصافير ويقدّم لها الطعام. أمّا إلهام- ابنة الطبيب فوّاز والصيدلانية سناء- فقد بلغت من العمر عامين وشهرين، وكانت في دمشق عند جدتها وجدها الدمشقيين، لتقضّي الصيف الثاني عندهما.

24

حصلت صبحة على عمل عند أحد الفلاحين الميسورين بأجر مقبول، بينما بقيت الجدة في البيت تعتني بحفيدها. أمّا أحمد فما زال يعمل في بناء بيت الحاج مصطفى في مزرعته، وقد أوشك على إنهائه. كان يذهب صباحاً ويعود مساء سيراً على قدميه.

كعادته، استيقظ أحمد عند الساعة السادسة صباحاً، ثمّ حضّر زوادته من طعام اليوم الفائت-برغل وبقايا «شنينة»- وانطلق باتجاه المزرعة. كان يوماً استثنائياً. وشعر أحمد أنّ هذا الصباح صباح جميل؛ كما لو أنّه خرج لتوه من عملية الخلق، صباح فريد، لم يشبهه أي صباح مضى. شعر بخفة جسده على غير العادة. فأحمد يعاني من أمراض عدة، أخطرها الروماتيزم الذي جعل حركة جسده بطيئة. كان فرحاً، ولأول مرة في حياته يشعر بهذا الإحساس. التقى أبا مرعي، الرجل الساخر الذي يعاني من حول في عينيه، هذا الحول الّذي أكسبه سخرية مرة من العالم أجمع. فمازحه أحمد، حتّى إنّه ألقى نكتة جعلت أبا مرعي ينظر إليه بدهشة ويعلق:

‑ إنت يلي عم تنكت!؟ يا ساتر! أكيد في شي رح يصير.

كانت المداخن تعلن عن نضج خبز التنور، حيث تجتمع بضع نساء قرب التنور في أحد البيوت، وقد جلبت كل واحدة منهنّ قدر العجين، وتنتظر دورها لكي تخبز. جلسن يتبادلن آخر أخبار القرية، فأصبح المكان وكالة أنباء.

خرجت قطعان الأغنام من حظائرها باتجاه المراعي لتقتات على ما تبقى من سنابل القمح والشعير في السهول، وكلّها تمشي بنظام خلف

راعيها، وفي المؤخرة يسير الكلب الحارس واليقظ لكل شاة تشرد بعيداً؛ فيركض خلفها ويعيدها إلى القطيع. بينما كانت أبقار القرية تتجمع في الساحة ليقودها الراعي إلى مراعٍ أخرى. كل الكائنات تستيقظ في وقت مبكر لتنطلق إلى تحصيل قوت يومها.

التقى أحمد بأم صالح التي تحمل طبق القش على رأسها، وعليه أرغفة الخبز الطازجة. فألقت عليه تحية الصباح، ودعته لتذوق خبزها، ثم أنزلت الطبق عن رأسها كي يتسنّى لأحمد أن يأخذ رغيفاً. فالتقط رغيفاً ساخناً وشكرها، وردّت الشكر بأحسن منه:

– صحة وهنا يا أحمد...

بعد قليل، مرّ أمام بيت العم عقلة الذي كان يقف أمام بيته، فألقى عليه تحية الصباح. وردّ العم عقلة التحية وأضاف:

– مرّ عليي اليوم المسا منشان نروح لعند قليل الوجدان، الحاج مصطفى، منشان أجرتك.

– حاظر يا عم عقلة.

فقد أوشك البناء على الانتهاء، والحاج مصطفى لم يعطِ أحمد سوى الفتات من أجرته. ممّا اضطر أمّ حازم إلى أن تلجأ للعم عقلة– الذي يهابه الحاج مصطفى– لتحصيل أجرة أحمد. وقبل أسبوع، قصد العم عقلة الحاج مصطفى فوعده بدفع مستحقات أحمد كاملة، وهذا الوعد يصادف تحقيقه اليوم.

تابع أحمد طريقه وقد أصبح خارج القرية. وكالعادة، سار على الدرب

الترابي الذي يشق السهول إلى نصفين. القسم الغربي الذي حُصد هذا العام، بينما القسم الشرقي يتهيّأ ليُزرع في الموسم القادم. أغلب حقول القمح حصدت، وانتشرت الأغنام ترعى وتلتقط السنابل التي سقطت وجذور النبات، بينما بعض الفلاحين ما زالوا يحصدون. وحين مرّ بهم أحمد، رفع يده وحيّاهم:

– العوافي.

كانت تلك هي المرة الأولى الّتي يلقي فيها أحمد بتلك التحيات. إذ مضت سنتان وهو يسير على هذا الدرب، ولم يحدث يوماً أن ألقى التحية على أحد بسبب خجله وارتباكه أمام أي إنسان. أمّا اليوم، فلا يعرف ما الذي يجري؛ إذ شعر كما لو أنّ شخصاً آخر حلّ محله وارتدى جسده. وها هو يمارس نشاطاً اجتماعياً لم يألفه أو يمارسه طيلة حياته.

وصل إلى المزرعة، فوضع زوادته تحت شجرة الجوز العملاقة بجانب بئر الماء، وباشر العمل.

وفي منتصف النهار، اشتدّت حرارة شمس آب الحارقة، بينما وصلت عربتان مليئتان بالحجارة يجرّهما بغلان أنهكهما الحمل الثقيل وحرارة الشمس. وفيما بدأ العاملان بإفراغ العربتين من الحجارة، ارتاح أحمد في ظل شجرة الجوز وأشجار الكينا بجانب بئر الماء.

وبعد أن أنهى العاملان إفراغ العربتين وغادرا المكان، نهض أحمد لمتابعة العمل. فذهب إلى حيث كومة الحجارة التي جُلِبت حديثاً، وراح ينتقي الحجارة الفضلى. وبينما هو يقلب الحجارة شعر بلدغة قوية

بيده. وعندما سحب يده بسرعة، سحب معها أفعى كانت قابضة على يده تفرغ سمّها فيها. أفلتت الأفعى يده في اللحظة الأخيرة، وتسلّلت لتختفي بين الحجارة.

وعلى الفور، أمسك أحمد يده اليسرى باليمنى، وراح يدور حول نفسه خائفاً، بل مرعوباً، ولا يعرف ماذا يجب أن يفعل وكيف يتصرف. ركض بين الأشجار ذهاباً وإياباً، ثمّ عاد وجلس قرب بئر الماء، وحاول أن يطرد سم الأفعى بالعصر حول مكان اللدغة. غير أنّ السم انتشر في جسده بسرعة كانتشار النار في الهشيم. كان سمّاً فتّاكاً سريع الانتشار، فأدرك أحمد الفقير على نحو غامض أنّ اليوم هو اليوم الأخير في حياته. كما أدرك أنّ الفاصل ما بين الحياة والموت ليس إلّا لحظة، ولا يحتاج إلى مرض وكرب وألم. فقد تألّم طيلة حياته ولم يمت، ثم يأتيه الموت بغتة ومن دون ألم! لماذا تألّم طيلة حياته طالما أنّ هناك وسائل كثيرة للموت أقلّ ألماً وأسرع حدوثاً؟!

استلقى على ظهره، ومرّ شريط حياته عبر ذاكرته. رأى صبية تضع طفلها في قماط من القماش، ثم تحزم نفسها به ليستقرّ الطفل على ظهرها، وتبدأ مسيراً طويلاً تجهل نهايته. إنه هو ذاك الطفل. تذكّر إيقاع وقع خطوات أمّه في الصباح الباكر. كانت هاربة به لأسباب ما يزال حتى هذه اللحظة يجهلها. ذلك الإيقاع لازمه طيلة حياته، فكانت مشيته محكومة به؛ إذ يمشي كما لو أنّه يدبك. وعندما يجلس يبدأ جسده بالتحرك إلى الأمام والخلف على وقع ذلك الإيقاع. ولكن مع مرور الأيام، وسخرية الناس منه، بدأ يتجنب ذلك الإيقاع، ويمشي ويجلس مثل كل

البشر. ولكنّ الإيقاع بقي في أعماقه. نشطت ذاكرته، فعاد إليه شريط الذكريات. رأى- من مكانه وهو في القماط- الندى يهيم على وجه الكرة الأرضية، ويمتد حتى الأفق. وفي العمق البعيد، رأى ظلال جبال ممتدة، بينما جسده يهتز على وقع اهتزازات جسد أمّه. رأى بيوتاً طينية فقيرة راحت تكبر وتكبر وهما يقتربان منها، ثم تصغر وتضمحل وهما يبتعدان عنها إلى أن اختفت، واختفى كل شيء، ولم تبقَ سوى أرض قاحلة. تقطّع شريط الذكريات، ثمّ رأى نفسه وأمه في خيمة، بينما امرأة بدوية ترحّب بأمه وتسقيه حليب غنم. رأى نفسه نائماً في حضن أمه التي نهضت فزعة وهي تصرخ بأعلى صوتها. ورأى رجلاً يحاول أن ينام فوقها، وهي تقاومه، ثمّ جاءت المرأة البدوية التي سقته الحليب، وخلّصت أمّه من بين يدي الرجل الذي كان زوجها. ورأى المرأة وهي تشتم الرجل وتعنّفه قبل أن يختفي، ثم تطلب من أمّه الرحيل، وتزوّدها ببعض الطعام.

رأى نفسه طفلاً بعمر خمس سنوات، وسط صحراء مترامية الأطراف، والحرارة القويّة تشوي جسده، وهو بحاجة إلى ماء يشربه. كان يمشي حافي القدمين على رمل ملتهب يشوي قدميه، فيبكي وينادي أمّه التي اختفت عن ناظريه. ثمّ ظهرت أمّه قادمة وهي تحمل الماء بكفيها، وتسقيه حتى يرتوي. ثم قادته من يده وتابعا مغامرة الحياة.

على سفح تلة، وأمام غرفة طينية، رأى أمّه وفوقها رجل يقوم بحركات لم يفهم منها سوى أنه يحاول الاعتداء عليها. غير أنه لم يجرؤ على الاقتراب، بل اختبأ بعيداً، ورأى المشهد كاملاً.

تقطّع الشريط، ثمّ ظهرت صور واضحة جدّاً؛ كما لو أنّها تحدث

الآن. حينها كان في السّابعة. رأى جسد أمّه مسجى أمامه، فيما هو يبكي ويرتجف من شدة البرد ضمن كوخ أجرد من كل شيء، إلى أن غلبه النعاس ونام بجانب جثمان أمه. واستيقظ على وقع خطوات رجال ونساء لا يتذكر تفاصيل وجوههم، بل كان يراهم كما لو أنّهم أشباح. أخذوا جسد أمّه من أمامه وذهبوا به. ومنذ تلك اللحظة وهو يعيش وحيداً. الحزن لا يفارقه، والوحدة لا تفارقه، والخوف من كل شيء لا يفارقه. وها هو يفارق كل شيء!

حلّ المساء ولم يعد أحمد. فقلقت صبحة وأمّ حازم التي سارعت في الذهاب إلى دار الحاج مصطفى، ثم إلى عدد من الدور حيث يمكن لأحمد أن يتواجد هناك. وعندما لم تجده لجأت إلى العم عقلة، الذي نهض فوراً وجهّز عربة يجرها حصان لأنّه أدرك أنّ مكروهاً قد حصل لأحمد الفقير. وأخذ معه شيخ الجامع الحاج عمر، الذي حمل معه شعلة من حطب الجلة؛ لأن الليل قد حل والظّلمة حالكة. وعندما وصل الثلاثة إلى مزرعة الحاج مصطفى، راحوا يبحثون عن أحمد وينادون عليه، إلى أن عثر العم عقلة على جثّته تحت أشجار الكينا.

حملوا الجثة وعادوا إلى القرية، وقد قرّروا دفن أحمد الفقير في الليلة نفسها؛ لأنّ الحرارة كانت مرتفعة، وخشوا أن تبدأ الجثة بالتفسخ. ثمّ صعد الشيخ عمر إلى سطح الجامع، وأعلن بصوته القوي عن وفاة أحمد الفقير. فتجمع عدد من الرجال، وحُملت الجثة إلى مثواها الأخير.

1967

إنّه اليوم الأخير في العام الدراسي، وكان تلاميذ الصف الثالث في غاية الفرح، ما عدا حازم الذي جلس على المقعد الأخير وحده، وراح يفكّر في الضرب المبرح والإهانات التي سيتلقّاها من ثائر. فقد اعتاد ثائر على إذلاله وضربه كل يوم تقريباً، أو كلما كانت غريزته العدوانية مرتفعة. ومع مرور الأيام، حوّل ثائر بتصرّفه ذاك حازماً إلى طفل مباح للجميع؛ يحقّ لأيّ طفل أن يضربه أو يشتمه من دون أن ينال عقاباً، أو من دون صدور ردة فعل من قبل حازم.

فجميع الأطفال يعتدون على حازم كلما أرادوا ذلك، ويسخرون منه، ولا أحد منهم يقبل أن يكون صديقاً له، باستثناء جمال قاسم الهوشة. فحازم وجمال وُلدا بفارق ساعة تقريباً، وارتبطا بصداقة منذ اليوم الأول لوجودهما في المدرسة؛ كما لو أنَّ قدومهما إلى الحياة بفارق ساعة جعلهما

متوافقين ومتعاطفين معاً. بل إنّ الصداقة بدأت بينهما قبل المدرسة في أماكن اللعب؛ في البيادر والسهول، حيث يمضي الأطفال جلّ وقتهم وطفولتهم في حضن أمّهم الأولى؛ الطبيعة. ولكنّ جمال كان قد انتقل مع عائلته في العام الماضي إلى الجولان، بالقرب من بحيرة طبرية؛ لأنّ أباه عسكري. وهكذا، بقي حازم وحده يواجه أو يتلقى عدوانية الأطفال، وخاصة ثائر.

كان حازم يعبث بقلم الرصاص ودفتره الوحيد كي يُبدِّد قلقه، ويتخلّص من التوتّر الّذي سيطر عليه، ثم شرع بإدخال قلم الرصاص والدفتر في حقيبته القماشية وإخراجهما منها. في الواقع، إنّها ليست حقيبة بالمعنى المألوف للكلمة، وإنّما هي عبارة عن قطعة قماش اقتطعتها الجدة أمّ حازم من ثوبها الذي أشرف على التلف، ثم ثنتها، وخاطت طرفيها، وخاطت إلى جانبيها ما يشبه الحبل الطّويل كي يتمكّن حازم من تعليقها على كتفه. وصل توتر حازم إلى أقصاه عندما راح الأطفال يصفّقون ويردِّدون خلف ثائر:

– أبو مخطة... أبو مخطة...

إذ كان حازم– مثله مثل الكثير من أقرانه– يسيل مخاطه بكميات ليست قليلة. إلّا أنه لم يكن يزيل المخاط، بل يتركه على وجهه، ممّا جعله يصبح محطَّ سخرية الأولاد الّذين أطلقوا عليه لقب «أبو مخطة». ومع مرور الأيام، توارى اسمه «حازم»، وحلَّ محله لقب «أبو مخطة». أمّا ما كان حازم يفكّر فيه في تلك اللحظات فهو العراك الذي سيحصل بينه وبين ثائر. وفي الحقيقة، لا يمكن وصف ذلك بالعراك؛ لأنّ العراك يكون

بين طرفين متكافئين أو شبه متكافئين. لذا، كان باله مشغولاً بالضرب المبرّح والإذلال اللّذين سيتلقّاهما من ثائر لحظة الانصراف، كما يحصل كل يوم. وفي هذه الواقعة اليومية، يكون حازم مجرد متلقٍّ. إذ يبدأ ثائر بمهاجمته وضربه وهو في أقصى حالته العدوانية، ولا يتوقّف إلّا عندما يُفرغ كلّ شحناته العدوانية في ضحيّته حازم، بينما التلاميذ يتحلّقون حولهما مُصفّقين ومشجعين ثائر وهم في غاية السرور.

حازم طفل ضعيف، وهو غير قادر على الدفاع عن نفسه، أو على تقديم شكوى إلى المعلم. وها قد مضت ثلاثة أعوام دراسية وهو يذهب إلى البيت كلّ يوم باكياً. وقد اشتكت الجدة إلى المعلم والمدير عدة مرات، ووعدها كلاهما بحلّ المشكلة. غير أنّهما اكتفيا بالتّحدّث إلى ثائر. إذ ابتسما له، وقالا له بطريقتين مختلفتين إنّه طفل شجاع وقوي، ولكن عليه أن يراعي ضعف حازم وجبنه. وهكذا، كان ثائر يزداد قوة وغطرسة، كما ازداد عدوانية تجاه حازم الذي راح ينأى بنفسه شيئاً فشيئاً عن الجميع، ويعتبرهم مشاركين في إذلاله.

فمنذ أن فتح حازم عينيه على العالم، وصار يعي ما يحصل حوله، وهو يشعر بالظلم، ويأنه وحيد في هذا العالم، ولا سند له إلا أمّ جدته أمّ حازم، المرأة القوية. ولكنّها تبقى امرأة فقيرة، لا سند لها ولا عزوة في مجتمع مضطرب، تختلط فيه القيم العشائرية والطبقية مع بعض قيم العدالة الاجتماعية الوافدة حديثاً. يمكن القول إنّ حازم طفل انطوائي؛ ربما بسبب جيناته أو تربيته أو كلا السببين. وبعد انتقال صديقه الوحيد جمال الهوشة، أصبح عالم حازم مكوّناً من أمّه صبحة- المرأة

الضعيفة التي تعمل طيلة النهار– وجدته أمّ حازم. كانوا يعيشون في غرفة وحيدة طينية ومتهالكة، وطعامهم الوحيد في وجبة الغداء هو طبق البرغل. وقد لازم طبق البرغل هذا حازم يوميّاً. أمّا الفطور فلا يتواجد يومياً. وإن وُجِدَ فهو يقتصر على بضع حبات من الزيتون، أو قطعة جبن، أو قطعة لبنة أو بيضة. ولم يرتدِ حازم ثياباً جديدة مطلقاً؛ لا في الأعياد ولا في الأيام العادية. بل كان يرتدي ما تجلبه أمّه وجدته من بيوت الميسورين من الفلاحين. وكان صامتاً دائماً، ويروق له أن يجلس في زاوية الغرفة محدّقاً إلى السقف لساعات.

أما ثائر فطفل ضخم الجثة، غليظ القلب، لا يفهم إلا لغة الضرب. وهو عدواني في سلوكه تجاه الجميع؛ إذ لم يترك طفلاً في الصف إلّا وضربه. إلّا أنه اختار حازم كي يكون موضع ضرب يومي، ربّما لأنّ حازم لا يدافع عن نفسه، ويخاف من الجميع، ويتحاشى كل شي. وهكذا، راح ثائر يتلذذ بتعنيف حازم، لاسيّما أنّه لا يوجد من يردعه؛ فهو يعتمد على نفوذ أبيه في مجتمع القرية الصغير؛ ذلك النفوذ الذي حصل عليه والده حديثاً عقب استيلاء حزب البعث على السلطة. فالجميع يخاف ويتحاشى الاصطدام مع أبي ثائر. فعلى الرّغم من أنّه لم يكن من أسرة غنية ذات نفوذ قديم، إلّا أنّه أمين الفرقة الحزبية في القرية؛ الحزب الذي بسط نفوذه على الدولة والمجتمع السوري حديثاً، وهو نفوذ جديد طرأ على المجتمع منذ بضع سنوات خلت. وما برح أبو ثائر يردِّد أنه من طبقة الفلاحين الفقراء الّذين اضطُهدوا كثيراً عبر التاريخ، وقد حان الوقت لينتقموا من أغنياء المجتمع ووجهائه. وهكذا، أدخل أبو ثائر

كل من عارضه في القرية السجن. وكانت المباحث هي اليد الغليظة التي يضرب بها أبو ثائر معارضيه. فقد زارت دورية المخابرات بيوت كل المعارضين لأبي ثائر، وأذلّت أرباب الأسر أمام عائلاتهم قبل أن تسحبهم إلى مكاتب المباحث، ليتم إذلالهم مرّات عدّة. أمّا من حاول أن يتمرّد فتمّ جلده حتى يستسلم ويطلب الرأفة. لذا، رضخت القرية كلّها لأبي ثائر ومجموعته. فعلى الرغم من أنّ الجميع يكرهونه، إلّا أنّهم في الوقت نفسه يطلبون ودّه ويتقرّبون منه.

ظلّت يد حازم الصغيرة تُدخل الدفتر الوحيد المجعدة أوراقه وقلم الرصاص إلى الحقيبة وتخرجهما منها. وعندما يسيل المخاط من فتحتي أنفه، كان يتخلّى عن الدفتر، ويرفع يده المتسخة ليزيل المخاط بحركة سريعة ومتقنة بقفا يده ومن جهة الإبهام.

سمع رنين الجرس الذي يؤذن بالانصراف. وعلى الفور، انطلق التلاميذ من صفوفهم فرحين، ومعبّرين عن سعادتهم بانتهاء العام الدراسي، وقد خفّفوا حملهم من الكتب الكثيرة التي أعادوها إلى الإدارة كي توزّع عليهم في العام القادم، ولكن وفق مستواهم الأكاديميّ الجديد. غادر جميع التّلاميذ إلّا تلاميذ الصف الثالث. فأغلبهم بقوا في الصف، وهم يصفقون ويغنون:

– أبو مخطة... أبو مخطة...

وتحلّقوا حول ثائر الذي كان ينتظر خروج حازم من مكانه. وعندما لم يخرج، تقدّم هو باتجاه الضحية، كالديك الذي فرد ريشه متهيئاً للمعركة. فزحف التلاميذ خلفه مضيّقين الحلقة على حازم الذي راح

يبكي بصمت، ويمسح دموعه منتظراً ومتوقعاً صفعة سيباغته بها ثائر في لحظة مـا. وما هي إلّا لحظـات حتّى ازدادت حماسة التّلاميذ، وتغيرت مفردات الغناء، وراحوا يصيحون على وقع تصفيقهم الذي راح يتسارع إيقاعه:

– اسحبو... اسحبو...

ازدادت سرعة إيقاع التصفيق مع اقتراب زحف التّلاميذ من حازم، يتقدمهم ثائر، وقد فرد يديه وضغط على شفته السفلى بأسنانه، واتسعت حدقتا عينيه إلى أقصى حدّ. عندها، توقّف حازم عن البكاء، ورفع يديه ليحمي وجهه من صفعات ثائر المنتظرة. فتغيّر الإيقاع وأصبح متواصلاً مع ترديد كلمة «هجوم»:

– هجوم... هجوم...

ويلمح البصر، انقضّ ثائر على حازم، وشرع يضربه على وجهه، بينما وضع حازم وجهه بين يديه ليحميه من الصفعات، ثم نزل إلى تحت المقعد ليحتمي به من ثائر. حاول الأخير أن ينزل إلى حيث اختبأ حازم، ولكن المكان كان ضيقاً، ولا يسمح له بحرية الحركة. لذا، وقف وتلفّت حوله حائراً، كما لو أنّه يفتش عن طريقة لإخراج حازم من ذلك المكان الضيق. فتوقّف الأطفال عن الغناء وتكرار الأهازيج المشجعة، وران صمت مقلق على المكان. في تلك الأثناء، وقعت عينا ثائر على عصا المعلم التي يستخدمها لمعاقبة الأطفال الكسولين والمشاغبين ما عدا ثائر. كانت العصا مركونة على حرف السبورة من الأعلى، فحاول ثائر الوصول إليها. وعلى الرغم من أنه طويل القامة، إلّا أنّه لم يستطع. لذا،

سحب كرسي المعلم ووضعه بمحاذاة السبورة، ثم صعد عليه، ووصل إلى العصا وأمسكها، وبعد ذلك قفز عن الكرسي إلى الأرض. فعاد هتاف الأطفال وتشجيعهم إيّاه مرة أخرى. اقترب ثائر من حازم الذي كان يراقب ما يدور وهو مختبئ أسفل المقعد، والخوف يقطّع أوصاله. وما هي إلّا لحظات حتّى هوى ثائر بالعصا على ظهر حازم بعدة ضربات متتالية، جعلت الأخير يزحف تحت المقعد لينتقل إلى المقعد التالي. ولحق به ثائر بضربات أعنف؛ ممّا جعل حازم يستمر بالزحف تحت المقاعد إلى أن وصل إلى المقعد الأول. وهناك، أمسكه ثائر، وراح يشده كي يخرجه، بينما حازم يقاومه ويحاول التشبث والرجوع إلى تحت المقاعد. ولكنّ قوة ثائر نجحت في إخراجه من المكان، فاشتعل تصفيق الأطفال لأنّ ثائر تمكّن من إخراج حازم. وقَفا وجهاً لوجه، وتحلّق التلاميذ حولهما، ثم صمت الجميع. وراح الأطفال المشجّعون ينتظرون خطوة ثائر التالية كي يلهب حماستهم، فيما حازم ينتظر ما سوف يفعله به ثائر مستسلماً لقدره. أمّا ثائر فاستغرق في التّفكير في طريقة جديدة لإذلال حازم، كي ينال التصفيق والتشجيع من قبل الجمهور.

مرت لحظات والجميع بانتظار قرارات ثائر الذي راح يحك رأسه، ويفكر في طريقة مبتكرة للإذلال. وبعد طول تفكير، أمر ثائر حازم بأن يقلّد الكلب في عوائه. فامتثل حازم بعد تردد، وراح يعوي كالكلب. فانفجر الأطفال بالضحك والتصفيق. ثمّ أمره بأن يقلّد الحمار في نهيقه. فقلّد حازم نهيق الحمار وسط عاصفة من ضحك الأطفال وتصفيقهم. ثمّ تفتّقت قريحة ثائر عن فكرة جهنّمية. إذ أمر حازم بأن يركع على

أطرافه الأربعة، ويمثّل دور الحمارة، بينما هو سوف يركع خلفه ويمارس دور الحمار الذي سيعتلي الحمارة. وكان هذا المشهد الجنسي يتكرر في القرية بشكل شبه يومي بين الحمير في شوارع القرية. عندها، راح حازم يبكي بحرقة، ولم يمتثل للأمر؛ ممّا جعل ثائر يطرحه أرضاً، ويضربه كي يدبّ على أطرافه الأربعة. وأخيراً، امتثل حازم للأمر مرغماً، فاعتلاه ثائر بحركة تمثيلية تقلد المشهد الأساسي، بينما الأطفال يصفّقون مبتهجين.

كان حازم يبكي بحرقة، ممّا جعل بعض الأطفال يتعاطفون معه، فراحوا يرجون ثائر أن يطلق سراحه. ووافق ثائر على طلب الجمهور، فترك حازم ينطلق راكضاً بعد أن أوسعه ضرباً.

وعندما دخل حازم حاكورة البيت، كانت أمّه تقف وسط كومة من روث البقر، ترش التبن الخشن فوق كومة الروث، لتقوم بعد ذلك بخلط كليهما بالمجرفة، وصنع أقراص الجلة ونشرها على حجارة البيادر لتجف وتخزن كوقود للتدفئة في الشتاء. وفي تلك الأثناء، كانت الجدة أمّ حازم تنثر بعض حبوب الشعير مع بقايا قطع الخبز اليابس للدجاج. وعندما أصبح حازم بجانب جدته، أمسك بطرف ثوبها، وانفجر في البكاء. فرمت الجدة ما في يدها، والتفتت إليه واحتضنته وضمته إليها وهي تسأله عمّن أساء إليه، ثم قالت:

- ابن أبي ثائر مهيك؟

فدفن حازم رأسه في صدر جدته الذي يمده بالحنان ويشعره بالأمان، وبدأ يشهق بحرقة، بينما راحت الجدة تمسح على شعره، وتضمه أكثر، وتواسيه ببعض الكلمات، ثم شرعت تتوعد ثائر وتشتم أباه الذي لم

يعرف أن يربيه.

وكانت الجدة قد اشتكت لأبي ثائر أكثر من مرة، ووعدها بأن ينبّه ابنه كي يكفّ أذاه عن حازم. ولكنّ ما كان يحصل هو العكس، لذلك قررت الجدة أن تذهب إلى العم عقلة.

وفي طريقها إلى بيت العم عقلة ممسكة بيد حازم، صادفا عدداً من الجِمال الّتي كانت تسير عبر أزقة القرية، قادمة من السهول المجاورة، وعلى ظهر كلّ جمل استقر حِمْلُ العدس المحصود لتوّه. وفي منتصف الحِمْلُ وعلى السنام تماماً استقرّ شاب صغير يقود أحد الجِمال إلى البيدر. كما صادفا عدداً من العربات ذات العجلات الخشبية الّتي تحمل الحمّص أو العدس، ويجر كلًّا منها بغل.

وعندما دلفت الجدة- وهي ممسكة بيد حازم- حاكورة بيت العم عقلة، كان الأخير يجلس على «السيباط» الممتد أمام غرفه الثلاث. إحدى الغرف بنيت حديثاً من البلوك، بينما سقفها صنع من القصب، وبعض ألواح الخشب. كانت الدار تشرف على منطقة البيادر المنخفضة والممتدّة على مدّ البصر. والبيادر متجاورة، يفصل بين البيدر والآخر سور حجري منخفض. وقد امتلأت البيادر بالعدس والحمّص و«الجلبانة»، وبالقليل من الشعير والقسح.

إلى جوار العم عقلة جلس أبو مرعي الذي حل محل أحمد الفقير في مساعدة العم عقلة في عمله. كانا يشربان الشاي، وينصتان إلى نشرة الأخبار التي تُبث من إذاعة «صوت العرب» عبر مذياع كبير الحجم

وضعه العم عقلة إلى جانبه. كلّ الأخبار أشارت إلى أنّ حرباً ستقع بين العرب من جهة وإسرائيل من جهة أخرى. جلسا على بساط صُنع من خرق بالية، ولكنّه حيك بطريقة فنية، وأمامهما إبريق الشاي القيشاني الأزرق مع بعض الأكواب. اجتازت الجدة وحازم حوش الدار، وعندما رآها أبو مرعي، همس:

‫–‬ الله يستر.

رحّب بهما العم عقلة، ودعـا أمّ حـازم للجلوس وشرب الشـاي. غير أنّها رفضت الجلوس إلّا بعد أن يعدها العم عقلة بتلبية طلبها. فقال لها:

‫–‬ تكرمي أمّ حازم.

عندها، ارتاحت الجدة، وشعرت أنّ تلك الكلمة قد أزاحت عن كاهلها هموم الدنيا، وأدركت أنّها قد أحسنت الصّنع عندما اختارته لنصرتها. جلست بجانب أبي مرعي، وبدأت بسرد قصتها بينما العم عقلة يستمع إليها، ويسكب لها كأس الشاي. وبعد أن أنهت قصتها، شرد العم عقلة في أفكاره. فهو ناصري الهوى، وقد اصطدم مع أبي ثائر أكثر من مرة، وبينهما خلافات عميقة ومشاجرات كلامية وصلت إلى حدّ التهديد من قبل أبي ثائر بإدخاله السجن، ولكنه لم يجرؤ على سحب العم عقلة إلى المباحث، فلديه حسابات عائلية. إذ إنّ عائلة العم عقلة ليست بالقليلة، فرجالها ذوو بأس شديد يشبهون العم عقلة، وهو زعيمهم. وعندما وعدها العم عقلة خيراً، قبلت الجدة أن تشرب الشاي، بينما نظر إليها أبو مرعي وابتسامة ساخرة مرتسمة على

شفتيه، وقال مازحاً:

- زوِّجيني صبحة وأنا أتكفّل بالدفاع عنكم!

فردّت عليه بالروح الساخرة نفسها، متهكّمة على نظرته:

- عمّ تحاكي من؟

ردّ أبو مرعي:

- عم حاكيك.

فقالت:

- أول أشي، روح صلّح عيونك! ثاني أشي، إذا بنفخ عليك بطيرك...
الفرس بدها فارس يا أحول.

أضحك تهكّمها العم العقلة الّذي كان نادراً ما يضحك. بينما راح
أبو مرعي يرقِّص حاجبيه ويحاول أن يردّ على الجدة قائلاً لها:

- بالتجريب، هسع منفوت أنا وانت على الغرفة لربع ساعة، فإذا ما
طلعت زلمة....!

وّتوقّف عن الكـلام، وتلفّت حـوله، ثم أضـاف وهـو يفرد
أصابعه قائلاً:

- ... شبر!

فردّت الجدة متهكمة:

- الحمار معه واحد شبرين!

فانفجر العم عقلة بضحكة أقوى من الأولى، ثم أعقب الضحكة
بسلسلة من السعال الجاف. بينما أقر أبو مرعي بالخسارة أمامها وقال:

- بصراحة، غلبتيني.

عادت الجدة إلى بيتها وقد انفرجت بعض همومها بعد وعد العم عقلة لها، وبعد جلسة الفكاهة مع أبي مرعي.

وفي اليوم التالي، وقبيل صلاة العصر، قصد العم عقلة المسجد لأداء الصلاة، مُقرّراً أن يتّجه بعد ذلك شرقاً إلى بيت أبي ثائر، حاملاً شكوى الجدة أمّ حازم. كان الهواء الساخن يهب من جهة الغرب، ويحمل معه التبن الناعم القادم من البيادر. فإلى الغرب من بيته، شرع عدد من الفلاحين بتذرية محصولهم من العدس والحمص. فما كان من العم عقلة إلّا أن غطّى رأسه بالشماغ، وأسدل طرفه إلى الأمام كي يحمي عينيه من غبار التبن الناعم. فهو يعاني من حساسية قوية تجعل عينيه حمراوين لفترة ليست بالقصيرة. وحين رأى جمهرة من الأطفال والمراهقين يقفون أمام متجر القصاب أبي السعد الذي كان واقفاً أمام دكانه، وأبناؤه الشباب الثلاثة يقومون بتعليق بقرة ضخمة ذبحت للتو من حوافرها بواسطة كلاليب كي يتمكّنوا من رفعها بحيث تصبح معلقة رأساً على عقب، ويستطيعوا سلخ جلدها، ألقى عليهم التحية، فردّوا بأحسن منها. ودعاه أبو السعد ليشرب الشاي، فشكره العم عقلة.

وعندما وصل إلى ساحة القرية، التقى الحاج مصطفى الذي استوقفه، وبدأ يشرح له خطته التي يفكر فيها. قال إنّه يخطّط لهدم البناء قديم الماثل أمامهما، وإنشاء بناية مؤلفة من ثلاثة طوابق. وراح الحاج مصطفى يتباهى بهذا الإنجاز الضخم الذي لم يحصل، ولكنّه يخطّط له. فلأول مرة، سيتم تشييد بناء مكوّن من ثلاثة طوابق ومن الإسمنت المسلّح

بالحديد، وسوف يُخصّص الطابق الأوّل للطبيبة زوجة ابنه كي تفتح صيدلية، والطابق الثاني سيكون عيادة لابنه الطّبيب فواز، أمّا الثالث فسوف يؤجّره لمن يرغب في ذلك. عبّر العم عقلة عن إعجابه بفتح عيادة للطّبيب فواز وصيدلية لزوجته، ولكنّه لم يستسغ فكرة التأجير؛ إذ لم يحدث يوماً أن قام أحد من الفلاحين بتأجير شيء من ممتلكاته. فمفهوم الإيجار مستهجن ومحط سخرية من قبل الفلاحين، كما يعتبر عيباً اجتماعياً. غير أنّ الحاج مصطفى لم يكن يبالي بتقييمات الفلاحين، وحسه التجاري يجعله ريادياً في الكثير من أفكاره التي يقلّدها الآخرون في ما بعد. في تلك اللحظات مرّ أبو ثائر، فألقى التحية عليهما، ثمّ اقترب منهما لأنّ العم عقلة أشار له بيده بما معناه أنه بحاجة إلى أن يكلّمه. وعلى الفور، بادر أبو ثائر بالقول وقد ضمّن كلماته بعض المسؤولية:

- خير يا أبا أحمد، أنا بالخدمة!

وحين بدأ العم عقلة يشرح له وبشكل مختصر ما يريده منه، قاطعه أبو ثائر بفظاظة مُدّعياً أنّه على عجلة من أمره، وطلب منه ألّا يستمع إلى تلك العجوز المهذارة. عندها، غضب العم عقلة، وحصلت بينهما مشادّة كلامية بدأها العم عقلة كردّ على طريقة أبي ثائر المستهترة:

- يا أبا ثائر، احترام الآخرين واجب.

فردّ أبو ثائر:

- انت بتعرف، احترامنا الك موجود... بس والله مستعجل...
- انتو بتقولوا انكم تنصرون الفقير...

استفز ما قاله أبا ثائر فبادره قائلاً:

- من تقصد؟

- كفّ أذى ابنك عن الناس. ربّيه منيح أحسن من مية خطاب. ابنك أزعر يا... رفيق!

وشيئاً فشيئاً تطوّر النقاش بينهما، وتجمّع عدد أكبر من الناس. فارتفعت الأصوات أكثر، وأصبحت أكثر حدة وتوتراً. ورفع أبو ثائر صوته وإصبعه مُهدّداً، واتّهم العم عقلة بأنّه ناصري ويتقصد إثارة الفتن والمشاكل، ويقف ضد أهداف الثورة، في الوقت الذي يحاول فيه أبو ثائر وحزبه الدفاع عنه وعن الوطن ضد إسرائيل والصهيونية العالمية. فما كان من العم عقلة إلّا أن ردّ أنّ أبا ثائر ومجموعته أتوا بدلاً عن الإقطاع والرأسمالية، ويمارسون ظلماً أبشع من ظلم الذين رحلوا.

وفي اليوم التالي، اقتيد العم عقلة إلى مركز المباحث، واتُّهم بإثارة الفتن والمشاكل الجانبية التي تصرف الرفاق عن أداء مهامّهم الوطنية والقومية، ومن أبرزها الاستعداد للمعركة الفاصلة التي ستقضي على الكيان الصهيوني. كما تمّت إهانته وشتمه، وتطاول أحد عناصر المباحث عليه، فأمسك شاربيه وقال له مستهزئاً:

- هالمرة رح نسمحلك تروح عا بيتك، المرة التانية رح شخ على هالشوارب، وحطك بالسجن.

وهكذا، عاد العم عقلة مُهاناً مكسور النفس. إذ لم يتجرّأ رجل من قبل على الإمساك بشاربيه وإهـانته بهذه الطريقة. كان يعلم مسبقاً أنّهم سوف يهينونه، ولكن عندما حدثت الإهانة فعلاً شعر بالألم أكثر

ممّا توقّع.

إلّا أنّ الأحداث الّتي تلت ذلك جعلت العم عقلة ينسى إهانته. فبعد عدة أيام فقط، اندلعت الحرب المتوقعة، وانتهت في ستة أيام. ستة أيام قلبت تاريخ المنطقة، وغيّرت مسارات أجيال، وأصبح المستقبل غامضاً وقاتماً.

تحلّق الرجال حول مذياع العم عقلة، وامتلأ «السيباط» بالمستمعين، فيما راح صوت أحمد سعيد من إذاعة «صوت العرب» يُسقط مئات الطائرات الصهيونية، وينقل أخبار الطائرات المصرية التي تدكّ مواقع الاحتلال، وتجعل الجيش الإسرائيلي يفر مذعوراً أمام جحافل الجيوش المصرية والسورية والأردنية. ووفقاً لما نقله المذيع، أصبحت الجيوش العربية قاب قوسين أو أدنى من القدس، وعلى وشك التخلص من إسرائيل إلى الأبد. كانت نشوة النّصر توزّع بلا حساب على الشعوب العربية الّتي لم تدرك أنّ الخديعة زادها اليومي من قبل إذاعة «صوت العرب»، كما لم تدرك أنّ قادة هذه الجيوش العربية التي يعتزّون بها سيكونون وبالاً عليهم ربّما لعشرات السنين.

وكانت الصّدمة عندما عرفت الشّعوب العربيّة فجأة أنّ إسرائيل هزمت ثلاثة جيوش عربية دفعة واحدة، واحتلت سيناء والجولان والضفة الغربية وقطاع غزة، وألحقت الهزيمة والعار بكلّ العرب. عندها، توقّف فلاحو القرية عن الحصاد لعدة أيام، إذ لم يستوعبوا ما حصل. ففجأة، استفاق الجميع على خسائر هائلة في الجنود والعتاد والأراضي، وهزيمة نفسية ساحقة لكل العرب، هزيمة سوف تترك آثارها

لعشرات السنين القادمة في نفوس الجميع. فما كان من النّاس إلّا أن توقّفوا عن العمل، وساد الصمت والذهول الساحات والمضافات، فلا كلام يمكن أن يقال. لقد نفد كلام الجميع، وسيطر الإحساس بالهزيمة على النفوس.

وهكذا، اختفى العم عقلة الذي كان دائم الاستماع إلى «صوت العرب»، والذي كان يختال متفاخراً بخطابات الرئيس جمال عبد الناصر قبل الحرب، ولم يعد يظهر لا في المضافات ولا في الساحات، ولم يعد يستقبل أحداً على مصطبته ولا في مضافته. بل أغلق باب غرفته بالمفتاح، وحبس نفسه. عندها، خافت زوجته عليه، وحاولت جاهدة أن تجعله يفتح الباب، ولكن عبثاً. فأرسلت في طلب بعض أصدقائه المقربين منه، ولكنهم لم يفلحوا في إخراجه من عزلته. إذ أخبرهم أنّه بخير، ولكنّه غير قادر على النظر إلى وجوه الناس. فقد شعر أنّه هو من هُزِم ولا أحد غيره. وفي اليوم التالي، خرج بسبب ضغط الحاجة، فقضى حاجته، ثمّ عاد إلى غرفته وأغلق الباب خلفه؛ إذ لم يرد أن يراه أحد وهو في هذه الحالة من الضعف والانكسار. كان يبكي على هزيمته وحده، ويشعر أن كبرياءه قد تحطمت. وبعد مرور شهر، بدأ يخرج من عزلته شيئاً فشيئاً، ولكنه بقي صامتاً، ولم يعد يستمع إلى «صوت العرب». فقد اكتشف أن الكذب هو السائد عند جميع الحكام الذين- بحسب اعتقاده- يجب أن يُعزَلوا ويحاكموا، وفي مقدمتهم الرئيس جمال عبد الناصر الذي ما برح يحبه. ولكنّ الأوطان أغلى من الزعماء. كانت هذه آخر جملة يقولها قبل أن يصمت إلى الأبد.

توفّي العم عقلة في نهاية الصيف، وتتالت الأيام والأشهر والسنون، واستمر أبو ثائر في صلفه واضطهاده لكل من يتجرأ على الوقوف في وجهه. إذ أراد أبو ثائر أن يجعل الفلاحين كقطيع من الأغنام، فراح يمارس عليهم أقصى حالات الإرهاب لتطويعهم. وعندها، اتسعت دائرة المنافقين المؤيّدين له، فتحوّل قسم منهم إلى مادحين له، فيما صار القسم الثّاني منهم بمثابة عصا غليظة في يده، يرهب بها من يحاول التمرد. ولكنه هو نفسه تحوّل إلى عصا غليظة بيد أجهزة المخابرات التي راحت تكبر وتكبر مع بداية السبعينيات لتلتهم الحزب والدولة والشعب. وقد استمتع أبو ثائر بكونه عصا غليظة، وراح يمارس سلطة غاشمة على أهله ومجتمعه من دون رأفة، فيما شرع المجتمع يغرق شيئاً فشيئاً في هوّة مظلمة وعميقة لا قرار لها.

1970

في حفل كبير حضرته نخبة من الطبقة المتوسطة الدمشقية من أقرباء الصيدلانية سناء زوجة الطّبيب فواز، وأصدقاء الأخير، وبعض الأعيان، وأغنياء الفلاحين في قرية «مدينة سعدة»، تم افتتاح عيادة للطّبيب، وصيدلية للزوجة في المبنى الجديد المؤلف من ثلاثة طوابق؛ وهو المبنى الطابقي الوحيد في القرية التي أصبحت المدينة. وكان البناء يطل على ساحة البلدة، ويجاور المسجد، ودائرة الأحوال المدنية، ومركز الشرطة، وأربعة متاجر.

احتلت الصيدلية الطابق الأرضي بإنارتها القوية والمميزة، ورفوفها الجميلة الجديدة الّتي رتّبت عليها الأدوية بشكل أنيق. ووقفت الصيدلانية سناء في المنتصف، توزِّع الابتسامات، وتصافح النساء. فافتتاح صيدلية في البلدة يعتبر خطوة كبيرة إلى الأمام بالنسبة إلى

الفلاحين. فحتى ذلك الحين، كانت بعض الأدوية مثل الأسبرين وبعض الأدوية المضادة للمغص والإسهال تباع في البقالية. أما في حال المرض الشّديد الّذي يكتب الطبيب لعلاجه دواء محدّداً، فقد كان المريض يضطر إلى السفر إلى دمشق لتلقّي العلاج وشراء الدواء من هناك.

وفي الطابق الثاني افتُتِحت العيادة المكونة من غرفتين وغرفة خاصة للطّبيب فواز. وبالتالي، صار بمقدور الفلاحين الاستغناء عن الذهاب إلى المدينة لزيارة الطبيب.

انعقدت حلقة الدبكة في ساحة القرية، وتسابق الشباب على قيادتها. وهكذا، تشابكت أيدي الصبايا مع أيدي الشباب، ولامست أرواحهم عاطفة مشبوبة، فخفّت أجسادهم، وتكسّرت الحواجز. وطفق شاب يراقص صبية وسط الحلقة، فيقتربان من بعضهما إلى حدّ التلامس، ثم يبتعدان عن بعضهما- وفق مطاردة العاشق والمعشوق المدروسة- فتفيض الروح بما تحتوي من حب للحياة، وسط حماسة الجمهور وتأييده لهما. ثم انتقلت بؤرة الحدث إلى الشاعر أبي لطفي، الذي راح يغرّد بصوته العذب، واصفاً المحبوبة حينا، وشاكياً من الفراق وقسوة الحبيب حيناً آخر، ليصف أخيراً لقاء الحبيبين وتبادلهما القبلات. أمّا عازف المزمار فراح يتمايل أمامه يميناً ويساراً، متنقّلاً من أول الحلقة إلى آخرها وهو يعزف، ثمّ يخبط الأرض بقدسه، وينطلق عائداً إلى حيث يقف أبو لطفي وسط حشد كبير من الجمهور- من مختلف الأعمار- الّذي تحلّق حول راقصي الدّبكة.

وكان فصل الربيع بمناخه العذب يُرسل أرقّ النسمات التي تداعب

وجنات الصبايا والشباب اليافعين، ويزيد من تفجر الطاقة المتحفزة في ثنايا أجسادهم.

بين الجمهور، وقف ثائر بجسده الضخم وشعره الأشعث متأبّطاً كرة قدم، وإلى جانبه وقف حازم النحيل- منكسر النظرات والخجول- الذي أصبح صديق ثائر الحميم بعد سنوات عديدة من الاضطهاد الذي مارسه ثائر عليه. كانا في سنّ المراهقة، لذا بدأت تبدو عليهما تغييرات ملحوظة؛ فقد اخشوشن صوتاهما، وبدأ جسداهما ينموان بطريقة غير متناسقة تظهِر المراهق أخرق في كل شيء.

وعلى الرّغم من أنّ ثائر استمرّ في عدوانيته تجاه الآخرين، بحيث يعتدي على أي طفل أو مراهق يخالف أوامره، إلّا أنّ حازم تخلّص من تلك العدوانية حين أصبح صديقه الّذي ينفّذ كل ما يؤمَر به.

في تلك الأثناء، ركّز ثائر نظراته على إلهام ابنة الطّبيب فواز والصيدلانية سناء، والّتي تبلغ من العمر اثني عشر ربيعاً، وهي تشارك في رقصة الدبكة، ثمّ مال بجسده إلى حازم وهمس له:

- حلوة بنت الحرام.

ابتسم حازم وهزّ رأسه وأرسل نظرات خجولة إلى إلهام؛ لأنّه يعرف مسبقاً أنّ ثائر معجب بها.

وعندما حان موعد صلاة الجمعة، انفرط عقد الدبكة، وغادر حشد الرجال إلى المسجد، على أن يعودوا بعد الصلاة لمتابعة الحفل ولتناول الغداء؛ حيث قدّم الحاج مصطفى- على الرغم من بخله- أربعة من

الخراف، بينما اشترى الطّبيب فواز عشرة أخرى، وكلّف أبا السعد وأولاده بما يلزم لهذه المهمة من ذبح وسلخ وتقطيع، في حين تبرّعت بعض السّيّدات بالطهي.

غادر ثائر الحفل وتبعه حازم، بالإضافة إلى ثلاثة من المراهقين الأشقياء الّذين يأتمرون بأمره، ليلعبوا كرة القدم في إحدى «الحواكير». وفي غمرة اللعب، مرّ أبو ثائر وطلب من ابنه أن يأخذ الحصان للرعي. ففي الربيع، اعتاد الأولاد والمراهقون بعد الانتهاء من المدرسة وأيام الجمع أن يسوقوا دوابهم- من بغال وأحصنة وحتى حمير- وفقاً لما يملكه كل فلاح، ويخرجوا بها إلى السهول المجاورة للقرية لترعى.

ولحصان أبي ثائر أسماء متعددة أطلقها عليه سرّاً الرجل الساخر دائماً أبو مرعي. فسمّاه الحمار المتنكر، وسماه الكديش الأصيل. أمّا الاسم أو الصفة الأخيرة التي أطلقها أبو مرعي فكانت «الرفيق». وسبب هذا التهكم الذي يبديه أبو مرعي شجارٌ حصل قبل سنة من الآن. إذ ما فتئ أبو ثائر يتباهى بحصانه، ويُسبغ عليه صفات كثيرة، ويفخر به أمام الجميع قائلاً إنّه حصان عربي أصيل، ويروح يسلسل نسبه عبر ألف عام. بينما يعتقد أبو مرعي أنّه «كديش» مثله مثل آلاف «الكدش» التي تستخدم للجر والنقل. وبروحه الساخرة، راح يتهكّم على ذلك الحصان بقوله إنّه حمار كبير فقط. غير أنّ أبا مرعي لم يجرؤ على قول ذلك أمام أبي ثائر، بل كان يقوله في جلساته الخاصة. ولكنّ كلامه وتهكمه وصلا إلى مسمعَي أبي ثائر فاستشاط غضباً، وقرّر أن يهين أبا مرعي أمام الجميع في ساحة القرية. وهكذا، انتظر في الساحة حتى قدم أبو

مرعي للصلاة، فاقترب منه، ومدّ يده بغتة إلى رأس أبي مرعي ونزع عنه العقال والشماغ ورماهما على الأرض، وأطلق سيلاً من الشتائم بحق أبي مرعي، وهدّده بالسجن لأنه يسخر من الحصان العربي الذي يعتبر رمزاً للشجاعة العربية والأصالة والفروسية، وبالتالي فهو يهين الشخصية العربية الأصيلة، وهذا يصبّ في حقل الأعداء والصهيونية العالمية. عندها، صمت أبو مرعي وابتلع الإهانة، ثمّ التقط عقاله والشماغ عن الأرض، وقال:

– الله يسامحك يا أبو ثائر.

وبعد تلك الإهانة التي وُجِّهت لأبي مرعي، توقّف لفترة من الزمن عن التعليق على حصان أبي ثائر، ثم بدأ من جديد، وأطلق سيلاً من الكلام الساخر واللاذع الذي طال الحصان وصاحبه. ولكن هذه النكات بقيت ضمن حلقة أصدقاء أبي مرعي.

قاد ثائر الحصان من حظيرته قاصداً المرعى، وكان حازم برفقته. ثم انضم إليهما ثلاثة أولاد يقودون بغلا وحمارين. اتجه الجميع إلى السهول الشمالية والشرقية. وقطعوا مسافة كيلومترين اثنين حتى وصلوا إلى سهل بور نما فيه العشب. وهناك تُرِكَت الحيوانات تسرح وحدها، بينما راح ثائر ورفاقه يلعبون كرة القدم. انقسموا إلى فريقين، فضمّ الفريق الأول ثائر وحازم فقط، فيما شكّل الآخرون الفريق الثاني على الرغم من أنّهم ثلاثة. وقد تمّت هذه القسمة بناء على أوامر ثائر الذي شرع يهاجم الفريق الخصم وحده. وكان حين لا يستطيع التغلب على اللاعب الآخر يرميه أرضاً بيده، ويتابع اللعب ليسجل هدفاً. لم تجِد اعتراضات

أعضاء الفريق الخصم نفعاً؛ لأنّ ثائر هو الحكم أيضاً. وهكذا، انسحب أعضاء الفريق الآخر أكثر من مرة، ولكنّ ثائر كان يعيدهم إلى اللعب بالقوة والتهديد. وانتهت المباراة عندما تعب ثائر، فجلس الجميع على الأرض لينالوا قسطاً من الراحة. وكانت النتيجة سبعة مقابل لا شيء؛ طبعاً لصالح ثائر.

وفي مشهد مألوف في القرى، اعتلى حمار حمارة، فراح المراهقون يراقبون هذا المشهد، وأُثير ثائر جنسياً، فنهض وراح يركض خلف حصانه الذي ابتعد عنهم. وبعد أن أدرك الحصان، نادى حازم كي يلحق به؛ فقد ابتعد كثيراً عن المجموعة. التحق حازم بثائر الذي كان في حالة إثارة جنسية. وبالصّدفة كانت هناك وهدة في الأرض تنخفض عميقاً عن سطح الحقول المجاورة. فنزل ثائر راكضاً إلى قاع الوهدة، بينما بقي حازم واقفاً على حافتها. وحين طلب منه ثائر أن ينزل، تردد حازم لأنّه شعر بأنّ شيئاً غير عادي سيحصل. فاستشاط ثائر غضباً، وراح يشتم حازم، بينما استطال عضوه الذكري. عندها، خاف حازم من غضب ثائر ونزل إلى الوهدة. وما إن وصل إلى حيث يقف ثائر حتى أمسكه الأخير وطرحه أرضاً، وراح ينزع عنه البنطال. كان ثائر في حالة توتر وغلمة كبيرة، بحيث لم يعد يسيطر على نفسه. قاومه حازم بقوة، وحاول منعه من الاعتداء عليه. ولكنّ ثائر ازداد غضباً وإثارة، فراح يصفع وجه حازم بعنف، ويزداد شراسة، ويهدده بالقتل. عندها، بدأت مقاومة حازم تضعف، وراح يترجّى ثائر أن يتركه وشأنه، إلّا أنّ ثائر كان قد أنزل بنطال حازم وولجه من الخلف.

عاد حازم إلى القرية محطم النفس، ودخل حوش الدار حيث كانت الجدة تخرج البيض من القن. سألته إن كان يرغب في أن تقلي له بيضاً، فرفض عرضها، وسأل عن أمه. وأخبرته الجدة أنّها ذهبت لتحويش الخبيزة والعكوب. فطيلة أيام الربيع يرتاح حازم من أكل البرغل لتصبح الوجبة الرئيسية خبيزة أو عكوباً أو مُراراً، أو أي نوع من أنواع النباتات البرية التي تؤكل. دخل الغرفة منهكا نفسياً، وجلس في الزاوية منكمشاً على نفسه. كان مشتت التفكير، لا يستطيع أن يفكر في شيء، ولا أن يخرج من الغرفة، كما لم يستطع النوم، ولا الجلوس مع أحد، ولا القيام بأي شيء. بكى وحده إلى أن تعب من البكاء، ثم خرج من الغرفة، واتجه إلى خارج البلدة، إلى السهول. دار حول البلدة حتى المساء، ثم عاد متعباً ومنهكاً، ونام وهو يفكر في العقاب الإلهي. حلم أنّه يحرق في النار، وراح يتلوى ويصرخ من الألم بينما النار تحته تشتعل ويزداد أوارها. واستيقظ على يد تهزه، وكانت يد جدته الّتي تحاول إيقاظه. فارتمى في حضها بسبب الهلع الذي ألمّ به. وراحت الجدة تقرأ بعضاً ممّا تحفظه من الآيات القرآنية. كانت حرارته مرتفعة، فطلبت الجدة من صبحة أن تذهب إلى أمّ جبر لعلّ لديها الحل. فارتدت صبحة ثيابها، وانطلقت في الليل إلى بيت أمّ جبر ثم عادت بها. جهزت أمّ جبر خلطة من النباتات، وغلتها وأجبرت حازم على شربها، ولكن درجة حرارته لم تنخفض. جرّبت كل الطرق التي تمارسها عادة، إلّا أنّها لم تجِد نفعاً. وحين حلّ الفجر، وارتفع الأذان، عادت أمّ جبر إلى بيتها. فجلست صبحة عند قدمي حازم وراحت تبكي، بينما تجهم وجه الجدة، واستغرقت في تفكير

عميق باحثة عن حل ينقذ حفيدها. وأخيراً، قرّرت أن تذهب به إلى دمشق، إلى طبيب يداوي الفقراء بدون مقابل، وتقع عيادته على دوار باب مصلى. في البداية، رفض حازم أن يذهب معها، ولم يتكلم عما حصل معه البارحة. ولكن تحت إصرار الجدة، نهض ومشى بجوارها إلى ساحة القرية حيث الحافلة تنتظر.

وأمام الحافلة، وقف السائق أبو صياح والمعاون أبو ياسين وصاحب الحافلة الحاج مصطفى يتحدثون، بانتظار الركاب الذين يصلون تباعاً. وبينما أبو صياح يلف سيجارته الثالثة، وصلت الجدة. وعندما عرف الحاج مصطفى سبب سفرها إلى دمشق، طلب منها أن تتوجّه إلى عيادة الطَّبيب فواز، فاليوم هو اليوم الأول، وسوف يداوي من دون مقابل. ارتاحت الجدة لهذا الاقتراح، لأنها سوف توفّر أجرة الحافلة. وفي تلك اللحظة، وصل أبو مرعي حاملاً سلتين كبيرتين من البيض. وضع السلتين جانباً، وألقى التحية، ثم أخرج علبة «الناعورة»، وسحب سيجارة وأشعلها. فبادرته الجدة مازحة ومتهكمة:

- لوين يا شاه بندر التجار؟

فأجاب مبتسماً:

- عالشام، أخطب شامية.

فتابعت تهكمها:

- الشامية ما في حوليها زلم!؟ تستنى الأحول ليتجوزها؟

فضحك الجميع، ثم انسحبت الجدة متعللة بمرض حفيدها الذي

جعلها قلقة وغير قادرة على المزاح. عندها، سأل أبو مرعي بجدّية عمّا يشكو منه حازم، ثم طلب منه أن يأتي إليه. أمسكه من يده، ومشى به مبتعداً عن المجموعة، ثمّ جلس على حافة بيدر مجاور، ودعا حازم إلى الجلوس بجانبه، ثم بدأ يسأله عما يعاني منه. استغل أبو مرعي العلاقة الطيبة بينه وبين حازم ليعرف مشكلته. فحازم ومنذ سنين يشعر بطيبة أبي مرعي، ويرتاح له لأنّه دافع عنه أكثر من مرة، وكلما صادفه كان يكلمه ويلاطفه ويضع يده على رأسه بلطف ويقول له:

- لازم تكون زلمة، فالحياة تحتاج إلى زلم.

لم يتكلم حازم عن عملية الاغتصاب، ولكنه تحدث عن الحلم الذي شاهده. فطمأنه أبو مرعي بأنّ الله رحيم بعباده، وهو محب للأطفال، وعلى حازم ألا يتخيل الله إلا بتلك الطّريقة، وأن يعلم أنّ الله محب لخلقه. ثم راح يقص عليه قصصاً مليئة بالتفاؤل والفرح، إلى أن شعر حازم بالطمأنينة، واستكان قلقه، وهدأت نفسيته، وشعر بالسلام الداخلي. عندها، عادا وانضمّا إلى الحلقة، وقال أبو مرعي للجدة:

- خذي حفيدك وروحي إلى البيت، حازم مثل الحصان، ما بيشكي من اشي، وأجرتي الكشفية، يمكن أن آخذ أي شيء مقابلها.

فضحك الجميع، وكالت الجدة بعض السباب له، وقادت حازم عائدة إلى البيت، بعد أن وعدت أبا مرعي بطبخة خبيزة إن ذهبت الحرارة عن حازم.

بعد وفاة العم عقلة، تحوّل أبو مرعي إلى تربية الدجاج والحمّام، لدرجة أنّه أصبح لديه الآلاف منها. ثم بدأ يسافر إلى دمشق يومياً ليبيع

البيض هناك، والحمام أيضاً.

وعندما حان موعد انطلاق الحافلة، صعد السائق والمعاون وأبو مرعي، بينما بقي الحاج مصطفى بانتظار الحافلة الثانية. فللقرية حافلتان، يملكهما الحاج مصطفى، وهناك توقيت محدّد لانطلاقهما إلى دمشق، وكذلك توقيت آخر لعودتهما. كانتا تقومان بسفرتين يومياً. ولم يكن الحاج مصطفى يملكهكا فقط، بل لديه أملاك أخرى كثيرة؛ فقد أدخل الجرار إلى القرية؛ للحراثة والزراعة ونقل القش من السهول إلى البيادر. وتلك الخطوات الثورية في الاستثمار، التي غامر بها الحاج مصطفى جعلته يجني أرباحاً هائلة؛ لأنه الوحيد، ولأنه يسبق الجميع في تلك الاستثمارات.

1974

انتصف أيلول، وبدأ العام الدراسي الجديد، وأصبح حازم في الصف العاشر، وحصل على زيّ المدرسة الموحد- بذلة خاكية وقبعة وإشارتان صفراوان توضعان على الكتفين- من ابن جيرانهم، الذي تبرع به لحازم، بعد أن لبسه ثلاث سنوات متتالية. ارتدى حازم البذلة، ويدا وسيماً في عيون جدته وأمه اللتين تأملتاه وهما في غاية السعادة. فالطفل أصبح شاباً، وأصبح صوته خشناً وعميقاً أكثر من المعتاد، وشارباه ارتسما بوضوح فوق شفته العليا، وكذلك نبتت لحيته. لقد تحوّلت نعومة الطفل إلى خشونة مراهق قاسية، ولكنّ القلق والخوف والجبن ما زالت من سماته الشخصية، وإن أصبح الآن قادراً على إخفائها والظّهور أمام الآخرين بشخصية قوية ومتماسكة. يُضاف إلى ذلك أنّ هرمونات المراهقة جعلته أكثر جرأة وأكثر اعتداداً بنفسه. كما أن صداقته لثائر جعلته يتجرأ عليه أحياناً، ثائر الذي رسب في الصف التاسع.

حمل دفتره الوحيد وقلمه وانطلق إلى المدرسة عبر طريق أسفلتي شق حديثاً. لقد كبرت البلدة ونمت بشكل سريع جداً، وبنيت على أطراف القرية القديمة بيوت إسمنتية كثيرة، وامتدت في جميع الجهات. وأصبحت البلدة مركزاً قضائياً، وتأسّس مجلس بلدي جديد. كما شُقّ طريقان رئيسان اخترقا القرية القديمة جنوباً وشمالاً وغرباً وشرقاً.

كانت نسمات أيلول الصباحية باردة قليلاً، ولكنّ حرارة الشباب جعلت حازم لا يشعر بها. وكان من عادة حازم أن يشعر بالحزن ما إن ينتصف أيلول وطيلة الخريف، ولكنّه اليوم شعر بالفرح على غير العادة؛ إذ شعر بحبور جعله خفيفاً ويكاد يقفز في مشيته. وليس السّبب أنّ اليوم هو الأول في العام الدّراسيّ، بل لأنّ المدرسة تتيح له أن يلتقي إلهام الفاتنة، ابنة العز والغنى والدلال، ابنة الطّبيب فواز والصيدلانية سناء، والّتي قضت الصيف بعيداً عن البلدة؛ في دمشق وبلودان والشاطئ الأزرق في اللاذقية.

فقد برعمت مشاعر الحب في قلب حازم تجاهها قبل ثلاث سنين، وراحت تنمو بصمت وتكبر حتى سيطرت على كل كيانه؛ رغم أنّه يدرك أنّ المجتمع والعادات والتقاليد تضع حواجز هائلة بينه وبينها يستحيل اجتيازها. إذ يُصنّف المجتمع الأُسر على أساس النسب والحسب والملكية. وتُعتَبَر إلهام من الأُسر الشّريفة، ومن عائلة غنية وراقية، فيما هو من عائلة نكرة، لا نسب لها ولا حسب؛ حتّى إنّ أباه لم يعرف عن عائلته أيّ شيء، هذا من دون نسيان فقره المدقع. لكنّ للحب منطقه الخاص، فهو لا يأبه للغنى ولا للفقر، ولا يعنيه الحسب

والنسب، ولا كل القيم الاجتماعية. إلّا أنّ حبّه لها من طرف واحد غالباً. فحازم يحبّها، ولكنّه لا يعرف إن كانت إلهام تبادله الحبّ. حتّى إنّه لا يجرؤ على الإفصاح لها عن حبه، بل إنّه لا يجرؤ حتّى على أن يلمِّح لها ولو مجرّد تلميح.

وقصة حبّه لها تعود إلى ذلك اليوم الّذي ذهبت فيه صبحة إلى الصيدلية لتشتري دواء لمعالجة السعال لأمها، فرفضت سناء أن تأخذ ثمن الدواء لأنها تعرف أنّ صبحة فقيرة جدّاً؛ وخاصة بعد أن رأت يدها الخشنة التي كاد جلدها أن يتشقّق بسبب العمل. عندها، دار حديث بينهما، إذ أرادت سناء أن تساعد صبحة بطريقة ما، وبالمقابل أرادت صبحة أن تردّ لها ذلك الجميل. وصادف أن كان الوقت على مشارف العيد. وكانت النساء في البلدة قد اعتدن على أن يغسلن كل شيء في بيوتهن قبل العيد بأيّام؛ حتى الجـدران والأسقف، بالإضافة إلى الملاحف والشراشف وكل شيء. وكان هذا الأمر متعباً ومضنياً ويستغرق الكثير من الوقت. ولذلك، عرضت سناء على صبحة أن تقوم بهذا العمل في دارتها.

وبعد أيام من العمل المضني، أعجبت الصّيدلانية سناء بعمل صبحة المتقن، وحرصها على تنظيف كل شيء في «الفيلّا»، فجعلتها مقربة منها، وصارت تعتمد عليها في كل أمور البيت مقابل مبلغ من المال حدّدته سناء، وبعض المساعدات العينية كالطعام والثياب لها ولابنها حازم، وأشياء أخرى. وهكذا، دخلت صبحة بيت سناء. ثم تطورت العلاقة بينهما لتصبح صبحة مَنْ تطبخ للعائلة بعد أن نالت

رضا الطّبيب فواز. بل امتدّ عمل صبحة ليشمل الحديقة أيضاً، والتي كان الاعتناء بها من واجبات فواز. غير أنّ العمل في عيادته استهلك كلّ وقته، فأهمل الحديقة. وكانت النّتيجة أن نمت فيها الأعشاب والأشواك، واستطالت أغصان الأشجار وأصبحت كثيفة. لذا، بدأت صبحة تهتم بها، واعتبرت العمل في الحديقة أسهل بما لا يقاس بالأعمال الزراعية التي كانت تمارسها سابقاً. واستعانت صبحة بحازم لمساعدتها في أعمال الحديقة. وخلال فترة قصيرة، قلبا وضع الحديقة رأساً على عقب. وبعد أن رأى الطّبيب فواز التحولات التي طرأت على الحديقة، عهد بها إلى حازم مقابل مبلغ من المال. وبعد فترة وجيزة، أصبح حازم اليد اليمنى للطّبيب، إذ صار يعتمد عليه في الكثير من أمور حياته؛ وخاصة أنّه وزوجته سناء لم يرزقا إلّا بإلهام. وهكذا، تواجد حازم وبشكل شبه يوميّ في الفيلا، ما جعله قريباً من إلهام. وطفق يقدّم لها الخدمات الصغيرة، وأصبحت إلهام بدورها تعتمد عليه في الكثير من الأمور. صحيح أنّهما في الصف نفسه منذ الصف الأوّل، ولكنّه لم يكن يجرؤ سابقاً على التحدث إليها. ومنذ ثلاث سنوات تقريباً، اعتادت إلهام على تواجده إلى جانبها بشكل يوميّ. أمّا هو فقد أحبها، ونما الحب في أعماق قلبه من دون أن يدري، إلى درجة أنه كاد أن يعبّر عن مشاعره لولا إدراكه الفارق الكبير بينهما، ولولا خوفه وقلقه وتردّده الّتي شكّلت جزءًا من شخصيته، ومانعاً قويّاً يحول بينه وبين تحقيقه رغباته. لذا، اكتفى حازم بأن يكون قريباً من إلهام، فيتحدّث إليها عندما ترغب هي في ذلك أو تقرر ذلك، ويقدّم لها الخدمات التي تريدها.

وصل حازم إلى المدرسة، والتقى بعض زملائه الذين كانوا يقفون خلف المدرسة ويدخنون خلسة. وعرض أحدهم سيجارة على حازم فاعتذر لأنّه لا يدخن. عندها، دخل الشباب في نقاش حول ما إذا كانت السيجارة تمنح الشباب صفة الرجولة أم لا. ثمّ تحوّل النقاش إلى مهاترة بين اثنين من الزملاء، لينتهي الأمر بعراك بالأيدي بين شابّ مدخن وآخر غير مدخن. وبعد أن فُضّ العراك، عاد حازم إلى البيت مبكراً؛ لأنّ إلهام لم تأتِ، ولأنّ أغلب المدرسين لم يأتوا أيضاً. ولكن، لم يكن حازم يعلم أنّ فضيحة اجتماعية قد حدثت وراحت تكبر شيئاً فشيئاً حتى هزت أركان المجتمع القروي في البلدة.

وطفق عبد الرزاق- والذي يُسمّى «رزق» اختصاراً- يتنقّل من حـارة إلى أخرى، ويروي ما رآه في مزرعة الحاج مصطفى. وكان يبدأ قصته بالقول:

– شفتهم فوق بعض، بعيوني هذول يلي راح ياكلهن الدود.

ثمّ يضع يديه فوق بعضها، ويحرّك اليد التي في الأعلى إلى الأعلى والأسفل، ثم يشير بإصبعيه إلى عينيه. وخلال ساعات، كان الخبر قد انتشر في طول القرية وعرضها. والخبر يقول إنّ «رزق»، سائق التراكتور عند الحاج مصطفى، رأى بأمّ عينيه الحاج مصطفى عارياً فوق صبحة في مزرعته. كان الخبر أشبه بحجر ألقي في بركة ماء راكدة. إذ تشكّلت دائرة صغيرة، قطرها بقطر الحجرة الصغيرة نفسه، ثم راحت تتّسع الدائرة، وتتشكّل دوائر أخرى أكبر، حتى اضطرب سطح البركة، وتشكّلت أمواج عالية، وراحت تصطدم بالصخور على أطراف البركة،

كما لو أن عاصفة حدثت.

وعلى الفور، اضطرب المجتمع المحلي للبلدة، واجتاحته أمواج من الإشاعات. منها ما هو صحيح، ومنها ما هو مختلق. إذ ادعى الجميع الأخلاق الفاضلة، وطفقوا يشتمون صبحة والحاج مصطفى.

ومنذ ذلك اليوم اختفت صبحة، إذ هربت من القرية، ولم يُعرَف عنها أي خبر. صبحة، أمّ حازم، المرأة الفقيرة والمكافحة التي تعمل ليل نهار في الأعمال الزراعية الشاقة، والّتي لم يُعرَف عنها إلا السمعة الطيبة. كانت تشارك في كل أفراح الفلاحين وأحزانهم، من الأغنياء والفقراء. فتفرح لفرحهم وتحزن لحزنهم. غير أنّهم لم يشاركوها في أفراحها- التي لم تحصل- ولا في أحزانها الكثيرة. فقد كانت تحزن وتبكي وحيدة. صبحة لم تدخل المدرسة، ولم تعرف الطفولة. إذ منذ نعومة أظفارها، وجدت نفسها في حقول القمح والشعير خلف الحصّادين لتلتقط ما يسقط منهم من سنابل، كما كانت تركض خلف قطيع الأبقار وتلتقط الروث الساخن لحظة خروجه من دبر البقرة لتصنع منه في وقت لاحق وقوداً لطهي الطعام، وللتدفئة في الشتاء.

وهكذا، كبرت صبحة وأصبحت صبية في غفلة منها. وراح جسدها يتحوّل إلى جسد امرأة، ولكنها دفنت كل متطلبات الجسد والنفس في خضمّ هموم الحياة ومتطلبات العيش؛ لأنّ تأمين لقمة العيش في بيئة فقيرة لا يترك للإنسان أي فرصة ليلتفت إلى إنسانيته. وتزوّجت أحمد الفقير لأنّه الإنسان الوحيد الذي تقدّم ليتزوجها. كانت تأمل هي وأمها أن يساعدهما، فيتخلّصان ولو قليلاً من شظف العيش وقسوة

الحياة. إلّا أنّه كان مريضاً، فيعمل يوماً ويمرض عدة أيام؛ ممّا جعلها تعمل أكثر من السابق كي تؤمّن له الدواء، إلى أن توفي بلدغة أفعى.

ولكن في السنوات الثلاث الأخيرة، ومنذ أن بدأت العمل في بيت الطّبيب فواز والصيدلانية سناء، استقرت أحوال صبحة المادّيّة، وارتاحت نفسياً بعد أن أصبح لديها دخل ثابت. وكانت تلتقي الحاج مصطفى صدفة من وقت إلى آخر في فيلّا ابنه، الطّبيب فواز. ومع مرور الوقت، وكلما التقيا وتحدث إليها نمت في أعماق الحاج مصطفى رغبة جنسية تجاهها. فراح يراقبها، وتمادت عيناه في تفحّص جسدها، وزادت لقاءاته المقصودة بها، ورق حديثه معها. ثم بدأ يطلب منها أن تقوم ببعض الأعمال في داره الكبيرة التي يعيش فيها وحده. ورغم بخله الشديد، كان يمنحها بعض النقود مقابل عمل بسيط، وكان يشترط عليها ألّا تخبر كنته سناء؛ لأنّ الأخيرة سوف تمنع صبحة من العمل عنده. وعلى الرغم من أنّه رجل جلف، وغليظ القلب، وفظّ السلوك مع جميع البشر، ولا يهاب أحـداً في القرية، إلّا أنّه كان يهاب كنته سناء لأنّها من عائلة أغنى، ودمشقية، وصيدلانية. ولم يكن يجرؤ على التعـامل معها إلّا بمنتهى اللطف، ويحاول أن يهتمّ بها، فيما هي لا تقيم له وزناً كبيراً.

وفي الشتاء الماضي، طلب الحاج مصطفى من صبحة أن تأتي إلى داره لتنظيفها. ووقتها، فرض شهر كانون على الفلاحين البقاء في بيوتهم اتّقاء لأمطاره. فارتدت صبحة «الدامر» الأسود، وطلبت من أمّها أن تعدّ الشاي لحازم قبل أن يذهب إلى المدرسة، ثمّ خرجت حالما توقف المطر

في طريقها إلى بيت الحاج مصطفى الذي لم يكن يبعد عن بيتها سوى ثلاث دقائق سيراً. ورغم توقّف المطر، إلّا أنّ المياه كانت لا تزال تتدفق عبر مزاريب الدور وتصبّ في الأزقة. وفي ذلك الوقت، بدت القرية مكاناً مهجوراً لولا بعض الكلاب الشاردة التي كانت تحاول الاختباء في مكان ما، ولولا دخان المدافئ الصاعد من أسطح البيوت. ميّزت صبحة أثناء سيرها بين الدخان الكثيف، والأقلّ كثافة. فبسبب تجربتها، أدركت أنّ مدافئ الحطب ترسل دخاناً كثيفاً، بينما مدافئ المازوت ترسل دخاناً أقلّ كثافة. انعطفت يميناً لتدخل زقاقاً أكثر ضيقاً، ومنحدراً قليلاً، وأكثر وعورة بسبب الأحجار المتناثرة في أرضيته. كانت حريصة على وضع قدميها في المكان الصحيح كي لا تنزلق، كما حاولت أن تتجنّب بعض برك الماء المنتشرة. إذ شكّلت مياه الأمطار جدولاً صغيراً، راح يتلوى بين أحجار الزقاق، منحدراً باتجاه برك الماء الضخمة، وذلك عبر تعرّجات طويلة. وعلى جانبي الزقاق، نهضت دور قديمة تعود إلى عائلة الحاج مصطفى، وتحديداً إلى أبناء أعمامه. وهي دور مغلقة من جهة الزقاق، ومفتوحة إلى الداخل بمساحات كبيرة.

وفي نهاية الزقاق، نهضت دار الحاج مصطفى. كانت ذات طابقين، وبارتفاع ثمانية أمتار، وواجهتها من الحجر الأسود المصقول. باب ضخم من الخشب، ارتفاعه أربعة أمتار، وعرضه أكثر من ثلاثة أمتار. وتتوسّط الباب، بوابة صغيرة، بارتفاع مترين وعرض متر ونصف المتر. دفعت صبحة البوابة ودخلت رواقاً عرضه أربعة أمتار وطوله ستة أمتار، سقفه من الحجر، ومحمول على ثلاث قناطر، تنتهي كل منها

بعمودين أسطوانيين من الحجر الأسود. وعلى جانبي الرواق، كانت هناك مصاطب معدة للجلوس في فصلَي الربيع والصيف. وفي نهاية الرواق، وإلى اليمين، باب إطاره من الحجر، يفضي إلى المضافة المخصّصة لاستقبال الضيوف. وهي عبارة عن غرفة كبيرة، مفروشة بالسجاد العجمي الثمين، وتتوسّطها عدة القهوة المرّة الّتي تسمّى معاميل القهوة؛ وتتضمّن دلال القهوة النحاسية ذات الأحجام المتعددة، وأدوات تحميس حبوب البن، وجرن القهوة واليد التي تُسحق بها حبوب البن والمصنوعين من خشب أشجار البطم. كانت مضافة الحاج مصطفى باذخة في أثاثها، ولكنها فقيرة في ضيوفها. بل يمكن القول إنّ ضيفاً واحداً لم يدخلها منذ سنوات. وبعد الرواق، يظهر حوش الدار الكبير ومترامي الأطراف. وعلى أطراف الحوش، تقوم غرف ضخمة، قسم منها كانت حظائر للأبقار والأغنام، وكانت مسكناً للمرابعين الذين كانوا يعملون في أراضي الحاج ملحم، والد الحاج مصطفى. ففي ذلك الحين، كان المرابعون- وهم عمال زراعيون- يعملون بقوت يومهم، ويتقاسمون المسكن مع الحيوانات. وعندما كان الحاج مصطفى صغيراً، كان أبوه يملك آلاف الدونمات من الأراضي الزراعية، ومئات الأبقار والأغنام، بالإضافة إلى بغال للجر والحراثة وأحصنة وحمير. أما بقية الغرف فهي مخازن للحبوب والتبن.

ولكن منذ أن انتهى نظام المرابعين، انخفضت أعداد الحيوانات كثيراً، وتحوّلت الغرف إلى مخازن للحبوب والتبن. وعندما توفيت زوجة الحاج مصطفى، وتزوجت بناته الثلاث، تخلّى الحاج مصطفى عن كل

الحيوانات. وعندما غادر ابنه الطبيب فواز للدراسة في دمشق، لم يبقَ في هذه الدار سواه، فراح يقضي أغلب أوقاته في مزرعته.

ارتقت صبحة الدرج الحجري إلى الطابق الثاني المكون من ثماني غرف كبيرة ومتجاورة، موزّعة على شكل مستطيل مفتوح من جهة الجنوب، وتنفتح على ممر بعرض ثلاثة أمتار. كانت واجهة الطابق الثاني المطلة على جهة الجنوب مزينة بقناطر من الحجر الأبيض، وتنتهي بأعمدة حجرية من حجر البازلت الكحلي الغامق.

خرج الحاج مصطفى من إحدى الغرف هاشّاً باشّاً لاستقبال صبحة، ورحّب بها أكثر من المعتاد. استقبلها استقبالاً ودوداً، ودعاها لتشرب القهوة المرة. فارتبكت صبحة وشعرت بالقلق، وخشيت أن يقوم الحاج مصطفى بعمل ما، لذلك تباطأت في تلبية دعوته، وطلبت منه أن تبدأ العمل مباشرة، وأن يتركها وحدها ويذهب. غير أنّه ألح عليها أن تدخل ليشرح لها مهمتها، فهو يعزّها ويحترمها مثل ابنته، كما قال. فارتاحت صبحة لدى سماعها هذا التعبير، ودخلت الغرفة. عندها، قام الحاج مصطفى بتقديم الضيافة لها بكل احترام ومودة، ثم راح يشرح لها ما يجب عليها القيام به، ودعاها إلى مرافقته إلى الغرف الأخرى لكي يكمل شرحه لها. فلبّت دعوته، فيما بدأ قلقها يتبدّد ويحلّ محله الارتياح. وبعد أن طافا على جميع الغرف، نزل الدرج وتبعته إلى مخزن الحبوب، فهناك ما يجب أن تقوم به كما قال لها. وفي مخزن الحبوب، أصيبت صبحة بالصدمة بسبب كمية أكياس القمح المخزنة. إذ كان المخزن كبيراً جدّاً وممتلئاً حتّى السقف بأكياس القمح التي لو وُزِّعت

على سكان القرية لاكتفوا لسنة كاملة، كما اعتقدت. قال لها إنّه بإمكانها أن تأخذ كل يوم ما تريده من القمح كي تعيل أسرتها. فسرّت صبحة، غير أنّها سرعان ما شعرت بشيء من القلق عندما وضع يده على كتفها أثناء خروجهما من المخزن. ثمّ عادا وارتقيا الدرج الحجري، ودخلا غرفة نومه. وهناك، أخرج ورقة نقدية من فئة المئة وقدّمها لصبحة قائلاً:

- خذي واصرفي على عيلتك.

فذهلت صبحة لدى رؤيتها هذا المبلغ الضخم، وشعرت بالدوار، وارتجفت يدها وهي تمسك بالمبلغ الذي لم تحلم به طيلة حياتها. ولكنّها سرعان ما أعادت إليه المبلغ وقد ازداد قلقها. فما كان من الحاج مصطفى إلّا أن أمسك يدها ودسّ فيها المال هامساً في أذنها بعد أن ضمها إليه:

- رح تاخدي قدو مرات، بس تعالي كل أسبوع.

وما هي إلّا لحظات حتّى رمى الحاج مصطفى صبحة على السرير، ونام فوقها بينما هي تحاول أن تقاومه. واستطاع أن يجلس بين فخذيها، وأن يتخلّص من سرواله. وهكذا، لم يعد بمقدور صبحة أن تقاوم، باستثناء قيامها بحركات خفيفة وهي ترجوه بشكل متكرر أن يتركها لحالها. توسّلت إليه بكل ما كانت تحفظه من كلمات أخلاقية ودينية، وبحياة الأنبياء والرسل، ولكنّ الحاج مصطفى كان قد وصل إلى حالة مرتفعة من الغلمة والرّغبة الجنسية، بحيث مزق سروالها الدّاخليّ وولجها في لحظات، ثم راح يلهث ككلب مسعور، بينما استكانت صبحة وهي قابضة على النقود بيدها بإحكام.

ومنذ ذلك اليوم- يوم اغتصابها- بدأت علاقة جنسية سرية بينهما.

لم يشكّ أحد بهذه العلاقة، وظنّ الجميع أنّ علاقتهما لا تعدو عن كونها علاقة عمل بين امرأة فقيرة ورجل غني يمتاز بطبع جلف. لم تشعر صبحة يوماً بالمتعة، بل كانت تبيعه الجنس مقابل مبلغ من المال. ولم يسأل الحاج مصطفى عن رغبتها، بل كان يلهث كالكلب المسعور، ويهتزّ ليصل إلى نشوته، ثم ينهض ويخرج. وفي كل مرة، كانت صبحة تشعر بالقرف منه ومن العملية برمتها، وتشعر بالذنب الذي يسيطر عليها لأيام، فتتضرّع إلى الله كي يسامحها؛ فهو أدرى بسريرتها. كانا يلتقيان مرة كل عشرة أيام، ثم تباعدت اللقاءات إلى أسبوعين فثلاثة، بينما راحت النقود التي يمنحها إياها تقلّ تدريجياً، واقتصر ما تلقّته منه في الفترة الأخيرة على كمية من حبوب القمح فقط.

وكان يوم الفضيحة في القرية يوم الشماتة بالحاج مصطفى؛ إذ تناولته الألسن تشنيعاً. فلقد أجمع الناس على أنّه رجل غير أخلاقي، ولكن لم يجرؤ أحد على مصارحته بذلك أو الحديث معه وجهاً لوجه. فبفضل طبعه الفظ والجلف، استطاع أن يقطع كلّ الألسنة، ويجعل الناس لا يتناولونه بكلامهم إلّا همساً. فكان يذهب إلى بيت كل واحد تناوله بالسوء، ويدفع الباب برجله، ثمّ يبدأ بسلسلة من الشتائم والفضائح؛ بعضها صحيح وبعضها الآخر اختلقه اختلاقاً، وبعد ذلك يقفل عائداً بعد تهديد واضح بنبش المزيد من الفضائح.

وفي ذلك اليوم- يوم الفضيحة- عندما عاد حازم من المدرسة إلى البيت، وجد جدته جالسة أمام الغرفة تبكي. فخمّن أنّ مكروهاً حصل لأمه. وعندما حاول أن يستفسر عن سبب بكائها لم تستطع

أن تقول له، واكتفت بالإجهاش بالبكاء، ثم ضمته إلى صدرها. فازداد قلقه، وراح يسأل ويخمّن ما حصل، بينما هي تنفي تخميناته، إلى أن صرخ في وجهها ليعرف السبب. عندها، توقفت عن البكاء، ونظرت إليه وقالت إنّ أمّه قد ارتكبت خطأً فادحاً. ثم راحت تشرح وتبرر لنفسها أنّها ربّتها على تجنب الحرام، ولكنّ الشيطان خلقه الله وخلق فينا ضعفنا. ومهمّة الشيطان أن يحرفنا عن الطريق المستقيم، ويزيّن لنا الحرام بأحسن شكل. وها هي صبحة تقع ضحية له وترتكب الفاحشة. وعلى الفور، شعر بالأرض تميد تحت قدميه، وكاد أن يسقط. ثمّ رفع يديه باتجاه السماء وقال:

– ليش كل هذه القسوة يا رب؟

دخل الغرفة ولم يخرج منها طيلة شهر كامل. إذ كيف يمكن لشاب في السادسة عشرة من عمره أن يقاوم هجوم مجتمع بكامله، ينال منه ومن مشاعره، ويتهمه بأنّ لا شرف له ولا قيم!؟ ألا يكفيه فقره المدقع، وعدم احترام المجتمع له! ما ذنبه هو؟ فهو لم يخْتَر أن يكون ابناً لعائلة فقيرة، ولأُمّ ارتكبت الفاحشة!

وبعد أن طال غيابه عن المدرسة، أتى مدير الثانوية إلى البيت، وسمعه يتحدّث إلى جدته قائلاً لها إنّ الفترة المسموح بها للطالب بالتّغيب عن المدرسة هي خمسة عشر يوماً، ثمّ يفصل الطالب. ولكنّ المدير أخذ بعين الاعتبار ما حدث للعائلة، ولم يضع اسم حازم في قائمة الغياب سوى أربعة عشر يوماً، ولم يعد قادراً على المساعدة أكثر من ذلك. لذا، يجب على حازم أن يذهب إلى المدرسة، لأنه إن غاب يوماً آخر فسوف

يتمّ فصله من المدرسة.

عندها، حاولت الجدة أن تقنع حازم، ولكنّه رفض الذهاب إلى المدرسة. فكيف يمكنه أن يتحدّث إلى الطلاب والمعلمين وهم يعرفون أنّ أمّه زانية، وطعنت شرفه وشرف العائلة!؟ فليذهب المستقبل إلى الجحيم! هذا ما صرخ به حازم في وجه جدته.

وعند العصر، بينما كان حازم مستلقياً في زاوية الغرفة يجترّ آلامه، فُتح الباب وأطلّت الجدة، وهي تقول:

- تفضّلي دكتورة. يا أهلا وسهلا، زارتنا البركة.

ثمّ دخلت سناء بهدوء وحذر. وقفت عند عتبة الباب، ونظرت إلى حازم مبتسمة. فيما تابعت الجدة دعوتها:

- تفضّلي... تفضّلي، يا مية أهلا وسهلا.

خلعت سناء حذاءها عند العتبة، وخطت خطواتها باتجاه حازم الذي نهض فوراً وهو في حالة من الدهشة وعدم التصديق لما يراه. ووقف أمام سناء وهو يسأل نفسه إن كان ما يراه حقيقة أو حلماً. فرك عينيه، ونظر حوله أكثر من مرة. وفي كل مرة، كان يرى سناء واقفة أمامه وهي تبتسم. مدّت يدها لتصافحه، وسمع صوتها يقول له:

- كيفك حازم؟

نعم، يدها احتضنت يده، وصوتها الشامي الناعم لامس أذنه. إنّه الواقـع، وسناء تزوره. سناء بكل مـا تحمله من اعتبارات اجتماعية رفيعة تزوره وتسأل عن صحّته وأحواله! فقال وهو يحاول أن يخرج من

دهشته وذهوله:

- الحمد لله .

ثمّ جلست سناء، وجلس حازم والجدة. بدأت حديثها بهجوم كاسح ضد حميها الحاج مصطفى. وقالت إنّ صبحة شريفة ومحترمة وأمّ لا مثيل لها، ولكنّ الحاج مصطفى هو الذي اعتدى عليها ولم تستطع ردعه. ثمّ أضافت أنّها طردته من بيتها؛ إذ لا يشرّفها أن يكون هو حماها. وبعد ذلك، هاجمت المجتمع وعاداته؛ المجتمع الذي يقف دائماً ضد الفقير ويضطهده فقط لكونه فقيراً ولا يستطيع أن يدافع عن نفسه، هذا المجتمع الظالم؛ وخاصة ضد النساء. وقالت إنّ على حازم أن يعود إلى المدرسة، ويخرج من عزلته، وأنّ عليه ألّا يخجل من شيء لأنّه لم يخطئ، وعليه أن يتابع تعليمه، وهي مستعدة لمساعدته والوقوف إلى جانبه، هي وزوجها وابنتها، وإنّ بيتها مفتوح له كما كان، ويجب أن يذهب إلى المدرسة ويتابع تعليمه، ويثبت للعالم أنّ الإنسان بعلمه وبمقدار ما يُقدّمه إلى المجتمع من فائدة وخير. ثمّ أضافت أنّهم كعائلة بحاجة إلى خدماته، وخاصة الطّبيب فواز، فهو في أمسّ الحاجة إليه. وأخيراً، نهضت وثبّتت نظراتها في عيني حازم وقالت:

- أريد منك وعداً بأن تأتي إلينا وأن تذهب إلى المدرسة.

فهزّ حازم رأسه إيجاباً وطأطأ رأسه. فقالت له:

- حازم، انظر إليّ.

وتوقّفت عن الكلام إلى أن رفع حازم رأسه ونظر إليها، فتابعت:

- ارفع راسك. انت ما عملت شيء تخجل منه.

فهزّ حازم رأسه إيجاباً، وتمتم بعدة كلمات. فما كان منها إلّا أن أعادت كلامها، وراحت تحرّضه على الخروج، إلى أن حصلت منه على وعد بأن يذهب إلى المدرسة، وأن يزورهم لأنّهم بحاجة إليه.

1977

– انت مين!؟ انت ولا شي!

هذا ما قالته إلهام لحازم وجهاً لوجه.بضع كلمات أوجعته، بل قلبت كيانه، وجعلته يدور حول نفسه كالمجنون. كيف يمكن لإنسان أن يكون قاسياً إلى هذا الحد!؟ هو يدرك أنّ الحياة ليست قاسية فقط، بل هي مجرد سوط يُجلَد به الفقير ليل نهار، ولكنْ ليس إلى درجة القتل. لقد أحبّها منذ سنين طويلة، بل هام بها، ولكنّه لم يجرؤ على البوح لها بمشاعره. إذ كان يهابها، بل يخاف من ردة فعلها، ومن أن تطرده من حياتها ومن محيطها. لذا، أحبّها بصمت، وبسرية تامة. كان يكتب الحرف الأول من اسمها واسمه وبينهما قلب الحب على جذوع الأشجار. ويصعد التلال المجاورة للبلدة، وعلى سفوحها يرصف الحجارة بجانب بعضها بعضاً راسماً الحرف الأول من اسمها والحرف الأول من اسمه. كان يستغرق ساعات للقيام بذلك، ولكنّه يفعله وهو في غاية السعادة.

حفظ كل أغاني عبد الحليم حافظ، وفايزة أحمد، ونجاة، وعبد الوهاب. ولدى سماعه كلّ تلك الأغاني، كان يتخيّل نفسه يغنّي لها أو هي تغنّي له. كان كتلة حب مشتعلة. سنوات مرت وهو يعيش التناقض الرهيب: الحب والخوف. إذ كان يحبّها ويخافها في الوقت نفسه! إنّه العذاب الحقيقي ولا شيء غيره؛ أن تحب بصمت وتخاف من البوح بمشاعرك. أدرك حازم أنّ إلهام لا تحبه، وأدرك أيضاً أنّ رد فعلها سيكون عنيفاً إن علمت أنّه يحبها. ولذلك لم يقم بأي عمل يتطلب ردة الفعل العنيفة هذه. وكلّ ما هنالك، أنّه أرسل لها بطاقة في عيد ميلادها، وكتب أسفلها: «كل عام وأنت بألف خير، وأتمنى أن نبقى بجانب بعضنا».

لا أحد يعرف عيد ميلاده في القرية؛ لا من أقران حازم وإلهام، ولا الأكبر منهما ولا الأصغر. وكانت عائلة إلهام تحتفل كل عام بعيد ميلادها. ونتيجة قربه منها، عرف حازم متى وُلد. ولكن، لا أحد يهتم به ولا بعيد ميلاده! كان كل عام يستعد ويحضّر للحفلة التي ستقام لإلهام بتكليف من سنـــاء. فيبدأ بإعداد الزينة وتعليقها، ودعوة من يُراد لهم أن يُدعَوا، وصولاً إلى إعداد الحلوى والفاكهة وكل شيء يتعلق بهذا اليوم.

هذه المرة أراد أن يقدّم لها مفاجأة، أن يهديها بطاقة. أراد أن يخطو خطوة صغيرة إلى الأمام، وأن يعبّر لها ولو من بعيد عن حبه. ولكنّه لم يتوقع ردة الفعل هذه. إذ كان يكفيه أن يبقى إلى جانبها، متى أرادته تجده، وتعتمد عليه في كل شيء يتعلق بحياتها. فيشتري لها كل ما تريده من البقالية، ويساعدها في ترتيب غرفتها وتنظيفها. ويساعد الأُمّ في إعادة ترتيب أثاث الصالون الفخم. فيما فواز يعتمد عليه في كل شيء.

أمّا أعمال الحديقة فهي من اختصاصه دائماً.

حتّى في المدرسة هما في الصف نفسه، الثاني عشر، ومقعده يأتي خلف مقعدها مباشرة. كل صباح يشم رائحة عطرها، وبعد الظهر يشم رائحة جسدها. وفي الربيع تختلط الروائح، فيضيع بين عطر جسدها ورائحة النباتات البرية. فمدرستهما تقع على أطراف البلدة، ولم يكن لها سور، بل تحيط بها الحقول من كل جانب، وتنمو الأزهار البرية حولها وفي باحتها. وأثناء فترة الاستراحة بين الحصص، يخرج الطلاب إلى الحقول ويلعبون ويقضون أوقاتاً ممتعة. في تلك الأوقات، كان حازم مرافقاً لإلهام، ولم يتركها تغيب عن عينيه لحظة. لم يكن هذا الأمر يزعجها، بل كانت تستمتع بمن يهتم بها. وأجمل اللحظات بالنسبة إليه كانت عندما تنحني لتلتقط وردة، ثم تلتفت إليه كي تحدثه عن أمر ما، فيرى طرف عينيها النجلاوين، وشعرها الأسود الذي ينسدل فيغطي جزءًا من وجهها. وعندما تعتدل في وقفتها، ينحسر الشعر إلى الخلف كاشفاً عن وجه أبيض مشرّب بحمرة ربانية. وحين تبتسم، تظهر غمازتان في خديها، تجعلانه يغرق في بحر من الحب واللذة.

أسرته عيناها النجلاوان، وشعرها الأسود، والغنج الأنثوي الظاهر في صوتها الناعم والدافئ الذي ورثته من أمها الدمشقية. أحبّ كل ما يمت إليها بصلة: الأقرباء، والأصدقاء، واسمها، وحروف اسمها، وخاصة حرف الهاء...

كانت غرفته ملاذه الوحيد. لذا، كان يدلف إليها وينطوي على نفسه فيها، فتستر أحزانه. إنّها تلك الغرفة الصغيرة التي كانت مستودعاً

للجلّة سابقاً. ولكن، قبل ثلاث سنوات، وبعد أن خرج من أزمته المتعلقة بقضية أمه، أراد أن يستقل عن جدته، وتصبح له غرفة خاصة به، ففتحها ودخلها، وإذ بها تعبق برائحة الجلّة. وبسبب العتمة، مرّت دقيقة حتى استطاع أن يرى بوضوح. بدت الغرفة الصغيرة التي لا تتجاوز مساحتها اثني عشر متراً مربعاً، والتي كان سقفها من القصب والخشب، وجدرانها مغطّاة بطبقة من الطين فارغةً؛ إلا من أشياء من سقط المتـاع، كانت الجـدة تلقي بها هناك. وللغرفة نافـذة واحـدة مغلقة بقطعة حديد ضخمة، فأزال قطعة الحديد كي يرى جيداً، وراح ينظّف الغرفة.

وفي اليوم التالي، أخبر الطبيب فواز بما ينوي القيام به، فمنحه الأخير ما يحتاج إليه من أغراض البناء الموجودة في مستودع الفيلّا. وهكذا، جلب كمية من الرمل والبحص والإسمنت، وخلط المواد مع الماء، ثم غطى أرضية الغرفة بطبقة من هذا الخليط بسماكة عشرة سنتمترات. وترك الإسمنت حتى جف وأصبح صلباً. وبعد أسبوع، وبناء على نصيحة من جدته، طلى الجدران بالكِلْس المطفأ الأبيض. وبعد ذلك، مدّد لها شبكة كهربائية. ثمّ أعطاه الطبيب فواز سريراً، وطاولة، ومذياعاً صغيراً. وقد شكلت تلك الأشياء أثاث غرفته التي أصبحت مسكنه الصغير. وأصبح المذياع رفيقه الدائم، منه حفظ أغاني عبد الحليم حافظ– مطربه المفضل– وفايزة أحمد، ووردة، وعبد الوهاب، وكل المطربين... يضع المذياع على الطاولة، ويستلقي على السرير وهو يصغي إلى الأغاني، ثم ينام وهو يحلم بإلهام.

- انت مين!؟ انت ولا شيء!

فجأة، انهار كل شيء. لقد أصابته تلك الكلمات القليلة في مقتل، فشرد عن الدنيا، ولم يعد يعي ما يدور حوله. وفقد التركيز، بحيث لم يعد قادراً على التفكير في أي موضوع. حتى إنّه أهمل دراسته. كانت معاناة صامتة ومؤلمة بالنّسبة إلى شاب مراهق وحساس؛ إذ شعر بأنّه يُصاب بسهم من أعز النـاس إلى قلبه. فإلهام شكّلت- وعلى مـدى سنوات- عـالمه كله، ولم تمرّ لحظة من دون أن يفكّر فيها. إذ لم يرَ صبية إلّا وقـارنها بإلهام، ولم يسمع أغنية إلّا وإلهام حاضرة في مخيّلته... فقط إلهام، ولا أحد غيرها.

مرت الأيام عليه ثقيلة وصعبة. إذ عزل نفسه في الغرفة، وتغيب أسبوعاً عن المدرسة، ثم استأنف ذهابه إلى المدرسة بعد أن تلقّى إنذاراً من المدير. غير أنه كان يتحاشى النظر إلى إلهام، وتحاشى الاحتكاك مع جميع الزملاء. عزل نفسه عن الجميع. فما إن تنتهي الحصص المدرسية حتى يعود مسرعاً إلى غرفته، ولا يخرج منها أبداً. انقضى شهران على تلك الحال؛ فراغ قاتل يحيط به، وهو لا يعرف ما يجدر به فعله. فقبل ذلك، كان كل شيء مرتبطاً بإلهام. وحين امتنع لفترة طويلة عن الذهاب إلى بيت إلهام، أرسل الطّبيب فواز في طلبه عن طريق جدته. وعندما قابله، حاول فواز أن يعرف سبب عدم ذهابه إليهم. فكانت حجة حازم أنّ السبب هو الدراسة.

وبعد شهرين من المعاناة، بدأ حازم يتجاوز الأزمة، واستطاع أن يحوّل هذه المشاعر السلبية إلى دوافع إيجابية. إذ أيقظت تلك الكلمات

الجارحة في أعماقه كلّ إمكانيات التحدي والتنافس، إمكانيات تقول: «أكون أو لا أكون، وسوف تعرفين من أنا. لست أفضل مني، وأهلك ليسوا أفضل من أهلي. صحيح أنّك من عائلة غنية تمّلك أراضي وأملاكاً تُقدّر بالملايين، وأبوك طبيب وأمك صيدلانية، إلّا أنّني- أنا ابن العائلة الفقيرة- أتحدّاك بإمكاناتي الذاتية، وسوف أتغلّب عليك. فأنا أملك دماغاً به سأخوض معركتي ضدك».

الملهم له كان تمثيلية تُبَثّ عبر إذاعة لندن، وتروي قصة شاب تشبه قصته إلى حد التطابق. ومنذ ذلك الوقت انقطع عن كل شيء، والتفت إلى الدراسة. بقي حبه لها متّقداً، ولكنّه استقر في قاع أعماقه السحيقة، بينما برز حب التحدي وإثبات الوجود.

كانت غرفته ملجأه الوحيد الذي يرتاح فيه. ورغم أنّ كل شيء فيها قديم ومتهالك- السرير والطاولة، والجدران، والسقف- إلّا أنّه كان يُمضي جلّ وقته بين جدرانها. فيقرأ ويحلم ويخطط للمستقبل، ويعبّر عن حبه لها للجدران العتيقة في الغرفة. لم يسمح للمشاعر السلبية بأن تسيطر على تفكيره، بل جعل مشاعر التحدي هي الطّاغية؛ فهو في معركة وجود.

وخلال الشهرين الأخيرين قبل الامتحان، لم يخرج من الغرفة إلّا لقضاء حاجاته الفيزيولوجية. واستطالت لحيته، وأصبح نحيفاً، وتشكّلت هالتان حول عينيه، واصفرّ وجهه. تقدّم لامتحان الشهادة الثانوية العامة، الفرع العلمي، وكان راضياً عن أدائه. ولكنّه لم يتحدث إلى أحد عن تقييمه للامتحان، ولا حتى إلى نفسه.

بدأ موسم الحصاد، وقد استعدّ له الفلاحون، وجهّزوا الأدوات والحيوانات التي يستخدمونها لذلك الغرض، ثم انغمسوا في الشقاء. في ذلك الحين، كانت التراكتورات قد احتلت المكان الأول كأفضل أداة فعّالة في العملية الزراعية. فالتراكتور أصبح للحراثة والزراعة ونقل القش والدرس. لقد حل محل الجمل والبغل والكديش والحمار. فكان ذلك ثورة في حقل الزراعة. أما عملية الحصاد نفسها فما زالت يدوية، وما زال الفلاحون يحصدون بأيديهم كي يحصلوا على التبن الذي يعتبر غذاء رئيسياً للحيوانات للأشهر القادمة من السنة.

اشتغل حازم كعامل مع ثلاثة من أقرانه، وكانوا يقومون بتعبئة التراكتور بالقش المحصود مقابل أجر مقبول. عمل ليل نهار كي يكسب المزيد من النقود. واستطاع أن يبتعد تماماً عن بيت الطبيب فواز طيلة فصل الصيف.

كان ذلك العام عام الغلال؛ فامتلأت البيادر، وتحوّلت القرية إلى ورشة عمل كبيرة، وعمل الجميع في الحقول. عمّ الخير الجميع، والعمل استهلك حازم، ولكنّه لم يشعر بمرور الوقت، إلى أن صدرت نتائج البكالوريا. احتلّ المرتبة الأولى في المدرسة، فمنحه هذا النجاح ثقة كبيرة بنفسه، وجعله يشعر بأنه متميز.

وعندما حان وقت التسجيل في الجامعة، تقصّى حازم أخبار إلهام، وعلم أنّها سجلت في كلية الحقوق، فسجّل في الكلية نفسها. إذ أراد أن يتحدى إلهام، ليثبت لها أنّه قادر على منافستها والتغلب عليها. فالإنسان هو الذي يحدّد قيمة نفسه بما يملكه من إمكانيات ذاتية.

وسوف يثبت لها أنّه أفضل منها، وسوف يكون له شأن في هذه الكلية. سوف يبقى إلى جانبها كي تتذكّره في كل لحظة وتقول لنفسها: «لقد تفوّق عليّ هذا الذي كنت أسخر منه!» في الحقيقة، وبالإضافة إلى كل ما ذكر، وقبل كل شيء، تسجّل في الكلّية نفسها لأنه أراد أن يبقى إلى جانبها، وأن يراها دائماً، ويتنشق عطرها... لأنه يحبها.

«لكن، هناك قطيعة بيننا، فكيف يمكن وصل ما انقطع؟» همس حازم لنفسه وهو مستلقٍ على سريره في غرفته الصغيرة، محملقاً في سقفها، ومصغياً إلى مذياعه الصغير.

كان الوقت صباحاً، والصيف أوشك على الرحيل. وقد بدأ يتهيّأ للانتقال إلى دمشق. سمع صوت جدته تناديه، فنهض مسرعاً وخرج من الغرفة، واجتاز الحاكورة. وعندما دخل الغرفة، وجد جدته تتألم، وقد ربطت رأسها بقطعة قماش كي تخفّف من آلام الصداع النصفي الذي تصاب به بين فترة وأخرى. واكتشف أنّ الدواء المسكن قد نفد، فأسرع إلى ساحة البلدة قاصداً الصيدلية.

رحّبت به سناء أجمل ترحيب، وباركت له بالنجاح المبهر. فشكرها حازم، وشعر بالغبطة لهذا الترحيب الحار من طرفها، لاسيّما وأنّها أثنت على نجاحه وتفوّقه. وبينما هي تعاتبه لأنّه لم يعد يزورهم، ظهرت إلهام بعد أن فتحت باباً في عمق الصيدلية. التقت العيون، وشعر حازم بالضيق، وودّ أن يخرج مسرعاً من هذا المكان الذي راح يضيق عليه شيئاً فشيئاً. إلّا أنّ صوت إلهام الناعم أتاه مُرَحِّباً، فأفسح له المكان، وجعله يصبح واسعاً. قالت:

- كيفك حازم؟

- الحمد لله.

- مبروك النجاح.

- شكراً، مبروك لإلك كمان.

كُسر الجليد، وأُزيلت الحواجز الشاهقة بكلمة واحدة. فللكلمة قوة جبارة، فهي تحوّل الإنسان في لحظات من إنسان بائس حزين إلى إنسان فرح يشعر بأنّه امتلك العالم خلال لحظات. دار حديث بين الثلاثة عن كلية الحقوق والجامعة والحياة الجامعية التي جربتها سناء. وكان قد مرّ أكثر من نصف ساعة حين اعتذر حازم وقال إنّه مضطر إلى المغادرة. خرج من الصيدلية وهما يتواعدان على الالتقاء في الكلية. خرج سعيداً، وشعر بأنّه يريد أن يحضن العالم كلّه؛ فقد عادت المياه إلى مجاريها، وسوف يلتقيان بعد أيام في دمشق.

بعد أسبوع من هذا اللقاء الذي حصل بالصدفة وغيّر مزاج حازم، سألته جدته عن المكان الذي سيسكن فيه في دمشق. وكانت تلك هي المعضلة التي فكّر فيها كثيراً ولم يجد لها حلاً. إلّا أنّه سمع من أكثر من شخص أنّ الحاج موسى قادر على المساعدة في هذا الشأن، لذلك قصده برفقة جدته.

الحاج موسى موظف في مديرية أوقاف دمشق. وكان قد رحل إلى دمشق عندما كان طالباً في المرحلة الثانوية، والتحق بالثانوية الشرعية، ثم درس في الجامعة في كلية الشريعة، وأصبح موظفاً، ثم ترقّى في سلم الوظيفة. وهو يزور القرية بين وقت وآخر، وخاصة في الصيف.

وكانت مديرية أوقاف دمشق قد اعتادت على منح الطلاب الفقراء الذين يدرسون في دمشق مكاناً للمبيت، في غرف بُنِيت بجوار بعض الجوامع، وكان الحاج موسى هو المسؤول عن تلك الغرف.

أُعجب الحاج موسى بنجاح حازم، وبالمرتبة التي حصل عليها في الثانوية العامة. وأشاد به كشاب طموح ومجتهد، ووعده أن يساعده في إيجاد مسكن له.

وفي اليوم الذي سبق سفره إلى دمشق، لم ينم حازم. إذ ظلَّ طيلة الليل يفكِّر في المرحلة القادمة من حياته. فهي مرحلة جديدة ومختلفة كلياً عن حياته السابقة. إنّها دمشق الساحرة، التي لا يعرفها، ولكنّه قرأ عنها في الكتب المدرسية، وسمع عنها من خلال أحاديث الكبار في قريتهم. إنّها النساء الجميلات ناعسات العيون، وذوات الأصوات الرقيقة العذبة. فنساؤها يشبهن الصيدلانية سناء، وحبيبة القلب إلهام. إنها الرفاهية بكل ما تؤمّنه من خدمات: من شقق دافئة في الشتاء، ومطابخ مرتبة ونظيفة، وحمامات دافئة، وشوارع نظيفة ومُنارة، وحافلات النقل الداخلي، وماء الشرب النقي البارد العذب. إنّها الفاكهة بألوانها البراقة السحرية المرصوفة في واجهات المتاجر، والحلويات من المهنا والكول وشكور، والملبس والقضامة الحلوة ذات الألوان المتعددة. لم تكن هناك تفاصيل كثيرة في ذهنه عن دمشق، ولكنّها كانت الحلم المُشتهى بما فيها من إمكانيات هائلة تُمكّن المرء من الحصول على المكانة والسمعة والغنى. ولكن، الأهم من ذلك كلّه، أنّ لا أحد فيها يعرف عنه أي شيء؛ لا عن فقره، ولا عن أبيه، ولا عن أمه. فهو إنسان جديد

بالنسبة إلى أولئك الذين سيتعرّف إليهم، وتصرّفاته وأعماله هي التي ستترك انطباعاً لديهم بشأنه.

سافر إلى دمشق، وزار الحاج موسى في مكتبه، فأخبره الأخير أنّ مسكنه سوف يكون في حي الجزماتية، في منطقة الميدان. وقال له وهو يودّعه: «عليك أن تكون نموذجاً للشاب المسلم الملتزم. لا تجعل الأهواء تقودك يميناً وشمالاً، بل التزم بأخلاق الشباب المسلم لتصل إلى ما تريده. ووفّقك الله».

وحين خرج من مديرية الأوقاف عند الساعة التاسعة، راح يطوف في شوارع قادته إلى أخرى، وظلّ على تلك الحال حتى الساعة الثانية عشرة. عندئذٍ، قصد المسجد الذي أرسله إليه الحاج موسى، والذي يقع في حي شعبي قديم ومحافظ في عاداته وتقاليده. دخل شارعاً فرعياً أفضى به إلى عدة شوارع فرعية كانت تضيق أحياناً ثم تتّسع. أغلب البيوت هناك قديمة، ومبنية على الطراز الدمشقي القديم. إلا أنّ بعض الأبنية الحديثة المصنوعة من الإسمنت وذات الطوابق المتعددة كانت تظهر أحياناً وسط المباني القديمة، ثمّ يعود نمط البناء القديم، ثم تنهض بناية حديثة وهكذا...

وصل إلى المسجد، ووقف أمام باب أسود عريض. ثمّ دفع الباب ببطء، ودخل فسحة تفرّع عنها ممران. أحدهما يقود مباشرة إلى درجتين، ثم ممرّ أعرض، وينتهي بمساحة صغيرة تحتوي باباً يفضي إلى صالة المسجد. فيما الممر الآخر يدور حول المسجد. فقرّر أن يسلك هذا الطريق. وما إن مشى عدة خطوات حتى رأى شاباً مبتسماً قادماً باتجاهه. التفت الشاب

إلى الخلف وقال لأحدهم:

- إجا.

ثم التفت إلى حازم وقال:

- أنت الساكن الجديد؟

فهزّ حازم رأسه وقال:

- إي.

- تعال من هون.

فتبعه حازم، لينكشف المكان عن بناء آخر موصول ببناء المسجد عبر باب آخر. وأمام هذا البناء المتواضع، عرّشت شجرة عنب قديمة وكبيرة نسبياً. ورأى تحتها طاولة وكراسي وأربعة شباب- بالإضافة إلى الشاب الذي استقبله- يجلسون حول الطاولة، وأمامهم إبريق من الشاي. تقدّم منهم وصافحهم. فقال له الشاب المبتسم الذي استقبله:

- اجلس.

وأشار إلى كرسي فارغ.

فجلس حازم، وسكب له الشاب كأساً من الشاي وقدّمها له، بينما الأربعة الآخرون ينظرون إليه باهتمام وصمت. قال الشاب:

- تفضّل. اسمي سعد، وأنا شريكك في الغرفة. وهؤلاء الإخوة يسكنون في الغرفتين المجاورتين.

وأشار إلى أكبرهم وتابع:

- أيمن، يدرس الطب، وهو في السنة الخامسة. وهذا عبد الرحمن. إنّه

يدرس الطب أيضاً، وهو في السنة الثالثة. وهذا محمد مازن، وهو يدرس الصيدلة، وفي السنة الثالثة. وهذا حسن، إنّه يدرس الهندسة المدنية، وفي السنة الثانية.

فقال حازم مازحاً:

- وأنت؟

فقال:

- أنا نسيت حالي.

وضحك وحده، بينما التزم الباقون الصّمت، وظلّوا ينظرون ويستمعون. فتابع:

- أنا أدرس الحقوق، وفي السنة الثانية.

فقال حازم:

- اسمي حازم، وأنا سأدرس الحقوق. هذه أول سنة.

ساد الصمت للحظات. راح حازم خلالها يتأمل المكان حوله. كان الخريف قد حلّ، وبدأت أوراق شجرة العنب تتساقط. وفي الزاوية، تجمّعت كمية كبيرة من تلك الأوراق الصفراء. فجأة، سمع صوت أحدهم يسأله:

- هل أنت ملتزم يا أخ حازم؟

فنظر إلى مصدر الصوت، وكان أيمن من سأله. أطال حازم النظر إلى وجه أيمن، لأنّه لم يفهم ما قصده بسؤاله. بدا له وجه أيمن لا يخلو من الوسامة، إلّا أنّ صرامته جعلت ملامح وجهه أقرب إلى الإنسان

الساخط على كل شيء. وأخيراً أجاب:

- شو يعني؟ ما فهمت شو قصدك.

فظهرت على شفتي أيمن ابتسامة ساخرة، ثم اختفت بسرعة ليصبح وجهه أكثر صرامة من ذي قبل، وقال:

- أقصد بالالتزام أنّك كشاب مسلم، هل تقوم بالواجبات الدينية كالصلاة مثلا؟ هل أنت ملتزم بأداء الصلاة في أوقاتها.

فشعر حازم بالخجل والإحراج. إذ لم يخطر على باله أن يُسأل هذا السؤال. وحاول أن يُداري خجله بالنظر إلى الأرض ثم إلى دالية العنب. وبعد ذلك أجاب بصوت خافت:

- لا، ما بصلي.

فتابع أيمن وهو يسدد نظراته الفاحصة إلى وجهه:

- ولكنّه واجب وفرض عين، وعلينا أن نلتزم به.

فسارع حازم إلى الإجابة وهو لا يزال يتهرّب من نظرات أيمن:

- إي، طبعاً، بالتأكيد.

وتابع أيمن:

- نحن هنا نمارس صلاة الجماعة في المسجد، ونلتزم بحضور كل الدروس الدينية. هل تحب أن تنضم إلينا؟

فسارع حازم بالإجابة:

- إي طبعاً، لازم انضم اليكم.

طريقة حازم في الإجابة أراحت أيمن، وجعلته يشعر بأنّ حازم

شخصية سهلة الانقياد، وتسهل السيطرة عليها. وسرعان ما انتقل الارتياح إلى الآخرين، وعبّر كل منهم عن ارتياحه بطريقته. فنهض سعد وقال لحازم:

– ما رأيك أن نقوم بجولة، أنا وأنت، كي أعرفك على المكان؟

– يا ريت.

فنهضا، ودخلا من باب لم يره حازم من قبل، ووصلا إلى ممر يؤدّي إلى اتّجاهين. إلى اليسار تقع صالة المسجد، ولكنّهما انعطفا إلى اليمين. مرّا من أمام مكان مخصص للوضوء، ثم قرب دورات المياه والحمامات، وأخيراً ظهرت ثلاث غرف إلى جانب بعضها بعضاً. دخلا غرفة، وأشار سعد إلى سرير وقال:

– هذا سريرك.

بدت الغرفة لحازم شبه جرداء ومرتفعة السقف. رأى سريراً آخر ويجانبه صندوق خشبّي، وعلاقة ثياب مثبتة بالجدار وعليها كمية من الثياب، وحقيبتين كبيرتين تحت السرير. وكانت هناك نافذتان بين السريرين، تتميزان بالارتفاع. وعلى حافة النافذة المجاورة لسرير سعد، رأى كمية من الكتب الجامعية ويعض الأقلام والأوراق والدفاتر. وعلّق سعد مازحاً:

– هذه مكتبتي.

لفت انتباه حازم الشارع الرئيس الذي رآه من خلال النافذة، والسيارات العابرة، والمارة. فسأل:

- هل تطل غرفتنا على الشارع؟

أجاب سعد:

- نعم.

وأضاف أنّ السياج الذي يحيط بالمسجد ينتهي هنا، عند غرفتهما التي تقع على تقاطع شارعين من الخارج. فغرفتهما والمنافع تكمّل السياج، ثم تأتي صالة المسجد. وانتبه حازم إلى أنّ صفائح من الورق المقوى ألصقت على النافذتين حتى المنتصف، بحيث يتاح للمرء أن يرى الخــارج، ويُرى من منتصف الصدر إلى الأعلى. جلس كل منهما على سريره، وحدثه سعد عن الجامعة، وعن أيامه الأولى فيها، ثم نهض حازم وقال:

- رح أسافر للقرية وأجلب أغراضي.
- تمام، بانتظارك.
- بكرا برجع.
- بالسلامة.

1978-1977

في اليوم الأول في مسكن حازم الجديد، أيقظه سعد مبكراً جداً لأداء صلاة الفجر. فسحب حازم جسده بتكاسل، واتكأ على الجدار، وهو لا يزال بين النائم والمستيقظ. سمع صوتاً شجياً ينطلق عبر مكبّر الصوت في المسجد، وينشد المدائح النبوية. وجعله ذلك الصوت يعود بذاكرته إلى طفولته، إلى ليالي رمضان وقت السحور. إذ كان حينها يسمع المدائح نفسها أو ما يشبهها، من إمام المسجد في قريته، ويدون مكبر صوت. وكان المطر يهطل بغزارة، وأمه صبحة تجهز طعام السحور، والجدة تضع أقراصاً من الجلّة في المدفأة وتشعلها، بينما هو منكمش على نفسه بسبب البرد، يشد لحافاً بالياً إلى جسده طلباً للدفء، ثم يقترب من مدفأة الحطب التي اشتغلت للتو. أين أمّه الآن؟ كانت تلك هي المرة الأولى الّتي يسأل فيها نفسه هذا السؤال منذ أن اختفت. ثلاث سنوات مرت، ولم يجرؤ أن يسأل نفسه هذا السؤال، بل لم يتذكرها. ماذا

فعلت كي تعاقب هذا العقاب؟ سؤال طرحه على نفسه الآن، وهو لا يعرف حقيقة ما فعلته! إذ لم تتح له الفرصة كي يسألها، ولا حتى أن يراها. فجدّته لُمحت إلى فعلتها، أمّا هي فاختفت فجأة، وساد لغط بين سكان القرية تناهى إلى مسمعيه بعض منه. وعلى مدى السنوات الثلاث، سمع الكثير من الشتائم المقذعة بحق أمه. فكلّ من أراد أن يهين حازم كان يقول له إنّ أمّه ساقطة وعاهرة، باعت نفسها لقاء حفنة من القمح. ولكنّه لم يرها، ولم يسمعها. ولم تتح لها الفرصة لتدافع عن نفسها. إذ حكم المجتمع عليها بالإعدام فهربت. ولكن لم يجرؤ أحد، ولا حتى رجال الدين في القرية، على توجيه اللوم إلى الحاج مصطفى. أمّه صبحة، التي نادراً ما سمع صوتها، ولم يسمعها يوماً تشتكي أو تتذمر، كانت تعمل فقط. لم يرها يوماً إلّا وهي منهمكة في عمل ما. ولا يتذكر أنّها ضمّته يوماً إلى صدرها أو قبلته. ولكنها كانت تعبّر عن حبها له بالعمل. فمن خلال عملها كانت تدّخر له بعض الفرنكات، وعندما يطلبها تمنحه إيّاها.

أعاده سعد إلى الواقع بإشارة من يده تحثه على النهوض. فنهض واتجه إلى الحمام. حاول أن يتذكر كيفية الوضوء. ففي الصف الرابع، علمهم المعلم كيفية الوضوء، وكان يلزمهم بالذّهاب إلى المسجد. وقد واظب على الذهاب إلى المسجد طيلة أيام الصف الرابع خوفاً من عقوبات المعلم. وها هي تلك التجربة تفيده الآن بأن حررته من السؤال عن كيفية الوضوء. كان الماء بارداً، فأنهى الوضوء بسرعة، واتجه إلى صالة المسجد. وعندما دخل ومشى على السجاد القديم، شعر كما لو أنّه

يمشي على أرض كوكب آخر. إذ شعر بهدوء عميق، وطمأنينة، ومشاعر من الحب والعطاء والتعلق بالله خالق كل شيء. شعر أنّه في كنف الله الّذي لا حدود لقدرته. ومنحه هذا الشعور الطمأنينة، وأدخل السعادة إلى قلبه. شمل المكان بنظرة سريعة، فرأى بضعة رجال فقط، ومن بينهم أيمن. اتّجه إليه، وجلس بجانبه، وقال:

- صباح الخير.

فردّ أيمن بلغة مفخّمة، وتقصد أن تكون كذلك.

- وعليكم السلام ورحمة الله وبركاته.

ثم أضاف:

- عندما رأيتك قادماً، اجتاحت قلبي سعادة غامرة.
- شكراً.

استمر الرجل القائم على خدمة الجامع في مدائحه الجميلة إلى أن حان موعد صلاة الفجر. كانوا ما يقارب عشرين رجلاً. وبعد انتهاء الصلاة، بقي حازم جالساً. أغمض عينيه، وراح يدعو ربّه كي يغفر لأمه، تلك المرأة الفقيرة المغلوبة على أمرها، والمكافحة التي لم تَرَ يوماً جميلاً. خاطبه بالعادل، ونصير الفقراء والمستضعفين في الأرض، ثم دعاه طالباً إليه أن يمدّ جدته بالقوة والصحة؛ فهي المرأة التي ربّته ودافعت عنه في مجتمع قاسٍ وظالم.

استغرقت دعواته دقيقتين، بينما أيمن يراقبه وهو في حالة سرور لرؤيته هذا الاستغراق الذي يعيشه حازم. وبعد ذلك، صافحه أيمن،

وشدّ على يده، ومدحه بكلمات جعلت حازم يشعر بالسعادة، ثم دعاه لزيارته في غرفته مع باقي الإخوة- على حد تعبيره- ليتعرفوا على بعضهم أكثر، ومن ثم ليتناولوا الفطور معاً.

اجتمع الستة في غرفة أيمن، وتبادلوا أطراف الحديث. نال حازم القسط الأكبر من الاهتمام. ولأول مرة في حياته، شعر حازم أنّه محط اهتمام من قبل الآخرين. تحدّث الجميع مع الجميع باحترام وانضباط. وما لفت انتباه حازم هو تكرار بعض المفردات الدينية أثناء الحديث أكثر من المعتاد.

أراد أيمن من هذه الزيارة أن يركز على القول إنّ الهدف من حياة المسلم- منذ يوم التكليف وحتى الممات- هو رفع كلمة الله عالياً في جميع أنحاء المعمورة، وأنّ القرآن الكريم هو دستور المسلم، وهو منهجه ودليله في الحياة. حينها، أدرك حازم أنّه يسمع كلمات ومفردات جديدة لم يسمعها من قبل. وفي هذه الأثناء، عكف مازن وحسن على تجهيز فطور شامي مكوّن من الفتّة والفول المدمس بالزيت والحمص بالطحينة، إضافة إلى مخلّل الخيار واللفت والفليفلة الحادة والحلوة. تناول الجميع الفطور الشهي حتى التخمة، ثم غادر كل منهم إلى غرفته كي يتجهزوا للذهاب إلى كلياتهم.

كان اليوم الأول في كلية الحقوق عادياً. كتب حازم جدول المحاضرات، وتعرف على القاعات. ثمّ فتش عن إلهام في القاعات، وتجوّل في حديقة الجامعة بحثاً عنها؛ فجلس على المقاعد المتناثرة هنا وهناك، وصعد ونزل أدراجاً، وتنقّل بين الأبنية القديمة والجميلة، ولكنه لم يعثر عليها.

لفت انتباهه دخول الكثير من الطلبة إلى مبنى قائم في الزاوية الشمالية الشرقية من حديقة الجامعة. وقف على مسافة منه، متردّداً في دخوله خشية أن يكون في المكان الخطأ ويتلقى توبيخاً ما. وبعد المراقبة، تبيّن له أنّه مكان يسمى المقصف، يذهب الطلاب إليه لتناول القهوة والشاي. فقرّر أن يدخل المكان خلف مجموعة من الطلبة. صعد ما يقارب عشر درجات، ثم ولج باباً يتوسط واجهة بلّورية أفضى إلى صالة مترامية الأبعاد، تحتوي على عدد كبير من الكراسي والطاولات. إنّه المقصف. كانت تلك هي المرّة الأولى الّتي يسمع فيها بكلمة مقصف، والتي تعني هذا المكان. لماذا لا يُقال «مطعم»؟ أو حتى كافيتيريا؟ أو مقهى؟ أو استراحة؟ هكذا راح يتساءل وهو يعبر الصالة بحذر، ويستطلع المكان بعينيه. رأى رسوماً وشعارات على الجدران. فعلى الجدار القائم إلى يسار المدخل، رسمت خريطة للوطن العربي. وفي موقع سوريا على الخريطة، رُسِم علم حزب البعث. وإلى جانب الخريطة عُلِّقت صورة ضخمة للرئيس حافظ الأسد. وتحت الصورة جملة تقول «حرب تشرين التحريرية أعادت إلى المواطن العربي كرامته». وعلى الجدار خلف «الكونتوار» كُتِب «الاتحاد الوطني لطلبة سوريا، مؤسسة التسيير الذاتي». أمّا على الجدار الشمالي للمقصف فكُتِب «أمة عربية واحدة ذات رسالة خالدة». وتحت هذا الشعار كُتِب «وحدة، حرية، اشتراكية».

كانت الصالة مكتظة بالطلبة الذين يتحلقون حول الطاولات وفق مجموعات. الجميع يتحدث مع الجميع داخل كل مجموعة وفوقهم سحابة من دخان السجائر. راح يخطو ببطء بين الطاولات، باحثاً عن

طاولة فارغة. عاد إلى الموظف الذي يجلس إلى يسار المدخل ليطلب فنجاناً من الشاي، ثم وقف جانباً لِيُقيِّم الموقف ويتّخذ قراراً بشأن شراء كأس الشاي. فهو الآن قادر على أن يدفع ثمن كأس من الشاي، ولكنّه يدرك أنّ ليس لديه من يعطيه مصروفاً شهرياً يغطي تكاليف الإقامة. فقد عمل طيلة الصيف وادّخر لكي يؤمّن لنفسه مصروف سنة إلى الأمام. وقد أعطته جدته ما ادّخرته أيضاً. إلّا أنّه لا يعلم كم تكلفه المعيشة هنا، في دمشق، لذلك عليه أن يكون حريصاً ودقيقاً في مصروفه. وعلى الفور، ألغى عملية شراء الشاي، وعاد يتجول بين الطاولات، إلى أن عثر على طاولة فارغة تتوسط الصالة.

أمضى يومه الأوّل فرحاً إلى حد ما. فتجوّل بين القاعات والحديقة والمقصف، ثم عاد إلى الجامع حيث يسكن. وجد سعد قد سبقه وأعد طبخة شهيرة تُسمى تهكّماً «جزمز»؛ وهي عبارة عن بندورة مع البيض والقليل من البصل. أكلا وهما يتحدثان عن اليوم الأوّل، ثمّ تمدّد كل منهما على سريره. وضع حازم المذياع الصغير بجانبه، ثم نام.

وعند المساء، دخل عبد الرحمن الغرفة بهدوء، وقال إنّه عليهما أن يتجهزا للذهاب إلى درس الشيخ محمد صادق الرفعاني في حي الشويكي، ثم خرج كما دخل. كان حازم مستلقياً يستمع إلى أغنية لوردة «ومالو ادي الهوى وادي حالو...» فأغلق المذياع، والتفت إلى سعد متسائلاً. فابتسم سعد وقال:

– كل يوم سبت المساء منروح إلى هاد الدرس.

ثمّ نهض سعد من السرير، وقرفص، وسحب صندوقاً خشبياً من

تحت السرير. فتحه وراح يفتّش عن شيء ما، ثم أخرج منشفة وسروالاً داخليّاً وقميصاً داخلياً. وبعد ذلك أغلق الصندوق، وأعاده إلى مكانه، ونهض متّجهاً إلى الباب قائلاً:

- أنا رح اتحمم.

سحب حازم اللحاف حتى غطى كل جسده ورأسه، خلق جواً رومانسياً تحت اللحاف، وراح يستمع إلى أغنية وردة. مرّ حينٌ من الوقت وحازم يستمتع بهذا الجو الرومانسي، مُتَخَيِّلاً كيفية لقائه إلهام والمكان حيث سيلتقيان. تخيّل سيناريو اللقاء، ثم ألغاه ليتخيّل سيناريو أكثر إثارة، وهكذا... إلّا أنّ يداً نزعت اللحاف عنه، وأخرجته من هذا الجو الرومانسي. ورأى سعد يقف أمامه مبتسماً وهو يقول:

- يلا رح نتأخر. ليش ما جهزت حالك؟
- يلا. أنا جاهز.

لم يبدل حازم ثيابه، لأنه كان لا يزال مرتدياً بنطاله؛ إذ ليست لديه بيجاما، ولم يعتد طيلة حياته على أن تكون لديه بيجاما.

ذهبوا إلى حي الشويكة حيث مسجد عبد الرحمن بن عوف مشياً. كان المسجد كبيراً ومضاء بثريات لم ير حازم مثلها في حياته. وكان نظيفاً، وتفوح من الحضور رائحة العطور. أغلب الحضور كانوا يرتدون الثوب الأبيض الطويل «الجلابية»، وبعضهم لديهم لحى ولكن من دون شوارب. راح الجميع يصافحون بعضهم بعضاً، ويبتسمون، ويتبادلون عبارات الترحيب الودية ذات الطابع الديني، ومعظمهم في مقتبل العمر في حين تجاوز بعضهم الثلاثين من عمره. حظي أيمن باهتمام

الكثير من الرجال، وخاصة الشيخ المحاضر الرفعاني الذي صافحه وسأله عن أحواله.

ثمّ بدأت المحاضرة. تحدث الشيخ الرفعاني عن الابتلاء، فأعجب حازم به وبطريقته في الخطابة. إذ راح صوته يرتفع وينخفض وفقاً لأهمّية الحدث في القصة التي يسردها. وما فهمه حازم من كلام الشيخ الرفعاني أنّ الله يبتلي المسلم في صحته أو في أولاده أو أمواله ليمتحنه في دينه، ويعاقب الكافر أيضاً في صحته أو أولاده أو أمواله على معصيته له.

انتهى الدرس الديني، وعادت المجموعة إلى الجامع. وشعر حازم أنّ الله انتقى هؤلاء الناس- الحضور، والشيخ المحاضر- ليرعاهم بعنايته، ولكنّه لم يعرف السبب.

❋❋❋

مرّ شهر على بداية السنة الجامعية، ولم يرَ حازم إلهام. وكان كل يوم يُمنّي النفس بأن يلقاها في مكان ما في الكلية، ولكنّ أمله يخيب في نهاية اليوم. وقد أمضى وقته في الذهاب إلى الكلية وحضور المحاضرات، ثم العودة إلى الغرفة، ومساعدة سعد في الطبخ، وفي أداء الصلوات الخمس التي يجب أن يمارسها بدون إبطاء أو تردد، بالإضافة إلى الدروس الدينية التي يجب أن يتابعها برفقة الآخرين. كان عالم حازم موزعاً ما بين عالمين متناقضين إلى حد ما. الأوّل عالم الجامع والإخوة الذين يلتقيهم يومياً ويعيش معهم، وما يعنيه ذلك من أوامر ونواهٍ عن ملذّات هي ما تشغل الشاب في هذه الفترة من عمره. والعالم الثاني هو الكلية والطلبة،

97

بما يضمه هذا العالم من طالبات جميلات لباس بعضهن يبرز المفاتن أكثر مما يُخفي. وهو عالم صاخب، مليء بالحيوية والحركة والزمالات المشتركة بين الجنسين، والتي تفضي إلى علاقات عاطفية تشكّل جوهر هذه المرحلة العمرية. وكان العالم الأول يمنعه من التواصل مع العالم الثاني، بينما رغباته وميوله الطبيعية تشدّه إلى ذلك العالم.

حمل شهر تشرين الثاني الكثير من الحزن بالنسبة إلى حازم. إلّا أنّه حدث أن كان أحد أيامه يوماً استثنائياً. ففي ذلك اليوم، عاد من الكلية بعد الظهر حزيناً كالعادة. وما زاد من حزنه عدم رؤيته إلهام. يومها، تناول الغداء مع سعد، ثم تمدد كل منهما على سريره. غفا كلاهما، ولم يستيقظا إلّا على صوت عبد الرحمن ينبّههما لصلاة العشاء. وبعد أداء صلاة العشاء، أنّبهما أيمن بطريقة لطيفة لأنّهما لم يصليا المغرب. كان الجميع يجلسون في غرفة أيمن ويشربون المليسة. فتحدّث أيمن عن الشيطان الذي يتسلل إلى نفسية الإنسان بطرائق كثيرة، منها لذة النوم والكسل. وعندها، يوسوس له ويصوّر له أنّ النوم أجمل ما في الوجود، وذلك كي يبعده عن أداء واجباته الدينية. فاعترف له حازم أنّ هذا ما حدث معه، إذ تقاعس ولم ينهض على الرغم من أنّه استيقظ على صوت المؤذن. هذا الاعتراف جلب السرور لأيمن وجعله يمدحه، وطلب منه أن يحارب شيطانه بقوة الإيمان وقراءة القرآن. فقال حازم:

- سوف أخصّص كل يوم نصف ساعة إلى ساعة لقراءة القرآن.

فقال أيمن:

- بارك الله بك يا حازم، فأنت في الطريق الصحيح. وأرجو من

الإخوة أن ينحوا نحوك.

وحين عاد سعد وحازم إلى غرفتهما لم يستطيعا النوم؛ رغم أنّ وقت نومهما قد حان. وكعادته، سحب حازم اللحاف حتى غطى رأسه، وفتّش عن أغنية، فعثر على إذاعة تبثّ أغنية الأطلال لأمّ كلثوم. عندها، أمضى وقتاً ممتعاً وهو يصغي إلى الكلمات واللحن والصوت الشجي، بينما إلهام حاضرة ويقوة في كل كلمة تقولها أمّ كلثوم.

يا فؤادي لا تسل أين الهوى... كان صرحاً من خيالٍ فهوى

اسقني واشرب على أطلاله... وارِ عني طالما الدمع روى

كيف ذاك الحب أمسى خبراً... وحديثاً من أحاديث الجوى

نام عند الساعة الثانية من بعد منتصف الليل، ليستيقظ لأداء صلاة الفجر، ثم يعود وينام مرة أخرى. وفي الصباح، نهض متأخراً- مثله مثل سعد- إلّا أنّهما استطاعا الوصول إلى الكلية في الوقت المناسب. كان الدكتور قد دخل قبل حازم بثوانٍ. فتسلّل حازم وجلس على المقعد الأخير، حيث لا أحد يجلس. كان يلهث بسبب جريه والجهد الذي بذله للوصول في الوقت المناسب. ويعد دقائق هدأ، وكان المحاضر قد بدأ محاضرته. وعندما وقعت نظراته عليها من الخلف عرفها. عرف شعرها الأسود، وميّز طريقتها في ترتيبه. فخفق قلبه. إنّها إلهام! وعلى الفور، أيقظت رؤيته إيّاها روحه، وغيّرت مزاجه بشكل كبير. فعاد الفرح إلى قلبه، وبانت السعادة في عينيه.

وفي فترة الاستراحة، خرج حازم مسرعاً ووقف قرب باب القاعة

بانتظارها، إلّا أنّها لم تخرج. فدخل القاعة مجدّداً، ورآها جالسة في مكانها مع عدد من الطلاب والطالبات يتحدثون بأمر ما. متى تعرفت على كل هؤلاء الطلبة!؟ تساءل حازم في سرّه. فجلّهم- إن لم يكونوا كلهم- من عائلات غنية. لأنّه كان قد رأى بعضهم يركنون سياراتهم في مرأب يقع خلف الكلية. فمشى من أمامهم، ودار حولهم، لعلها تراه وتناديه، ولكنّ هذا لم يحصل. كانت ومن معها يتحدثون ويضحكون، وقد أغاظه هذا الأمر. لفتت انتباهه الثياب التي يرتدونها. إذ بدت أنيقة وجميلة وذات ألوان مليئة بالحيويّة، تشبه الفاكهة التي قطفت للتو، بينما بدت ثيابه شبه مهترئة، وباهتة الألوان، وتشبه طبق طعام مرَّت على طبخه أسابيع. أما حذاؤه فبدا قبيحاً ومجعّداً، كعبه مهترئ من جهة، ممّا جعل حازم عندما يمشي يبدو مندفعاً إلى الأمام كما لو أنّه يحاول أن يتوازن كي لا يقع على وجهه. عاد وجلس مكانه، وشرع يقلّب صفحات الدفتر، وهو يصغي إليهم كي يعرف ما يتحدثون عنه. بعد قليل، دخل أحد الطلبة وكتب على السبورة أنّ الدكتور المحاضر يعتذر عن الحضور. فنهضت إلهام ومن معها وقرروا أن يذهبوا إلى مكان ما ريثما تنقضي ساعتان ويحين موعد المحاضرة الثالثة. ولتحقيق المصادفة التي خطّط لها حازم، خرج مسرعاً باتجاه الباب بحيث يلتقيا هناك. وهذا ما حصل. وعندما رأته شهقت بدهشة وصاحت:

- حازم! أنت هون؟

صافحته بحرارة وحفاوة لم يكن يتوقعها. وراحت تحدّثه وتسأله عن أحواله. كان في غاية السعادة وهو يمشي بجوارها ويتحدث إليها. وعلم

منها أنّها تعرضت لحادث سير ووقعت وأصيبت برضة في ساقها وفي كاحل القدم، ما اضطرها إلى البقاء في السرير ما يقارب الشهر. كانت المجموعة التي برفقتها بانتظارها، وكانوا يقفون على مسافة منهما. ثم تقدم شاب منهما وقال:

– إلهام، نحن بالمقصف عم ننتظرك.

– اوكي.

أجابته ثم تابعت حديثها مع حازم. وقالت إنّ هذا الشاب ابن خالتها. عندها، تذكّر أنّ أمها شامية ولديها الكثير من الأصدقاء في دمشق. فقال لها بلباقة الفارس:

– بإمكانك أن تذهبي إلى أصدقائك. إنهم ينتظرونك. نلتقي.

فابتسمت ونظرت إليه قائلة:

– أوكي، نلتقي.

ذهبت إلهام وتركت في نفس حازم شيئاً من الخدر اللذيذ. كانت تلك الدقائق أشبه بقطرات الماء التي تسقط على جذع نبتة كانت على وشك اليباس. دقائق غيّرت مزاجه وقلبته رأساً على عقب. يكفيه أنّها اهتمت به، بل شعرت بالسعادة عندما رأته. فلهفتها تجاهه جعلته يعود من يباس الحياة الروتينية، ومن نواهي حياة الجماعة في المسجد وأوامرها. وجعلته يشعر أنّ الحياة ناعمة وتشبه صوتها، ومتعة كالسحر في عينيها. شعر أنه حصل على طاقة إيجابية تكفيه لأيام. فلهفتها، ونظراتها، وابتساماتها، وكلماتها الدافئة سوف تكون زوّادته للأيام القادمة.

عندما عاد إلى الغرفة، كان سعد بانتظاره. وما إن رأى حازم حتّى شعر أنّ هناك تغيّراً قد طرأ على مزاجه. فابتسم كعادته، وقال لحازم:

– عم انتظرك وأنا جوعان. تعال.

من هوايات سعد الطبخ، فهو يتقن طهو عدد من الوجبات الرائعة. جلسا على الأرض متقابلين، وبينهما صحن كبير من البطاطا المطبوخة بالبندورة. وأثناء تناولهما الطعام، سأل سعد حازم عن سبب مزاجه الجيّد. في البداية، تردّد حازم في أن يروي ما حصل، معتبراً إيّاه سرّاً شخصياً لا يقال لأيّ كان، إلّا أنّه وجد نفسه يروي لسعد قصة حبه إلهام كاملة.

كانا قد أنهيا طعامهما منذ فترة، إلّا أنّهما بقيا جالسين على الأرض وأمامهما طبق الطعام الفارغ، وبعض قشور البصل. رواية حازم حرّضت سعد ليبوح بدوره بسره الصغير، فراح يروي لحازم قصة حبّه. وفي سياق حديثه الممتع وإبتساماته المتكررة، سمعا صوت أذان المغرب، إلّا أنّهما لم يتحركا، كما لو أنّهما قرّرا معاً ألّا يذهبا إلى المسجد لأداء الصلاة. كان الجو مشبعاً بروايات الحب الجميلة والآسرة. ولم يشعرا بمرور الوقت إلّا عندما دخل عبد الرحمن وسألهما عن سبب عدم ذهابهما للصلاة. صوّب عبد الرحمن نظره إلى سعد أكثر من حازم، وكأنّه أراد أن يوجّه إليه رسالة من أيمن، وقال:

– نلتقي في غرفة أيمن بعد صلاة العشاء.

ثم خرج. عندها، نقّل سعد عينيه بين حازم والباب، فيما شجّعه حازم على إكمال قصته. غير أنّ سعد بدا متردداً وقلقاً، ثم قال:

- كان علينا أن نذهب.

- مظبوط. بس هاد يلي صار.

ولكنّ سعد شعر بالذنب، وظهر ذلك في حركة عينيه وأصابع يده اليمنى المتوترة؛ حيث بدأ بملامسة رؤوس أصابعه بواسطة إبهامه، وكأنه يقوم بعملية العد، ولكن بحركة سريعة ومتشنجة. حاول حازم أن يقول كلاماً يقلّل من إحساس سعد بالذنب، ولذلك قال الجملة الشهيرة التي تقال دائماً من قبل الشباب الصغار الذين اكتووا بالعشق، وفي المقابل هناك في أعماقهم موانع دينية كثيرة تمنعهم من ممارسة هذا الحب:

- إنّ الله جميل يحب الجمال.

وصمت قليلاً ثمّ تابع:

- وإنّ الله غفور رحيم.

وبعد ذلك، نهض وجلب وسادة، وعاد إلى مكانه، ووضعها تحت مرفقه كي يتكئ عليها وأضاف:

- ربّي خلقت الجمال وقلت اتقوا، فكيف نرى الجمال ولا نعشق!؟ أكمل يا صديقي، أكمل قصتك.

عندها، نهض سعد وأغلق باب الغرفة بإحكام، ثمّ عاد وجلس، وتابع سرد قصته. قال إنّه صادفها في الشارع هنا في الحارة. كانت ترتدي النقاب، وثياباً سوداء لا يُرى منها أي جزء من جسدها. وعندما رأته رفعت النقاب عن وجهها، فرأى عينين ساحرتين كانتا تبتسمان له، عينين بنيتين واسعتَي المقلتين، قالتا له أشياء كثيرة وجميلة. التقت

عيونهما للحظات، وكانت مجرد نظرة، ولكنها ليست أي نظرة وليست أي لحظات. إذ شعر كما لو أنّه يرى لوحة سوداء اللون، يُطلّ من منتصفها وجه صبوح يبتسم له. لم ينم طيلة تلك الليلة وهو يسترجع نظراتها وعينيها. وبعد ثلاثة أيام، شاهدها تعبر بجانبه. لم يتعرف عليها إلى أن رفعت النقاب، فرأى العينين نفسيهما، والابتسامة نفسها، بل رأى وجهها كله. رأى شفتين حمراوين ممتلئتين تناديانه. وهمست له:

– مرحباً.

مشى بجانبها وكأنهما يسيران كل بمفرده، وقال لها:

– أهلين... شو اسمك؟ أنا اسمي سعد.

– وأنا نوال.

– أنا ساكن بالجامع. وانت؟

– ورا الجامع... ما فيني كمّل معك.

– فيني شوفك برا الحارة؟

– إي.

– وين؟

– بكرا، رح زور خالتي بمنطقة الفحامة، بشوفك هنيك.

– تمام.

تابع سعد سرد روايته وهو في غاية السعادة، وأخبر حازم أنّه في اليوم التالي بدأ يجهز نفسه منذ الصباح. ولكن في لحظة من لحظات السعادة تلك، خطر له سؤال جعل السعادة والبهجة اللتين يعيشهما تختفيان، وتحل محلها أسئلة كثيرة: «أين سوف أراها؟ ومتى؟... الفحامة حي

كبير، واليوم ساعاته كثيرة!».

أمضى سعد وقتاً طويلاً وهو يفكر في الوقت المناسب للزيارات. وسأل كل من حوله بطريقة موارية عن أوقات الزيارات المعتمدة بشكل عام، ثم سأل عن حي الفحامة. غير أنّه لم يحصل على جواب حاسم وقاطع. عندها، قرر أن يذهب ظهراً وينتظر مقابل موقف الحافلات. فلا بدّ أن تركب الحافلة لتصل إلى مقصدها، وعندما تنزل في الموقف سيراها. لذا، بعد أن حلق ذقنه، استحمّ بسرعة، وصفّف شعره وتعطر، ثمّ استقلّ الحافلة إلى حي الفحامة. اختار مكاناً مقابل الموقف وانتظر. وكان كلما وصلت حافلة يركز نظراته على الذين يغادرونها. وتوقّف سعد عن الروي، وضحك ضحكته الجميلة الرنانة، ثم تابع:

- انتظرت إلى المساء وما شفتها...

- شو هالحظ السيئ يلي إلك! وبعدين شو صار؟

في تلك اللحظة، سمعا حركة قرب الباب، فنهض سعد ليرى إن كان هناك من يسترق السمع، وعندما لم يجد أحداً عاد وجلس في مكانه. وعندما أوشك على متابعة القصة، سمعا أذان العشاء، فقال:

- لنذهب، لا أريد أن أسمع كلاماً من أيمن.

فنهضا وخرجا إلى صالة المسجد. وبعد أداء صلاة العشاء، قال أيمن إنّ الشيخ مصطفى الحمدون سيأتي غداً بعد صلاة الجمعة، وسيلقي محاضرة، وعلى الجميع الالتزام والحضور. فأكّد حازم على التزامه بالحضور في الموعد المحدد. وفي تلك الليلة، اعتذر أيمن عن استقبالهم في غرفته لأنّه سوف يخرج للقيام بأمر يخصه. وهـذا ما أفـرح حازم وسعد، فعادا

إلى الغرفة. وما إن أغلق سعد الباب حتى بادره حازم:

– تابع قصتك.

فقال سعد وهو يجهز سريره للنوم إنّه استمر في البحث عنها متنقّلاً ما بين حي الفحامة والحي الذي يسكن فيه. تارة يبحث عنها في شوارع الحي– لعله يلتقي بها– وطوراً يذهب إلى حي الفحامة، ويقف مقابل موقف الحافلات، ويراقب كل الحافلات القادمة وكل الذين ينزلون منها. ولكنّه لم يعثر عليها. وختم سعد قصته بتنهيدة طويلة وقال:

– ومن وقتها ما بقى شفتها.

وفي اليوم التالي، صباح يوم الجمعة، استيقظ حازم متأخراً، فوجد أنّ الساعة قد قاربت العاشرة. تلفّت حوله، ولكنّه لم يجد سعد. كانت الغرفة باردة، ولذلك بقي تحت اللحاف. تأمّل الغرفة، وشعر بأنّها كبيرة– أكبر من المعتاد– وسقفها شاهق. كما أنّها فارغة؛ إذ يوجد فيها سريران وبعض الثياب فقط. فجأة، رأى ورقة معلقة على مسند سريره. فأمسكها وقرأ فيها:

– أنا عند أيمن، نحن ننتظرك. فأيمن يدعوك لنشرب القهوة معاً. سعد.

فنهض ودخل الحمّام، ثمّ اغتسل كي يتجهّز لصلاة الجمعة. وبعد ذلك، ارتدى ثيابه بسرعة وخرج قاصداً غرفة أيمن. وعندما دخل، وجدهم جميعاً– أيمن، ومازن، وحسن، وعبد الرحمن، وسعد– يشربون القهوة. رحّب به أيمن، واحتفى به أكثر من المعتاد، ثمّ طلب من عبد الرحمن أن يسكب له فنجان قهوة، وأشار له كي يجلس بجانبه. في

تلك اللحظة، ساد الصمت بينما الجميع ينظرون إلى أيمن الذي كان يتحدث في موضوع ما عندما دخل حازم. بدا أيمن متردداً في متابعة الحديث، ثم قال:

- كنّا نتحدث في موضوع عام؛ نوع من الثقافة والاطلاع على الأحداث والتاريخ.

ثمّ صمتت لحظة، ونظر إلى الجميع، وبعدها ثبّت نظرات عينيه على عيني حازم وتابع:

- حديثنا يتناول الخلافة الإسلامية. فعندما كانت قائمة فتحنا نصف العالم، ونشرنا الإسلام، وصدّرنا كل أنواع العلوم. وما نراه الآن من تطوّر في الغرب كان بفضلنا. فالله سبحانه وتعالى استخلفنا في الأرض لنعمّرها بما يليق بالإنسان وكرامته، وبعث نبيه إلينا ومن بيننا لنكون نحن من يحكم ويسوس ويدير هذه الأرض ومن عليها. لذا، نحن لا نؤمن بالنظريات التي اخترعها الغرب الكافر عن القومية والوطنية، بل نؤمن بأنّ بلد المسلم حيث يصل فرسه. وفي لغتنا الحديثة، حيث تصل دبابته. فهكذا فتح أسلافنا العالم، وعلينا أن نكمل المسيرة.

لم تبارح نظرات أيمن وجه حازم الذي كان يصغي إليه وهو يهزّ رأسه هزات متتابعة. وامتد الحديث لأُكثر من ساعة.

وبعد أن خرجا من غرفة أيمن، ذهب سعد لإحضار الفول والحمص، بينما جلس حازم في سريره بانتظار عودة زميله. مرّت نصف ساعة ولم يعد سعد، فنهض حازم وراح يرتب الغرفة. ثمّ مرّت ساعةً، فساعتان

ولم يعد. عندها، شعر حازم بالقلق. فارتدى ثيابه، وخرج ليبحث عن
سعد. ذهب إلى بائع الفول، فوجده مغلقاً. وذهب إلى الفرن، فوجده
مغلقاً أيضاً. في تلك الأثناء، كانت الجوامع قد بدأت بالمدائح النبوية
استعداداً لصلاة الجمعة. جال في الحارة لعلّه يصادفه، ولكنه لم يجده.
فعاد إلى الجامع؛ إذ كانت الصلاة على وشك أن تبدأ. تناول فطوره من
الزيتون، ثم ذهب إلى المسجد للصلاة، وحضر درس الشيخ مصطفى.
وما بين صلاة الظهر والعصر، وفيما كان الجميع جالسين- حازم، وأيمن،
وعبد الرحمن، وحسن، ومحمد، ومازن- قرب دالية العنب، حيث تسطع
الشمس لأكثر من ساعتين، يشربون الشاي، وأيمن يتحدث عن سيرة
حياة الشيخ مصطفى، قدم سعد مبتسماً كعادته. ألقى التحية وجلس،
وبدا خجلاً. لم يتكلّم، بينما راح الجميع ينظرون إليه، فازداد خجلاً
وارتباكاً، وحرّك يديه وهو يبتسم، ثم قال:

- أنا آسف. كان عندي ظرف طارئ، ما حسنت احضر.

ثم قفل عائداً من حيث أتى، ولحق به حازم. وعندما دخلا الغرفة،
أغلق سعد الباب جيداً، ونظر إلى حازم مبتسماً وسعيداً وقال:

- كنت معها.

- مستحيل!

- والله العظيم.

فأمسك حازم يد سعد، وسحبه وجلس كل منهما على سريره، وقال:

- احكيلي، احكيلي.

فروى سعد أنّه بينما كان ذاهباً إلى بائع الفول، رأى امرأة قادمة.

وكــانت ترتدي ذلك اللبــاس الأســود الذي يغطي كل شيء في المرأة فلا يمكن التعرّف إليها. عندهــا، اعتقد سعد أنّها ربما تكــون هي، فأبطأ في مشيه وهو ينظر إليها بشكل جانبي، إلى أن أصبحت بجانبه، وهمست له:

- امشٍ وراي.

فرفرف قلب سعد بين ضلوعه كطائر محبوس يتوق إلى الحرية. تبعها إلى حيث موقف الحافلات، حيث وقفت بانتظار الحافلة. ووقف سعد على بعد مترين منها. لم يكن هناك أحد غيرهما، فهمست له:

- خليك وراي لحتى ننزل من الباص. بس ننزل فينا نمشي مع بعض.
- ماشي. تمام.

صعدا إلى الحافلة، وجلسا على كرسيين مختلفين. عبرت حافلة النقل الداخلي الشارع الرئيس الذي يمتد عبر أحياء الميدان؛ بدءاً من الجزماتية، ومروراً بباب مصلى، فحي سويقة، وباب الجابية ووصولاً إلى الموقف الأخير في شارع النصر. عندها، نزلت نوال ثم سعد. وهناك مشى بجانبها. قال:

- لوين بدنا نروح؟
- مابعرف... المهم يكون المكان بعيد عن منطقتنا.
- شو رأيك نروح على سوق الحميدية.
- لا، يو! كتير من قرايبينا هنيك.

مضت لحظات صمت وهما يسيران متجاورين ومفكّرين في حي

مناسب يذهبان إليه. وأخيراً قالت:

– شو رأيك نروح عالمزة؟

– إي.

وهكذا، استقلّا الحافلة المتّجهة إلى المزة، وجلسا بجانب بعضهما. طيلة الطريق لم يقل لها سوى كلمة واحدة:

– كيفك؟

– الحمد لله.

كان يتلذّذ باحتكاك جسده بجسدها بين حين وآخر بسبب اهتزاز الحافلة وانعطافاتها المتعددة. في البداية، كان حذراً جدّاً من هذا الاحتكاك خشية أن يزعجها، ولكنّه عندما لم يتلقَّ أي ردة فعل سلبية ترك لجسده حرية الحركة المتناغمة مع حركة جسدها. فتناغم الجسدان مع اهتزازات الحافلة وانعطافاتها. ولأول مرة، راح يتحيّن قدوم الانعطافات، ولأول مرة أحب الانعطافات وراح ينتظرها. وقتها، أدرك سعد أنّ للانعطافات مهمة أخرى. فبالإضافة إلى تغييرها اتجاه السير، مهمتها الأكثر لذة ومتعة هي جعل جسدها يميل إلى جسده، فيتلامس الجسدان ثم يفترقان، ثم يتلامسان مجدداً. عندها، شعر سعد بالخدر واللذة الممتعة النّاجمة عن هذا التواصل الجسدي. وشعر أنّ هناك حواراً بينهما عبر الجسدين، فلا داعي للحديث. تمنّى أن يطول المشوار لآخر العمر. ولكن، مع الأسف حان وقت النزول. فالحافلة وصلت إلى نهاية رحلتها. وما إن نزلا حتى خلعت نوال الملاءة التي كانت تغطيها، ووضعتها في حقيبتها، فرأى سعد صبية فاتنة الجمال ترتدي بنطالاً وقميصاً.

دُهِش سعد من شجاعتها وجمالها وجسدها الفتي الذي يكاد يتفجّر فتنة وسحراً. مشيا جنباً إلى جنب في الحارات وهي تحدثه عن أهلها ومعاناتها مع أبيها وإخوتها الشباب. وقالت له إنّها في الصف الحادي عشر ومجتهدة، إلّا أنّها تعاني من اضطهاد أهلها لها وحصارهم لها. فهي تكره هذا اللباس الذي ترتديه، وتكره العلاقات الاجتماعية المزيفة التي تحاصرها وتكاد تخنقها. إذ تأخذها أمّها معها إلى المناسبات كي تعرضها بطريقة غير مباشرة أمام من يبحثن عن زوجات لأولادهنّ. وقد تقدّم لخطبتها ثلاثة رجال، اللحام في الحارة التي تسكن فيها، وأحد أئمة المساجد في منطقة الحلبوني، وشاب من الحارة. وقد رفضتهم نوال جميعاً. فرغم أنّ أهلها حاولوا إجبارها على الزواج، إلّا أنّها هدّدت بأنّها ستقتل نفسها إن أجبروها.

في تلك الأثناء، كانا قد وصلا إلى جامعة دمشق، وتحديداً إلى كلية الحقوق، فطلبت منه أن يجد مكاناً ليجلسا فيه. لم يكن سعد يعرف أي مكان مناسب للقاء العشاق، إلا أنّه استطاع العثور على كافتيريا بجوار الجامعة. فجلسا وطلبا قهوة. وهناك تأمّلها سعد، وحاول أن يشبع من جمالها وسحر أنوثتها. حاول أن يقول لها كلمة «أحبك» ولكنه لم يستطع. حاول أن يقول لها أي كلام يدل على حبه لها، ولكنه لم يستطع. حاول أن يخبرها أنّها جميلة، بل فاتنة، ولكنه لم يستطع، بل اكتفى بالنظر إليها بوله. حاول أن يفتح فمه ليقول شيئاً ما، ولكنه لم يعثر على أية كلمة مناسبة. كانت تدرك أنّ لديه كلاماً يريد أن يقوله وتحبّ أن تسمعه، لذا حاولت مساعدته، إلا أنّها لم تسمع ما أحبّت سماعه. إذ كانت تلك هي

المرة الأولى التي يجلس فيها سعد مع صبية طيلة حياته.

قال سعد لحازم:

– ما قدرت احكي ولا كلمة غزل. ارتبط لساني، ومدري شو صرلي!

– كلّنا نفس الشي. أي وبعدين؟

– ولا شي. رجعنا. بس اتفقنا نلتقي كل يوم أربعاء لمّا بتزور خالتها.

استمر الحديث بينهما حتى ما بعد منتصف الليل. فتحدّثا عن الحب والأماني والأحلام التي يحاول كل منهما أن يصل إليها. وناما عند الساعة الواحدة، فلم يستيقظا لأداء صلاة الفجر؛ على الرغم من محاولة عبد الرحمن إيقاظهما. وهكذا، استيقظ حازم على صوت فيروز، وكانت الساعة تشير إلى السابعة والربع. وبينما كان سعد يعدّ الشاي ليتناولا الفطور، نهض حازم متّجهاً إلى الحمام. قال سعد:

– لعلمك، مواد الفطور خلصت.

وأشار إلى «قطرميز» الزيتون الذي بدا فارغاً، ثم أضاف:

– لازم ننزل نشتري شوية جبنة وزيتون وزعتر.

فهزّ حازم رأسه إيجاباً، وهو يدرك أنّ وضعه الاقتصادي ليس جيداً. لذا يجب عليه أن يمارس المزيد من التقشف كي يكفيه ما لديه من نقود إلى نهاية العام الدراسي.

وفي قاعة المحاضرات، لم يجد حازم مكاناً له إلا في المقاعد الخلفية. رأى إلهام جالسة أمامه، بينهما ثلاثة صفوف من المقاعد. وأدرك أنّها مشغولة عنه بابن خالتها وأصدقائها الجدد. لذلك، ولكي يلفت

انتباهها إليه لجأ إلى حيلته؛ فوقف بسرعة قرب باب القاعة. وهكذا، عندما خرج زملاؤها، ومن ثم خرجت إلهام وراءهم رأته، فصافحته ودعته لمرافقتهم إلى المقصف ليشربوا الشاي. فمشى إلى جانبها، ويقي طيلة الطريق يتحدث معها كي لا يستنكر أحد من أصدقائها وجوده. دخلوا المقصف، واتّخذ كلّ منهم مكاناً. فجلس بجانبها وهو لا يزال يتحدث إليها. ثمّ نهض ابن خالتها حسان وقال:

– رح تشربوا كالعادة، خمسة قهوة واتنين شاي.

ثمّ التفت إلى حازم وسأله:

– وانت، شو رح تشرب؟

فأجاب حازم بصوت منخفض:

– شاي.

شعر حازم أنّ حسان كان خشناً معه بعض الشيء. ولكن لا بأس، فهو يجلس بجانب من يحبها ويتحدث معها، وهي تبتسم أحياناً وتضحك أحياناً أخرى. وما هي إلّا دقائق حتّى عاد حسان وهو يحمل صينية عليها فناجين القهوة وكؤوس الشاي. وضع الصينية على الطاولة وجلس. وبينما كان حازم يتناول كأس الشاي، ارتجفت يده، فانسكبت كمية من الشاي على سطح الطاولة. عندها، تأفّف البعض ممتعضين، فيما اعتذر حازم ونهض ليجلب شيئاً ما يمسح به الطاولة، وذهب باتجاه «الكونتوار». في تلك اللحظة، أخرجت هدى من حقيبتها مناديل ورقية ومسحت الشاي. وسارع الجميع إلى سؤال إلهام باستنكار، كما لو أنّهم جميعاً متفقون:

- مين هاد إلهام؟

- شاب من قريتنا. إنّه فقير وطيب.

فسأل رشيد بغلظة:

- وليش لزقان فينا!؟

ردّت إلهام:

- لك حرام عليكم. هوي شـاب فقير وحباب، شو خسـرانين إذا مشي معنا؟

علق حسان:

- شو نعملّو إذا فقير؟ شو عنا جمعية البر والإحسان!؟

عاد حازم خجلاً وخالي الوفاض، فبادرت إلهام إلى طمأنته إلى أنّ كل شيء على ما يرام، ثمّ دعته ليجلس في مكانه.

بعد قليل، بدأ نقاش الزملاء حول المكان الذي سيذهبون إليه بعد انتهاء المحاضرات، وراحوا يتناقشون حول المكان الّذي سيتناولون فيه الغداء، والمكان الذي سيقضون فيه فترة المساء والسهرة. وبالطبع، كان حازم مستثنى من هذه النقاشات.

فجأة، ساد صخب على الطاولة المجاورة التي يجلس إليها خمسة شبان بدا من لباسهم ولهجتهم أنّهم من الريف. فانزعج حسان وصحبه. وعندما ازداد الصخب، التفت إليهم حسان وقال:

- يا شباب، هذا لا يجوز. نحنا في الجامعة، مو بالشارع.

فاعتذر أحدهم، بينما انزعج الآخرون من تعليق حسان. وبعد

دقائق، غادر الشبان المقصف. فعلّق رشيد:

- حوش، ما بيفهموا.

وقال حسان:

- شعب جاي من ورا البقر.

وأثنى رشيد على كلام حسان، وتابع قائلاً إنّ الفلاح غبي بطبيعته لأنه يتعامل مع البهائم، وهذا ينعكس على سلوكه اليومي. وأكّدت لميس على كلام رشيد، ودعمت كلامها بالقول إنّ سلوك الفلاحين خشن، وحتى السيدات منهم خشنات في التعامل والحديث. عندها، انزعجت إلهام، وردّت عليهم، وقدّمت من الأدلة ما يدحض كلامهم؛ لأنّها من أصول فلاحية، وعاشت كل سنوات عمرها في الريف.

وهكذا، دار النقاش حول هذه النقطة. وتبيّن أنّ أربعة من الجالسين من أصول فلاحية. فتولّت إلهام فقط مهمة الدفاع عن الفلاحين، وكانت عصبية في ردها على حسان ورشيد. لذا، تراجع حسان ومن معه عن كلامهم المسيء إلى الفلاحين، وقالوا إنّهم لا يقصدون الإساءة إلى الفلاحين.

وما فهمه حازم من هذا النقاش هو أنّ رشيد من أصول فلاحية، وأنّ أباه ضابط برتبة عميد في الجيش، وهو قائد لواء في الجيش السوريّ في لبنان. أمّا لميس فهي من عائلة برجوازية من مدينة دمشق. وعائلتها ليست محافظة ولا متدينة. فأبوها تاجر كبير، لديه أملاك كثيرة في منطقة الحريقة، ولديه شركة استيراد وتصدير. ويَدّعي أبو لميس- نظمي الآغا- أنّ

تاريخ عائلة الآغا يعود إلى أكثر من ألف عام، وليس إلى الفترة التي جاء فيها الأتراك إلى البلاد. فصحيح أنّ لقب الآغا انتشر أثناء وجود الأتراك في دمشق ولكنّ غنى العائلة وعراقتها قديم. لذا، يرى نظمي الآغا، وابنته لميس، أنّ الفلاحين أدنى مرتبة وقيمة على سلم القيم الاجتماعي، فيما هم- أي عائلة الآغا- الأعلى قيمة بالنسبة إلى فقراء المدينة وحتى أغنيائها. أما بالنسبة إلى «القادمين الجدد» كما يسميهم نظمي، فهم عبارة عن «أوباش ورعاع»، سيطويهم التاريخ كما طوى غيرهم. ويقصد بقوله «القادمين الجدد» موجة الهجرة الفلاحية إلى المدينة التي بدأت في ستينيّات القرن ويلغت ذروتها في السبعينيّات، فنشأت أحياء ضخمة تحيط بدمشق من جميع الجهات. كما يقصد بالتحديد من استلموا السلطة من حزب البعث ومن الضباط، وهم- أو جلّهم- من أصول فلاحية. ولكن لا بأس- والرأي لنظمي- في التعامل معهم؛ لأنّ السلطة بيدهم. بل إنّ الأفضل هو التحالف معهم للاستفادة من نفوذهم ومن سلطتهم من أجل تطوير أعمالهم وتنمية رأس مالهم. فهذا أفضل من أن يهاجر، كما هاجر الكثير من برجوازيي المدينة إلى دول عربية وأوروبية. وقد رفع نظمي شعار «التحالف مع الشيطان أفضل من شتمه». وتتبنّى لميس وجهة نظر أبيها، فها هي تتقرب من رشيد الفظ، وإلهام المتعجرفة، وبقية المجموعة وتصادقهم. فهي ترى أنّ العلاقة مع رشيد مفيدة كخطوة أولى، غير أنّ رشيد يميل إلى إلهام. ولكن، لا بأس في الانتظار، فربّما تتغير الأحوال.

نهض لطفي وقدم سيجارة مارلبورو لكل من الموجودين، وراح يمزح

محاولاً أن يغيّر الأجواء المشحونة. فتغيّر مجرى الحديث، وعادت الأجواء إلى طبيعتها، ما عدا إلهام التي بقيت صامتة طيلة الجلسة. وعندما حان موعد الذهاب إلى المحاضرة، نهض الجميع، ولكنّ إلهام مشت إلى جانب حازم. مشت ببطء كي يتأخّرا عن الآخرين. إذ أرادت من خلال موقعها المهم بين أصدقائها، وقوة شخصيتها، أن توصل رسالة إلى الجميع؛ ومفادها أنّ أصولها الفلاحية خط أحمر. وفيما كانا يسيران، سألت حازم إن كان منزعجاً من حديث ابن خالتها والآخرين. فقال لها إنّ دفاعها أراحه كثيراً. ثمّ دعته لمشاركتهم الغداء في أحد المطاعم. فشكرها على هذه الدعوة، مُدَّعياً أنّه مرتبط بموعد مع صديق.

عاد مساء إلى الغرفة وهو في غاية السعادة لعدة أسباب، ومنها اهتمام إلهام به بشكل غير مسبوق. تحدث إلى سعد عمّا جرى معه. فسرّ سعد، ولكنّه علّق على كلام حازم:

- طيب، ليش ما رحت معهم على الغداء!؟

- منين بدي جيب مصاري؟ كلهم أولاد عائلات غنية، ما بتفرق معهم يدفعو.

شاركا في إعداد وجبة الغداء، بطاطا مع البيض، ثم تناولا الغداء، وتمدّد كل منهما على سريره. بدا سعد حزيناً على غير العادة. وعندما سأله حازم عمّا به، أجاب:

- حاسس بخنقة، شغلة مسكرة حلقي.

- شو رأيك نطلع؟

- لوين؟

- ما بعرف. نمشي نتسلى، نروح عمر كز المدينة.

- يلا مشّي. بس لبدّل تيابي.

استقلّا حافلة النقل الداخلي إلى وسط البلد، خلف القصر العدلي. ثم سلكا شارع النصر، مشياً، وصولاً إلى نهايته. مرّا من أمام محطة الحجاز، ثم انعطفا يميناً إلى شارع سعد الله الجابري، حيث تقع في بدايته سينما أوغاريت. وبعدها، انحدرا باتجاه فندق سميراميس، ثم انعطفا إلى اليسار باتجاه سينما دمشق. كانت الساعة الخامسة والنصف، فوقفا أمام سينما دمشق، وراحا يستعرضان الصور والإعلانات. كُتِب « أقوى أفلام الكاراتيه، تعرض لأول مرة في سوريا ». ويدافع الفضول، عرض حازم على سعد أن يدخلا السينما، فرفض الأخير رفضاً قاطعا لأنّ هذا حرام. وسأله حازم:

- ليش حرام؟

- في السينما تعرض صور لنساء عاريات. والسينما كمكان تحدث فيه أشياء والعياذ بالله.

وهكذا، تابعا مشوارهما صعوداً باتجاه السبع بحرات والصالحية. فسأله سعد:

- هل دخلت السينما من قبل؟

- لا.

- ولا مرة؟

- ولا مرة.

- وأنا مثلك. بس حابب فوت. فضول ربما.

تابعا مشوارهما صعوداً في شارع 92 أيار، وتوقّفا أمام سينما السفراء التي كانت تعرض فيلم «الفهد». وتصدّرت لوحة الإعلانات الضخمة صورة كبيرة جدّاً للفنانة «إغراء» وللفنان «أديب قدورة» وهما يقبّلان بعضهما، وقد التصق جسداهما ببعضهما بعضاً، ولكنّ ملاءة حمراء اللون غطّت نصف جسديهما السفلي، بينما ظهر نصفاهما العلويّان عاريين تماماً. فدخلا الصالة المفتوحة على الشارع، وراحا يستعرضان الصور المعلقة على الجدران. كانت صور الفنانة إغراء معلقة في كل مكان، وبدت فيها مغرية جدّاً، وشبه عارية في وضعيات مختلفة. بحلق كل من سعد وحازم في تلك الصور ليشبعا غريزتهما الجنسية النهمة والمحرومة، والقابعة في أعماق كل منهما. أثارتهما صور إغراء، وتمطّى الجنس في أعماق كليهما، فتكسّرت حواجز الحرام، وافترست العيون جسد إغراء الفاتن، لدرجة أنّ حازم ضغط بشدة على سعد كي يدخلا ويشاهدا الفيلم:

- شي بيشهي وبيفتح النفس. شو رأيك؟

فنظر سعد إلى حازم متردّداً، ولكنّ رغبة دفينة ظهرت في تلك النظرات. كان كلاهما يرغبان في مشاهدة مناظر جنسية، ولكنّ هناك موانع كثيرة جدّاً. كانت موانع حازم اقتصادية أكثر منها دينية، بينما كان العكس لدى سعد. فسعد يخاف عقاب الله، بينما حازم يخاف عقاب الجيب. وهكذا، بقي سؤال حازم معلّقاً، فيما الصور تدعو سعد ويقوة لمشاهدة الفيلم، والرغبة الممنوعة تدفعه دفعاً، وعقاب الله ماثل في ذهنه. ولكي يتجاوز كل ذلك، ويحقّق كل المتناقضات قال لحازم:

- إذا إنت حابب، أي منفوت ليش لا؟

وبما أنّه لم يسبق لهما أن دخلا السينما، لم تكن لديهما معرفة بكيفية الدخول، وكيفية دفع النقود. ولكنّ سعد انتبه إلى رجل يجلس ضمن غرفة صغيرة ويطل عليهما من خلال كوة صغيرة. فأشار سعد إليه، وفي اللحظة نفسها شاهدا رجلاً يقف أمام الكوة، ويدفع النقود، ثم يستلم تذكرة. وعلى الفور، تقدّم حازم وسأل الرجل عن ثمن التذكرة، ثم راحا يفتّشان في جيوبهما. عثرا على ما يكفي من النقود لشراء التذكرتين، ثمّ انتظرا مثل الناس الآخرين في الصالة. وبعد دقائق، سمعا جرساً يرن، ثم تحرك الناس في الصالة باتجاه مدخل ظهر بعد أن فُتِح باب خشبي على مصراعيه. دخلا مع الداخلين، وعبرا ممرّاً مضاء ينحدر قليلاً. وفجأة، دخلا صالة ضخمة فيها إضاءة خافتة. كانت ممتلئة بالكراسي حمراء اللون، والمرتبة خلف بعضها بعضاً. ثمّ في بداية الصالة، شاهدا ستارة كبيرة. نظرا إلى بعضهما منبهرين بما يشاهدانه. وقفا في منتصف الممر بين الكراسي، لا يعرفان إلى أين يمضيان، فتقدّم منهما رجل يحمل مصباحاً، ومدّ يده باتجاههما وقال:

- وين بطاقتكن؟

فأعطياه البطاقتين. وعلى الفور، أشار لهما بيده كي يتبعاه في الممر الذي يفصل بين تجمّعين من الكراسي. وعند منتصف الصالة، توقّف وقال وهو يعطيهما البطاقتين:

- عدو سبع كراسي، إلكن التامن والتاسع.

جلسا في مكانيهما. واجتاحت حازم مشاعر الانبهار والإعجاب بالسينما، بينما سيطر على سعد مزيج من المشاعر المختلطة؛ مزيج من

الانبهار والإعجاب بالسينما، والرّغبة في مشاهدة نساء عاريات، مع شعور قويّ بالذنب لأنّه يقوم بأمر مُحرّم.

وبعد ساعتين، خرجا من السينما محمّلين بمشاعر جميلة. وشعرا بأنّهما تطهّرا من شرور الأرض لأنّهما تعاطفا مع بطل الفيلم؛ ذلك البطل الفذ العاشق للنساء والأرض والفقراء. شعرا أنّ حالهما كحال البطل، وتمنّى كل منهما أن يكون البطل.

عادا إلى الغرفة مشياً، وتحدّثا عن الفيلم وأحلامهما. ونالت «إغراء» حصّة الأسد في حديثهما. إذ علّق حازم ضاحكاً:

- إغراء شي مو معقول!

فعضّ سعد على شفته وهز رأسه، ثمّ رفع يديه إلى السماء وقال:

- يا رب، نحن عبيدك ضعفاء، رفقاً بنا.

علّق حـازم، وقـال إنّها المرّة الأولى الّتي يـرى فيها جسـداً نسائيّاً شبه عارٍ.

وبعد أن اجتازا أكثر من نصف الطريق وهما يثرثران، صمتا. إذ لم يعد لديهما ما يقال، فغرق كل منهما في عالمه الخاص. وقبل أن يصلا إلى المسجد بقليل، سأل حازم سعد:

- اشبك؟ ليش ساكت؟

فأجاب سعد:

- ما بعرف. ليش فتنا على السينما وشفنا نسوان عاريات؟
- شاعر بالندم؟

- كتير.

ثم رفع يديه إلى السماء وقال:

- يا رب، اغفر لي ذنوبي، أنا العبد الفقير الضعيف.

خيّم عليهما الصمت مرة أخرى، إلى أن وصلا إلى الجامع. فتح سعد الباب بهدوء وحذر كي لا يشعر أحد بقدومهما متأخرين ويطرح عليهما أيّ سؤال. وما إن دخلا الغرفة حتى استلقى سعد على سريره ونام، من دون أن يبدّل ثيابه كما يفعل عادة. اعتبرا دخولهما السينما للمرّة الأولى حدثاً تاريخياً. ولم يبوحا به لأحد من القاطنين في الجامع. ولكنّ ذلك شكّل مصدر قلق كبير لسعد.

مرّ أسبوع على دخولهما السينما، وكان سعد خلاله يعاني من أمر ما. ويوم الجمعة، خرج من الصلاة قلقاً. إذ كانت خطبة الشيخ تتناول الزواج، ومشاكل الشباب. وتحدّث الخطيب عن الشهوة الجنسية، وكيفية تلبيتها من خلال الزواج فقط، أو ضبطها والسيطرة عليها من خلال الصلاة. فلم يبُح سعد بما يشعر به، بل حاول الهروب مما يعانيه. لذا، ذهب إلى السوق بحجة أن يتسوق ويشتري ما يلزم من خضار. بينما وقف حازم أمام النافذة المطلة على الشارع الرئيس للحي، متأمّلاً الأمطار المنهمرة رغم رحيل الشتاء. شعر بمتعة هائلة؛ فالمطر يهطل بهدوء، والصمت يلفّ الغرفة. فيما الشارع الممتدّ أمامه إسفلته مبلل ولامع بفعل المطر. شاهد رجلاً يحثّ الخطى إلى جهة ما من دون مظلة تقيه، وامرأة وصبية تسرعان إلى جهة أخرى، فيما السيارات تعبر بالاتجاهين. وسمع صوت فايزة أحمد يأتيه من المذياع:

يما يا هوايا يما، يما يا هوايا

الهوى بعثر ضفايري ايه قصده معايا

ايه قصده معايا يما

عندها، حضرت إلهام في خياله بقوة، ودخلت المشهد. تخيّل أنّه وهي وسط حديقة، ويده بيدها، فيما هي تضحك وشعرها يتموّج في الهواء، ثم يحط على كتفيها. وفيما هو يحاول أن يضمها ويقبلها، فجأة يدخل ابن خالتها حسان، ويأخذ يدها من يده بقوة، ويبدأ بالرقص معها. ثم يدخل رشيد، ويرقص معها، ثم لطفي وعماد. جميع أفراد المجموعة يحضرون، وجميعهم يرقصون معها. وهي لم تمانع، بل شعرت أنّها حيادية تجاه الجميع. فجأة، فُتح باب الغرفة واختفى المشهد. ودخل سعد حاملاً بعض الخضار. جلسا حول المدفأة المطفأة، وشرعا يُعدّان طعام الغداء. سأل سعد حازم عن خطبة اليوم وتأثيرها فيه. وبدا سعد- ولأول مرة- غير راضٍ عن الخطبة، ولأوّل مرة أراد أن يتحدّث عن هذا الأمر. كانت وجهة نظره أنّ الخطيب محقّ في حديثه عن الزواج، وبأنّه الحل الأفضل بالنّسبة إلى الشباب، وأنّ الأخلاق تحمي المجتمع من الرذيلة التي إذا تفشت فسد المجتمع. ولكن، هل يستطيع شاب مثلهما أن يتزوّج الآن؟ وهل لديه مهر؟ وهل يستطيع أن يعيل الزوجة وبيت الزوجية، ويؤمّن ما يترتّب عليه من مصاريف؟ وهل وهل؟... أسئلة كثيرة طرحها سعد. ثم انتقل إلى الحل الآخر، وهو أن يحمي الشاب نفسه من الرذيلة ويصونها بالصلاة. فهل الصلاة قادرة على حماية الشّاب ومنعه من الوقوع في الرذيلة؟ طرح سعد أسئلة مهمة وواقعية. فسادت بينهما

لحظات صمت. فكّر حازم في أنّ سعد يريد أن يقول شيئاً ما من خلال تلك الأسئلة، ولكنّ هناك أمراً ما يمنعه من البوح بما يريده. حاول سعد أن يقول شيئاً إلّا أنّه امتنع. وأكثر من مرة، أراد أن يتابع الحديث، ولكنّه لم يستطع أن يكمل.

فشجّعه حازم:

– سعد، احكي نحنا إخوة. إذا الحكي بيريحك احكي.

قال:

– إغراء.

فردّ حازم بدهشة وتساءل:

– إغراء!؟ وشو يعني؟

– إغراء بطلة فيلم الفهد، هلكتني.

عندها، أدرك حازم ما يرمي إليه سعد. وشعر بأنّ سعد مغلوب على أمره من امرأة تلاحقه ليل نهار. أخبره سعد أنه منذ لحظة خروجهما من الفيلم وصورة إغراء لا تفارق خياله. فهي تأتيه في الحلم بشكل يومي عارية ومغرية. وتجلس بجانبه على السرير، وتقبّله، وتعرّيه من ثيابه، وتنام معه، فيقذف أثناء نومه. ثمّ توقّف عن الكلام، وفي فمه كلام.

فعلّق حازم:

– لا ذنب لك. إنّه حلم، والحلم غير إرادي.

وظهر حازم متردّداً، وفي فمه كلام أيضاً. ثمّ قال جملة غير مباشرة تحمل معاني عدة:

- في كتير ناس بتمارس العادة السرية.

وصمت للحظات قبل أن يتابع:

- بقولوا انه هاد مو حرام ولا عيب...

فقاطعه سعد:

- العادة السرية حرام.

- لا أبداً.

- أنا عم قلك. شيخي قال إنه ممارسة العادة السرية حرام.

فقال حازم إنّه إذا كان الأمر كذلك، فهذا يعني أن تسعين بالمائة من الشباب يقومون بعمل محرّم لأنّهم يمارسون العادة السرية. فقاطعه سعد:

- هل تظنّ أنّ كل الشباب يمارسون العادة السرية؟

- إي الكل. بس كلن بيخجلو وما حدا بيحكي.

ثم تابع مبرّراً أنّ الشباب لديهم طاقة هائلة يجب التّخلّص منها بطريقة ما، وهذه من الطرق المتاحة. وأضاف:

- لا تهتم. كلنا بالهوا سوا... منعملها ومنعمل أبوها.

فشعر سعد بالارتياح، وهزّ رأسه موافقاً، ثم قال إنّ إغراء تلاحقه في النهار أيضاً، فيدخل الحمام ويمارس العادة السرية وهو يتخيل أنّه يمارس الجنس معها.

سادت لحظات صمت، فشعر سعد بالندم لأنه قال أسراراً ما كان يجب أن يبوح بها حتى لنفسه، بينما شعر حازم بالتعاطف معه، فأضاف

ليؤكّد على كلامه السابق:

- صرنا اثنين. لا تخاف.

وأكّد على أنّ جميع الذكور مارسوا ويمارسون العادة السرية. عندها، تشجّع سعد وهمس لحازم بأنّه رأى أيمن في السنة الماضية يمارس العادة السرية في غرفته. عندها، شعر كلاهما - وخاصة سعد - بأنّهما أزاحا ثقلاً كان جاثماً على صدريهما.

في تلك اللحظة، فُتِح باب الغرفة، وأطل عبد الرحمن وذكّرهما بموعد المساء والدرس الديني للشيخ الرفعاني. فبادره سعد:

- تمام. نحنا جاهزين.

لم يتابعا الحديث إلّا بعد خروج عبد الرحمن. وبدا أنّ سعد قد تخلّص من توتره وأصبح بحالة جيدة. أعدّا طعام الغداء وتناولاه، ثم تمدّد كل منهما على سريره بجانب المدفأة. راح حازم يستمع إلى برنامج أسبوعي يدعى «في دوحة الشعر» يُبَثّ عبر «إذاعة دمشق» للإذاعي يحيى الشهابي. كان صوت الشهابي يأسر حازم، ويجعله يحلق في عالم من السحر والخيال. فصوته إذاعي رخيم وساحر، وذو نبرة عذبة. وترافق صوته في الخلفية موسيقى رائعة وهو يقدّم مقتطفات من الشعر. نام حازم وهو يصغي إليه، ثمّ استيقظ بعد نصف ساعة. رأى سعد نائماً في مكانه. فبدّل ثيابه وتسلّل إلى الخارج بهدوء كي لا يوقظه. لم يكن هناك هدف من خروجه سوى أنّه أراد أن يخرج من الغرفة. سلّم قدميه للشوارع، ونفسَه لأفكار كانت تتصارع في دماغه. وبعد حين، وجد نفسه أمام سينما دمشق. رأى أعداداً كبيرة من الجنود الذين يرتدون زياً

عسكرياً ذا ألوان متعددة يسمى «ممّوه»، وعلى كتف كل منهم شريطة كتب عليها سرايا الدفاع، وبالقرب من القلب علقت صورة صغيرة تعود إلى رفعت الأسد كتب عليها : «القائد». كانت أعمار الجنود تتراوح ما بين ثمانية عشر عاماً وعشرين عاماً، ويبد كل منهم «سندويشة» فلافل، وباليد الأخرى «كازوزة». كانوا يتحدّثون بأصوات عالية ويتمازحون ويضحكون، بانتظار دخولهم السينما. وأمام السينما وقفت عربة لبيع «سندويشات» الفلافل، يعلوها مكبر للصوت، ومنه ينطلق صوت المطربة ليلى نظمي وهي تغنّي: «ما شربش الشاي أشرب أزوزة أنا».

يعلم حــازم- ولكن على نحو غــامض- أنّ رفعت الأســد هو شقيق الرئيس حافظ الأسد، وهو الشخصية الأقوى بعد الرئيس، وأنه ذو سمعة سيئة.

فجأة، سمع حازم أصواتاً ترتفع في الصالة الخارجية للسينما. ثمّ حصل تدافع وفوضى، واندفع كل الجنود الموجودين في الصالة إلى الصالة الداخلية حيث يعرض الفيلم على شكل موجة بشرية. وقد أخذت تلك الموجة معها حازم الذي وجد نفسه وسط فوضى عارمة وصخب وصياح. وسرعان ما وجد نفسه داخل صالة السينما مع المئات المندفعين الذين توزّعوا، وحصل كلّ منهم على مقعد وجلس. لم يبقَ أحد في الصالة الخارجية إلّا ودخل وأخذ مقعداً. ثم وقف أحد الجنود وصرخ وهو ينظر إلى الأعلى، باتّجاه الكوة الصغيرة التي يخرج منها شعاع الضوء الذي يحمل صور الفيلم ويسقط على الشاشة العملاقة فينيرها وطلب منهم أن يشغّلوا الفيلم. وبالفعل، لم تمضِ سوى دقيقتين حتى

أطفئت الأضواء، وأُرسِل شعاع الضوء الذي يحمل صور الفيلم. كان حازم لا يزال واقفاً وهو في حيرة من أمره، ومندهشاً مِمّا يحصل حوله. غير أنّه عاد إلى الواقع على صوت جندي يطلب منه أن يجلس لأنّه يحجب الرؤية عن الجالسين خلفه. فجلس حازم، وراح يتابع مثل غيره قصة الفيلم التي تروى بالصور.

وبعد أن انتهى الفيلم، خرج مع الجميع، ثم انفصل عن الكتلة البشرية باتجاه نهر بردى. تابع طريقه بمحاذاة النهر الذي كان مجراه ممتلئاً بالماء الّذي يجري باتجاه لا يعلمه. مشى عكس جريان الماء؛ إذ سبق له أن تعلّم في المدرسة أنّ الأنهار تحفر مجراها عبر آلاف السنين، وتذهب باتجاه الأرض المنخفضة. فالمنبع دائماً يقع في أعلى نقطة من المجرى الممتد، والمنبع يدفع بالماء الذي يجري ولا يعلم مسبقاً إلى أين يجري، بل فقط يتبع الأرض الأقل انخفاضاً. إذ يجري شمالاً، ثم غرباً، ثم شرقاً، ليعود بعدها إلى الجريان شمالاً... وهكذا، حسب تضاريس الأرض. فلا هدف مقصود للنهر يرتحل إليه عبر رحلته التي قد تمتدّ آلاف السنين، بل إنّ تضاريس الأرض هي التي تقوده. في تلك اللحظة، شعر حازم أنه يشبه النهر في أوجه كثيرة. فهو يمضي في هذه الحياة، ولا يعلم إلى أين. فقد ارتحل من قريته الصغيرة ليعيش في مدينة كبيرة لا يعرف منها غير مكان سكنه وجامعته. وأحياناً، كان يذهب يميناً ثم شمالاً، باحثاً عن شيء ما لا يعرف ماهيّته، وتائهاً في مجتمع هذه المدينة، ومحاولاً الوصول إلى قناعات معينة. فلا أصدقاء له ولا أقرباء. لذا، كان يتلمّس طريقه بحذر وبشيء من القلق في مجتمع كلما حاول فتح بابه للدخول إليه صُدّ

في وجهه. وقد أدرك أنّ المجتمع الدمشقي بعيد عنه بعد السماء عن الأرض، فهو لا يرى منه سوى الظاهر. ففي بداية عامه الدراسي، اعتقد أنّ لا أحد يعرف ماضيه، ولذلك يمكنه أن يساهم بشكل فعال في هذا المجتمع الجديد. ولكنه أدرك أنّ اعتقاده لم يكن في محله. فالمجتمع قادر على كشف أفراده؛ من خلال سلوكهم، وطريقة حياتهم ولباسهم، وطريقة كلامهم، ولهجتهم وعاداتهم. وهكذا، يقوم بفرزهم وفق معايير مسبقة، ويضعهم في الأماكن الّتي يعتقد أنّها مناسبة لهم. ومجتمع الجامعة الذي تشكّل في بداية العام الدراسي، تشكل أيضاً وفق معايير مسبقة؛ منها الديني، ومنها الطبقي، ومنها المناطقي، ومنها الفكري. وقد حاول حازم أن يكون جزءًا من مجموعة، غير أنّه تمّ رفضه. لذا، ظل- كما كان- وحيــداً وتائـهاً في مدينة عمــلاقة بهرته أضواؤهـا وجمــال نسائها ونعومــة أصواتهن، إلّا أنّ قسوتها الّتي لا ترحم تجاه الغريب عنها صدمته.

فجأة، تذكّر الدرس الديني، فعاد أدراجه مسرعاً. وعندما وصل، كان سعد بانتظاره قلقاً. حثّه على الخروج مباشرة لأنّهما بالكاد سيلحقان بالدرس. لم يسلكا الطريق المعتاد، بل قاده سعد عبر أزقة صغيرة وحارات قديمة إلى أن وصلا في الموعد المحدد. كانت للشيخ الرفعاني هيئة تشعر المرء بالطمأنينة. فصوته الرخيم مطمئن وهادئ ويوحي بالثقة، كما أنه طافح بالإيمان. وهو يتمتّع بثقافة دينية غزيرة، وفي جعبته أحاديث وقصص تدعم أيّ موضوع يتناوله. وكان الدرس في تلك المرّة عن «مخالفة الهوى والجنة». قال الشيخ إنّ الهوى هو ميل النفس إلى

كل ما هو مخالف لشرع الله: مثل الزنا والخمر والربا، وأشياء أخرى... وعلى المؤمن الاستعانة بربه، والخوف منه ومن عقابه، والتفكير في النهاية المحتمة لكل كائن بشري؛ وهي الموت، ومن ثمّ بعثه ومحاسبته. وتحدث الشيخ وأطال في كلامه عن الحساب والعقاب إلى درجة جعلت سعد أثناء رجوعهما إلى الغرفة خائفاً جداً، فلم يشارك حازم في الحديث. بل كان طيلة الطريق يفكر في العقاب وأهواله، وازدحمت ذاكرته بكلام الشيخ من جهة، ويصور إغراء العارية ومشاهد القبل الّتي رآها في الفيلم من جهة أخرى. كانت صور الجسد العاري تقاوم كل أنواع صور العقاب المفترضة، وتصر على البقاء والتحريض والإثارة، بينما سعد بعقله ووعيه يتمزق بين كلا النوعين من الصور.

وفي اليوم التالي، في فترة السهرة، كان سعد على غير عادته حزيناً. وأدرك حازم ذلك، فاقترب منه وهو في حيرة من أمره، وقد شبك أصابع يديه ببعضهما، بينما راح سعد يفرك كفّيه مترقباً سؤال حازم عن حاله. جلس حازم بجانبه وسأله:

– سعد، شو في؟

تلاقت عيونهما للحظات، ثم هرب سعد بعينيه بعيداً وهو يتابع فرك يديه. وبعد ذلك، رفع قدميه عن الأرض، وجلس على حافة السرير متربعاً، ونظر إلى حازم وتنهد، ثمّ قال:

– نوال.

– خير؟

– تزوجت.

صاح حازم باستنكار:

- تزوجت! هيك بسرعة! كيف!؟

فأخبره سعد أنّه أثناء عودته من الجامعة اليوم، استوقفه شاب صغير، ومدّ يده بورقة إليه قائلاً:

- بتسلم عليك نوال.

في البداية، تردّد سعد في أخذ الورقة وهو ينظر إلى الشاب، ثمّ تذكّر أنه شاهد هذا الولد أكثر من مرة برفقة نوال، فأخذ الورقة. وبعد أن غادر الشاب الصغير المكان، فتحها وقرأ محتوياتها. تضمنت الرسالة كلمات حب لسعد، ثم أخبرته بأنّها خُطِبت لرجل غني يعمل في السعودية منذ شهر تقريباً، ومُنِعت من الخروج من البيت منذ ذلك الوقت. وقد تمّت إجراءات تثبيت الزواج في المحكمة، وزارهم الزوج العتيد مرتين أثناء عقد القران، ثم أثناء تثبيت الزواج. قالت إنّه أكبر منها بعشرين عاماً، وإنّها لم تكلّمه قطّ، وسافرت البارحة إلى السعودية.

كانت تلك قصة حقيقية تشبه أفلام السينما. وبدا سعد متأثراً أثناء روايته ما حصل. بدا حزيناً، بل حزيناً جدّاً. ورأى حازم هالتين سوداوين حول عيني سعد، وشعر أنّ وجهه استطال أكثر ممّا ينبغي. حاول أن يخفّف عنه، فاقترح عليه أن يخرجا ويتجوّلا في الشوارع لأنّ المشي يزيل الكرب. غير أنّ سعد رفض الاقتراح، وبدلاً من ذلك ذهب إلى المسجد.

مرّ أسبوع وسعد على هذه الحال. إذ كان طوال الوقت حزيناً بائساً، وغابت الابتسامة الدائمة عن شفتيه، ولم يعد يلقي نكاتاً، بل أصبح

يجلس وحده كثيراً وهو شارد. ولم يعد يطبخ أو يتبادل الأحاديث مع حازم. بل كان يكتفي بالابتسام فقط عندما يتكلم معه حازم، ولكنّ ابتسامته تلك كانت حزينة إلى أبعد حد. وعلى الرّغم من ذلك، حرص على حضور جميع المحاضرات.

يوم الخميس، ذهب حازم إلى الكلية قبل بدء المحاضرات بساعة، وقصد المقصف بحثاً عن إلهام. فرآها جالسة مع رشيد في زاوية المقصف، يشربان القهوة. اقترب منهما، ولاحظ أنّ رشيد يتحدث بانفعال، بينما إلهام تنظر إليه وتصغي السّمع. وعندما أصبح بالقرب منهما رأته إلهام، فصدرت منها ردة فعل جعلت حازم يشك في أنّ هناك حديثاً مهماً يدور بينهما. إذ تراجعت قليلاً في جلستها، ونظرت إليه بطرفَي عينيها، وسمعها حازم تقول لرشيد بسرعة:

– خلص، بعدين منحكي. إجا حازم.

صافحهما وجلس، فرحّبت به إلهام، بينما نظر إليه رشيد بتجهم ولم يرد التحية، وأظهرت ملامح وجهه أنّه عصبيّ إلى أبعد حدّ. حاولت إلهام أن تجعل الجلسة تبدو طبيعية، فسألته:

– كيفك اليوم؟

– لا بأس.

فيما بقي وجه رشيد مقطّباً، وراح يعبث بدفتره، ويقلّب صفحاته بعصبية واضحة. وأخيراً، عثر على ورقة في الدفتر، ومزّقها بعصبية واضحة. ثمّ حل صمت مريب، جعل حازم يشعر بالحرج، فقال:

– أنا آسف إذا أزعجتكم...

وصمت لحظة وهو ينظر إلى إلهام ثم إلى رشيد قبل أن يتابع:

– إذا في حديث خاص بيناتكم فيني امشي.

فردّ رشيد بسرعة وبانفعال:

– طبعاً، فيـك تمشي. أصلاً مـا كان لازم تجي لهـون وتقعـد قبل ما تستأذن.

وعلى الفور، نهض حازم بسرعة، وقال بانكسار:

– أوكي، آسف.

وفيما هو في طريقه باتجـاه الباب، دخلت مجموعـة من الطـلاب، وأغلقت البـاب. وحين حـاول حازم أن يتجاوزهم، اعترضه شاب بلطف وقال:

– يا ريت تبقى دقيقة بس.

فوقف حازم جانباً وهو يشعر بالإهانة، وبمرارة في الحلق لا تحتمل من جراء تصرف رشيد. ومع ذلك، وقف متابعاً ما يجري. إذ قفز أحدهم إلى سطح الطاولة، وقال بصوت مرتفع كي يسمعه الجميع:

– يا شباب، يا زملاء، إذا سمحتو اسمعوني شوي.

فالتفت قسم كبير من الطلبة الذين كانوا يجلسون بالقرب من الشاب إليه وأصغوا السّمع، فيما تابع الشاب قائلاً:

– في وقفة احتجاج برا بحديقة الجامعة. بمناسبة يوم الأرض.

ثمّ تابع الشاب شارحاً ما يعنيه «يوم الأرض» من مناصرة للقضية

الفلسطينية، وتذكير للجميع بأنّ لنا أرضاً سلبت، وشعباً شُرِّد على يد الصهيونية والإمبريالية العالمية.

فارتفعت صيحات التأييد من بعض الطلبة الواقفين حوله، مندّدين بالأنظمة العربية المتخاذلة. ثمّ قفز الطالب من على سطح الطاولة وخرج، وغادر معه الكثيرون المقصف، محدثين الكثير من الهرج والفوضى، ومعهم خرج حازم، وهو لا يعرف ما يعنيه يوم الأرض، وما هي هذه المناسبة. وفي الحديقة، كانت هناك مجموعة من الطلبة- ما بين خمسين إلى ستين- يقفون حاملين أعلام فلسطين وسوريا، وهاتفين ضد إسرائيل وأمريكا، ومُشيدين بالمقاومة، ومردّدين أنّ البندقية هي الطريق الوحيد لتحرير فلسطين. كثيرة هي الكلمات التي قيلت وسمعها حازم، ولكنّه لم يفهم المراد منها؛ مثل يسار، ويمين، وتحرير الأرض كلّها، والقرارين 242 و 833. كان حيادياً؛ فلأوّل مرة كان يرى ويسمع شيئاً خارجاً عن المألوف. بعد قليل، انضمّت إلى المتظاهرين مجموعة من الطلاب ممّن كانوا يقفون متفرجين. وشيئاً فشيئاً، ازداد عدد المتظاهرين، وازداد أكثر عدد المتفرجين. اثنان من المتظاهرين رفعا أحدهم على كتفيهما، وراحا يدوران به في الحديقة، بينما الطالب المحمول يصرخ بهتافات، والآخرون يرددون خلفه. وبعد أكثر من ربع ساعة، رأى حازم إلهام ورشيد ولطفي وهدى يقفون بالقرب منه.

صاح رشيد بعصبية:

- عملاء، أوغاد، جواسيس إسرائيل وأمريكا، والله لنسحقكم.

ثم التفت إلى المتفرجين، وحاول أن يؤلبهم على المتظاهرين باعتبارهم

جواسيس لإسرائيل يحاولون أن ينالوا من هيبة الدولة السورية والجيش العربي السوري الذي يدافع عن أرضنا وعرضنا ضد كل الهجمات الإمبريالية والصهيونية. إلّا أنّ أحداً لم يتحرك، ولم يلتفت إلى ما قاله. فما كان منه إلّا أن هاجم المتظاهرين وحده، ثمّ تبعه اثنان من الطلبة. فحصلت بعض المناوشات على أطراف المظاهرة بين رشيد واثنين انضما إليه من جهة، وبين بعض المتظاهرين من جهة ثانية. وبعدها، حاول المتظاهرون شرح وجهة نظرهم للشبّان الثلاثة، فتراجع الشّابّان اللذان انضما إلى رشيد، بينما بقي رشيد مصراً على موقفه، ومحاولاً أن يثير بعض الشغب؛ لعلّ أحداً ينضم إليه. وأخيراً، استطاع ثلاثة من المتظاهرين الحدّ من حركـات رشيد، ودفعوه بعيداً عن المظاهرة، بينما راح هو يقاوم. وعندما شعر أنّه وحيد، تراجع وعاد إلى المجموعة وهو لا يزال يشتم المتظاهرين.

فجأة، تغير المشهد وانقلب رأساً على عقب. إذ اقتحم عدد كبير من رجال شرطة مكافحة الشغب حرم الكلية، وحاصروا المتظاهرين، ثمّ انقضّ رجال يرتدون زيّاً مدنيّاً عاديّاً- وهم من المخابرات- على المحتشدين، وبدأوا بإلقاء القبض على المتظاهرين. كان القمع عنيفاً، إذ بدأوا بضرب المتظاهرين بعصيّ كانت بحوزتهم، ثم راحوا يقبضون على بعضهم ويسحبونهم إلى السيارات بعنف. وخلال ربع ساعة، أنهى عناصر المخابرات المظاهرة، فهرب من استطاع الهرب، وألقي القبض على عشرين طالباً، وتفرّق شمل المتفرجين.

وحين عاد حازم إلى الغرفة، كان مثقلاً بأحداث غريبة وعجيبة،

ومشاهد مؤلمة لطلبة يُطرحون أرضاً ويضربون ويهانون أمام الجميع وداخل الحرم الجامعي. وإلى مائدة الغداء، روى لسعد ما جرى، وعلق على الحدث، ولكنّ سعد لم يتفاعل معه.

وبعد الغداء، استلقى كل منهما على سريره. ففتح حازم المذياع، وراح يبحث عن شيء مناسب، إلى أن عثر على أغنية لعبد الحليم «جبار». فوضع المذياع بجانبه، وسحب اللحاف حتى غطى رأسه، وراح يصغي إلى الصوت العذب الذي يتدفق إحساساً، وإلى الكلمات التي تشبهه:

جبار، في رقته جبار، في قسوته جبار
خدعتني ضحكته، وخانتني دمعته

شعر حازم أن كلمات الأغنية تعبّر عنه أفضل تعبير. وأحسّ أنّها تروي قصته مع إلهام، وخاصة عندما تقول:

عرفته، قد ما عرفته، ولا عرفتوش
وشفته، قد ما شفته، ولا فهمتوش

ثم تعود به الكلمات واللحن المرافق إلى الواقع المرير والمؤلم الذي يشرح ويقرّ بالوجه الآخر للعينين الفاتنتين، والحنان الذي يحمل في وجهه الآخر قسوة عارية.

شعر أنّه بحاجة إلى البكاء، وأنّ في حلقه غصة عصية على الخروج وعلى الزوال. فهناك شيء يشبه الحجر يرخي بثقله على صدره، ويمنعه حتى من التنفس. تمنّى أن يبكي كي يزيل هذا الضغط الواقع على صدره، ولكن لم يحدث شيء ممّا تمنّاه. لذا، أبعد اللحاف عنه، وجلس كي يتحدث إلى سعد. أراد أن يخبره بما يشعر به؛ لأنّ البوح بالمشاعر- أو

ما يسمّى بالعامية «الفضفضة»- يريح الراوي. غير أنّه وجد سعداً نائماً. فنهض من السرير، وارتدى معطفه وخرج. راح يتذكر ويسترجع الكثير من اللقطات بين رشيد والهام، ليصل في النهاية إلى أنّ هناك علاقة بينهما.

أخفى حازم وجعه وغيرته عن أعين الجميع؛ فهو ماهر في إخفاء مشاعره. إذ إنّ حياته كلها عبارة عن إخفاء للمشاعر والمواقف تجاه الآخرين؛ بدافع الخوف حيناً والضعف حيناً آخر. وهكذا، استمر في تمثيل دور اللامبالي ليبقى بالقرب منها؛ على الرغم من أنّها ذهبت بعيداً في علاقتها مع رشيد.

استمر تدفق تيار الزمن غير مبالٍ بحازم ولا بمشاعره، على هيئة دقائق وساعات وأيام وأسابيع، حتى أوشكت السنة الدراسية على الانتهاء، ولم يتبقّ سوى شهر واحد. وكانت مدّخرات حازم قد انتهت، واقترض من أيمن بعض النقود؛ لأنّ سعد لا يملك فائضاً. ثم طلب من أيمن أن يساعده في تأمين عمل ما له. وبعد أسبوع، استطاع أيمن- بمساعدة الشيخ الرفعاني- أن يؤمن عملاً لحازم عند تاجر حبوب اسمه «أبو معين».

لذا، بعد أن قدّم آخر امتحان، ذهب حازم إلى العنوان الذي أعطاه إياه أيمن في ساحة المرجة، وقصد البناية المطلة على الساحة من جهة وعلى شارع الملك فيصل من جهة أخرى. صعد إلى الطابق الخامس، ثم عبر ممراً طويلاً وهو يقرأ اللوحات الكثيرة المعلقة على الجدار والأبواب. وتوقّف أمام باب ثبّتت عليه لوحة نحاسية، كُتِب عليها «شركة التعاون

لتجارة الحبوب». فضغط زر الجرس، ووقف ينتظر إلى أن فُتح الباب،
وأطلّت امرأة تتميز بجسد ضخم. فسألها:

- الأستاذ أبو معين موجود؟

فارتسمت على شفتيها ابتسامة ساخرة من لقب «أستاذ» الذي
أطلقه هذا الشاب الساذج الواقف أمامها على أبي معين. تفحّصته
جيّداً بنظرة ثاقبة تستند إلى خبرات عريضة وعميقة في معرفة الناس
وأحوالهم. وشملت نظرتها حازم من رأسه إلى أخمصيه. ثمّ سألته عدة
أسئلة لكي تصل إلى استنتاج مفاده أنّه شاب ريفي بسيط يبحث
عن عمل. فطلبت منه أن يبقى واقفاً، ثم اختفت خلف الباب لتعود
بعد لحظات، وشارت له أن يتبعها. مشى خلفها، فلفت انتباهه
ردفاها الضخمان اللذان راحا يهتزان على وقع مشيتها التي بدت أشبه
بالرقص. قادته عبر صالون صغير يحتوي على كنبات بدت قديمة بلون
زيتي باهت. ثمّ وقفت والتفتت إليه، وأشارت له بأن يقرع الباب الأخير.
فشكرها وتابع طريقه. وحين قرع الباب، سمع صوتاً يقول له:

- ادخل.

فدخل حازم وجلاً، وأغلق الباب خلفه، ونظر إلى أبي معين. رأى
رجلاً خمسينياً ذا شعر أشيب يجلس خلف طاولة عادية. قال:

- السلام عليكم.

فنهض أبو معين وصافحه قائلاً:

- وعليكم السلام. أهلاً وسهلاً. تفضّل، ارتاح.

جلس حازم على كنبة مقابل الطاولة، فيما نظر إليه أبو معين وقال:

- تفضّل؟

عندها، عرّف حازم بنفسه، وقال إنّه قادم بتوصية من الشيخ الرفعاني. فابتسم أبو معين وقال:

- أنعِم وأكرم! شيخ فاضل.

ثم طلب منه أن يمهله خمس دقائق لينهي أوراقاً مهمة بين يديه. فهزّ حازم رأسه من دون أن يقول شيئاً، وراح يتأمل غرفة المكتب. جدرانها الّتي كانت سابقاً مغطاة بأوراق بيضاء صارت الآن تميل إلى الصفرة، وعلى أحد تلك الجدران، عُلّقَت لوحة لطفل بدا مشرداً وهناك دمعة عالقة عند طرف جفنه. وكانت الغرفة تحتوي على أريكة كبيرة وثلاث أرائك مفردة خمرية اللون، وهناك طاولة تتوسط المكان، عليها منفضة سجائر وفنجان قهوة فارغ. ضغط أبو معين زراً وهو يتابع عمله، ففُتح الباب وأطلت منه المرأة وقالت:

- نعم يا أبو معين شو بتريد؟

- يا أمّ صالح شوفي شو في بريد الشّب يشرب.

- ماعنا شاي ولا قهوة.

ثم التفتت إلى حازم وقالت:

- بتشرب زهورات؟

فسارع أبو معين وقال وهو يتفحص الأوراق التي بين يديه:

- إي، ليش لا. الزهورات مفيدة وأحسن من القهوة والشاي.

فخرجت أمّ صالح، فيما تابع أبو معين تفحص أوراقه. أمّا حازم فبقي صامتاً، وراح ينظر مرة ثانية إلى الجدران ولوحة الطفل المعلقة. وبعد قليل، عادت أمّ صالح، وقدمت له كأس زهورات من دون أن تنظر إليه ثمّ خرجت مجدّداً. وحين أنهى أبو معين تفحّص أوراقه، التفت إلى حازم وسأله:

– شو بتدرس؟

– حقوق.

– ممتاز. فيك تعتبر حالك بالشغل اعتباراً من اليوم. هلق بس تخلص شرب الزهورات، رح نروح على المخازن، وعرفك عالشغل.

قاد أبو معين سيارته باتجاه المدخل الجنوبي لدمشق، بينما حازم يجلس إلى جانبه. عبرا منطقة الميدان، ومن ثم حوش بلاس ومعمل الزجاج، ثم انعطفا يساراً باتجاه منطقة السبينة. وبعد كيلو متر، انعطف يساراً أيضاً، فظهرت ساحة كبيرة نسبيّاً، حيث تقف ثلاث سيارات، وشاحنات، وقاطرة، ومقطورة. قال أبو معين وهو يشير إلى السيارات:

– هي السيارات عم تستنى تدخل إلى مستودعاتي لتنزل الحمولة.

أوقف سيارته أمام مبنى يمتد بشكل طولي، ثمّ ترجّلا من السيارة ودخلا المبنى. رأى حازم سيارة، وشاحنة، وقاطرة، ومقطورة تقف داخل المبنى بجوار تلة ضخمة من الأكياس الممتلئة بالفاصولياء، والّتي يزن كلّ منها مئة كيلو غرام. وظهر عدد من العمال الّذين يفرغون المقطورة من الأكياس. كان ارتفاع تلة الأكياس المرتبة فوق بعضها يزيد على ارتفاع المقطورة مسافة ثلاثة أو أربعة أمتار، ولذلك وضع العمال سُلّماً

خشبيّاً داخلها، بحيث اتكأت نهايته على تلة الأكياس. ودأب العمال على حمل الأكياس، وصعود السلم لرميها في أعلى التلة.

رأى حــازم عاملاً يجلس في أعلى تلة الأكياس، ويقوم بحمل الأكياس وترتيبها هناك. وبدت السيارة صغيرة مقارنة بحجم المستودع هائل الحجم.

وقرب باب المستودع الضخم، كان هناك مكتب صغير اتجه أبو معين إليه وتبعه حازم. وهناك، كان رجل أربعيني يجلس خلف طاولة خشبية قديمة، وبجوار الطاولة توزّعت عدة كراسٍ وكنبات مختلفة الألوان والأحجام. قال أبو معين:

- كيفك أبو سمير؟

فنهض الرجل بسرعة، وحيّا أبا معين بكل احترام:

- أهلين معلم، أهلين وسهلين. تفضّل تفضّل.

وأفسح أبو سمير المكان لأبي معين ليعبر إلى خلف الطاولة ويجلس. فيما تابع أبو معين كلامه:

- كيف الشغل؟

ـ تمام التمام.

وتبادل أبو سمير النظرات مع حازم الذي حيّاه بيده قائلاً:

- السلام عليكم.

- وعليكم السلام.

ثمّ طلب أبو معين من أبي سمير أن يرشد حازم إلى عمله كمشرف

على العمّال، ومسؤول عنهم طيلة فصل الصيف. فهزّ أبو سمير رأسه وهو ينظر إلى حازم نظرة غير مريحة.

في الشتاء الذي مضى، كان أبو معين قد حصل على مناقصة بتوريد عشرة آلاف طن من الحبوب- الفاصولياء والحمص والعدس- للجيش، وذلك عبر معارف أوصلوه إلى مدير إدارة التعيينات، وهو ضابط برتبة لواء. وها هي سيارات الحبوب تصل تباعاً من مرفأ اللاذقية لتفريغ حمولتها في المستودعات بانتظار وقت توريدها لإدارة التعيينات، بالإضافة إلى الحبوب المخزنة في المستودعات، والتي اشتراها من الفلاحين في مختلف المحافظات السورية في الصيف الماضي.

أمضى حازم أيام الصيف بين ثلاثة مستودعات متجاورة في منطقة السبينة، وهو يستقبل الشاحنات التي تصل لتفريغها، ومن ثم لمراقبة تحميل شاحنات أخرى لتوريدها للجيش وتجار الجملة في مناطق مختلفة من سوريا.

خريف عام 1979

بدأ العام الدراسي للسنة الثالثة. واحتفظ أبو معين بحازم، وطلب منه أن يعمل في المكتب فقط بعد انتهاء الدوام في الجامعة. لذا، كان حازم ممتنّاً لأبي معين؛ إذ استقر وضعه المالي وشعر بالطمأنينة، حتّى إنّ نفسيّته تغيّرت، وأصبح أكثر جرأة وشجاعة في مواجهة الآخرين. كما اشترى ثياباً جديدة، وأرسل لجدته بعض النقود، ولم يعد يفكر كثيراً إن أراد أن يشتري فنجان قهوة أو شاي. بل كان يفتش عن سعد ليدعوه إلى تناول الغداء في مطعم الجامعة. وتكرّرت دعواته لسعد مرتين في الأسبوع، لدرجة أنّ سعداً راح يتهرب منه ويختفي وقت الغداء.

وحين تنتهي المحاضرات، كان حازم يسرع إلى المرجة حيث المكتب. ولم يعد يلتقي بمجموعة الجامع إلا يوم الجمعة. غير أنّه كان حريصاً على شراء مستلزمات الفطور يوم الجمعة للجميع، وعلى حضور الدروس

الدينية، ولقاء الشيخ الرفعاني والتقرب منه؛ لأنّه شعر أنّ الشيخ الرفعاني يشكّل حماية له للبقاء في عمله.

ومنذ أن حصل حازم على عمل، رافقه شعور بأنّ الحياة بدأت تبتسم له؛ على الرغم من بعض المنغصات، كعلاقته بإلهام التي لم تحسم بعد. ولكنّه كان يرى مدى قرب رشيد منها، بل كان مقتنعاً بوجود علاقة بينهما، ولكنه لم يرد أن يصدّق. وفي جميع الحالات، لم يستطع الابتعاد عنها، وكان يبحث عنها إذا غابت عنه يوماً. فوجودها أصبح أساسيّاً في حياته؛ تماماً مثل اسمه الذي به يُعرف ويُنادى.

غير أنّه حصل يوماً ما لم يكن بالحسبان، فاهتزّ شعوره بالاستقرار، بل كاد أن يُقتلع دفعة واحدة؛ وذلك عندما حصل حادث أشبه بالكارثة. ففجأة، وبدون سابق إنذار وجد نفسه مرميّاً في الشارع. كان قد مضى شهر فقط على بداية العام الدراسي، وما حدث كان يوم الاثنين، ولكنّ سببه هو ما حصل يوم الجمعة السّابق.

فبعد صلاة الجمعة، طلب أيمن من حازم أن يلتقيا وحدهما في غرفة الأخير. فدخل حازم الغرفة بحذر، متوقّعاً أن يحدّثه أيمن عن أمر مهم. وبالفعل، أغلق أيمن باب الغرفة بإحكام، ثم جلس مقابل حازم، وبدأ بمقدمة طويلة عن الإسلام والخلافة وما يعنيه الجهاد. وبعد ذلك، انتقل إلى الحديث عن فساد النظام، وأنّه نظام علماني ينشر الكفر والإباحية في كل شيء. ثمّ تحدث عن دين الرئيس، وقال إنّه لا ينتمي إلى الإسلام السني. وأخيراً، طلب منه أن يقوم بنشاط دعوي بين معارفه، وأعطاه كتاباً لسيد قطب اسمه «معالم في الطريق»، وطلب منه أن يخفيه لأنّ

تداوله ممنوع، واتفقا على أن يلتقيا وحدهما مرة أخرى في الأسبوع القادم ليتحدّثا مجدداً.

ويوم الاثنين، أنهى حازم عمله في المكتب، وعاد إلى الجامع. غير أنّه منذ أن دخل الحي، لاحظ حركة غير طبيعية للناس في الشارع، وانتابه شعور مبهم بأنّ شيئاً غير عادي يجري في هذه اللحظات في الحي. وعندما انعطف يميناً، وظهر بناء الجامع، وأصبح بالقرب من بقالية أبي شاكر، رأى عناصر مدججين بالسلاح يحيطون بالجامع. فتوقّف عن المشي، والتفت حوله، كما لو أنه يريـد التأكّد من واقعية مـا يراه. في تلك الأثناء، وقعت عيناه على أبي شاكر الّذي أطل من باب البقالية، وهمس له بأن يقترب منه. فمشى حازم إلى حيث يقف أبو شاكر الّذي تابع همساً:

– فوت، فوت لعندي.

ثمّ دخل أبو شاكر بقاليته وتبعه حازم. كان أبو شاكر يرتجف من الخوف، وأصبح وجهه أصفر، وجف لعابه. وأسرع إلى الباب وأغلقه بالمفتاح، وهمس لحازم بأن هناك خمس سيارات من المخابرات، وأكثر من ثلاثين عنصراً مدجّجين بالسلاح قد اقتحموا الجامع، واعتقلوا جميع من كان داخله. فسأل حازم بسرعة:

– ليش؟ شو صار؟

– شو بعرفني.

وصمت لحظة ثم تابع:

- يمكن إخوان مسلمين.

فتساءل حازم مستنكراً:

- إخوان مسلمين!؟

فتابع أبو شاكر كلامه، وقال إنّ مختار الحي كان قد دخل إلى البقالية ليشتري التبغ، فسأله أبو شاكر عمّا يجري، فأخبره أنّ وكراً إرهابيّاً قد تمّ اكتشافه في الجامع، وهم الطلبة الذين يعيشون هناك، وذكر اسم أيمن. وصمت للحظات ثم أضاف:

- الله نجاك، ما كنت هون.

جلسا يتهامسان، وكان حازم يسأل وأبو شاكر يجيب. وهكذا، أدرك حازم من خلال الأخبار التي كان يلتقطها من هنا وهناك، وأحاديثه المتفرقة مع أيمن منذ أن تعرف عليه، والمناخ العام، وحديث أبي شاكر أنّ هناك معركة وجود تدور بين الطرفين؛ النظام من جهة، والإخوان المسلمين من جهة أخرى. ولذلك، ارتفع منسوب الخوف عنده لدرجة أنّ دقات قلبه أصبحت كقرع الطبل، وخاصة عندما تذكّر لقاءه مع أيمن قبل أيام. في تلك اللّحظة، نهض أبو شاكر واقترب من النافذة، وراح يختلس النظرات ليرى ما يجري. ثمّ أشار بيده لحازم كي يقترب، وهو يركّز نظراته على شيء ما. فأسرع حازم ووقف بجانب أبي شاكر، ورأى سعد مكبّل اليدين ومعصوب العينين، ويقوده اثنان من عناصر المخابرات، فيما الثالث يصوّب البندقية على رأسه. صعق حازم، ولم يصدق ما يراه، واجتاحته موجات من الخوف والقلق؛ الخوف على نفسه من الاعتقال، والقلق على سعد الشاب اللطيف الذي لم تفارقه

الابتسامة يوماً.

فما كان منه إلّا أن عاد وجلس على كرسي أبي شاكر؛ إذ لم تعد رجلاه قادرتين على حمله. مضت دقائق وهو في عالم آخر من الخوف الرهيب والقلق. وبعد قليل، اقترب منه أبو شاكر، وهمس له أنّ معظم السيارات والجنود انسحبوا من المكان، ولم تبقَ سوى سيارة واحدة، ثم أضاف:

- هذه فرصة، هروب من هون، يلا قوام.

فخرج حازم من البقالية بسرعة أقرب إلى الجري، ولم يجرؤ على الالتفات إلى الخلف. وكان يشعر بأن مئات من الجنود يركضون خلفه ويريدون القبض عليه. وصل إلى الشارع الرئيس، ثم استقلّ الحافلة إلى شارع النصر. ومن هناك مشى بسرعة شديدة حتى وصل إلى مبنى محطة الحجاز. وهناك، رأى صنبور المياه المتاح للجميع، وكان يشعر بعطش شديد وجفاف في حلقه، فتوقّف وشرب الماء، ثم تلفّت حوله، وشعر بشيء من الطمأنينة حين لم يجد من يتعقّبه، وهمس لنفسه:

- الحمد لله، نجوت.

انحدر في شارع سعد الله الجابري بخطوات طبيعية. كان مشتت الذهن، وتواردت على رأسه أفكار متعددة ومتناقضة، ولكن الفكرة أو الأسئلة التي ألحت عليه هي: لماذا يخاطر المرء بنفسه؟ ومن أجل ماذا؟ وهل أيمن ومن معه من ضمن الإخوان؟ ثمّ صاح:

- سعد، صديقي! أين أنت؟

وبسرعة، مرت في ذهن حازم أيام وأسابيع وأشهر، واسترجع ذكرياته

مع سعد في غرفتهما المشتركة، حيث تقاسما الطعام والشراب والهموم والأحلام. وتتذكّر قصة حب سعد لنوال، وزفرات الشوق، وآهات الحب، وليالي السهر. واسترجع كمّاً هائلاً من المشاعر والأحلام التي تشاركاها وتبادلا الكلام عنها. ثم لماذا يُساق سعد كالمجرم إلى مصير مجهول؟! هل يمكن لسعد المحب واللطيف أن يقتل أحداً؟! طرح هذا السّؤال على نفسه مستنكراً.

انعطف يميناً في شارع الجمهورية الذي أوصله إلى ساحة المرجة. فتحسّس جيبه ليتأكد من أنّ مفتاح المكتب معه. فعلى ما يبدو، من دون أن ينتبه كان قد أدرك في لا وعيه أنّ لديه مكاناً يمكنه أن يأوي إليه الليلة؛ وهو المكتب. ولذلك وجد نفسه في ساحة المرجة. دار حول النصب التذكاري الذي هو عبارة عن عمود بُني إبّان الاحتلال العثماني لدمشق التي كانت تُسمى «شام شريف». وقد سُمّي هذا العمود باسم عمود التلغراف، نسبة إلى الاتصالات التي دشّنت في ذلك الوقت بين المركز دمشق والمدينة المنورة وبقية المدن في أواخر العهد العثماني. وفي نهاية العمود هناك مجسّم لجامع يلدز الموجود في تركيا. هذه المعلومة لم يكن حازم يعرفها، ولكنه يعلم أنّ لساحة المرجة رمزية خاصة تتعلق بإعدام مجموعة من كبار المثقفين العرب المناهضين للاحتلال العثماني، والذين أعدمهم جمال باشا في 6 أيار عام 1916. وقد جعلت هذه الحادثة للمرجة رمزية مهمة في ذهنه.

كانت الساعة قد أصبحت الحادية عشرة ليلاً، وحازم لا يزال في ساحة المرجة. وعندما قرّر أن يذهب إلى المكتب لينام، رأى حركات مريبة تجري

حوله. إذ رأى امرأة تمر من أمامه وتحاول لفت انتباهه. كانت ترتدي تنورة بالكاد تغطي لباسها الداخلي، ويبدو صدرها مكشوفاً وبارزاً للعيان. وبعد لحظات، مرّت من أمامه مجدّداً، ولكنّها هذه المرة متأبّطة ذراع شاب في الثلاثين من عمره. وراحت يد الشاب تتسلل إلى ظهرها وتلامسه، ثم تنزلق إلى ردفيها، بينما هي تضحك ضحكة فاضحة. ثم لفت انتباه حازم تجمع من رجال ونساء على الرصيف المقابل. وتناهى إليه صياح وصراخ وسباب، ثم اشتبك عدد من الرجال في عراك بالأيدي، بينما بدأت النسوة يولولن ويصرخن. فلم يجرؤ على الذهاب إلى هناك، بل توقّف واكتفى بمشاهدة ما يجري. استطاع رجلان أن ينهيا المعركة بعد أن هزما ثلاثة فرّوا منهما هاربين. فتأبّطت امرأتان ذراعي البطلين، فيما مروا جميعاً من أمام حازم الّذي سمع كلمات فاحشة يطلقها أحد الرجلين ممازحاً المرأتين، بينما أوقف الآخر سيارة أجرة. دخل الجميع سيارة الأجرة الّتي انطلقت بهم مسرعة. بعد ذلك، تابع حازم مشيه باتجاه شارع الملك فيصل، ثم دلف إلى المبنى، وانتظر المصعد. وعندما توقّف المصعد وفُتح الباب، فوجئ برجل يقبل امرأة داخله، فاحتار في أمره: ماذا يفعل!؟ وعندما همّ بالدخول، ركله الرجل برجله، وشتمه، وطلب منه أن ينتظر خارجاً، ثم أغلق باب المصعد، واستأنف المصعد هبوطه إلى القبو. عندها، ارتقى حازم الدرج، وراح يسرع في صعوده. وفي الطابق الثالث، حيث يتواجد فندق متواضع، جل زبائنه من الراقصات في الملاهي الليلية، صادف بعضهن وهنّ خارجات للعمل في المرابع الليلية، يرافقهن قوّادون لحمايتهن ولاستغلالهن جنسيّاً. وكان هؤلاء

يمارسون البلطجة والعنف في أقصى حالاته. راح أحدهم ينظر شزراً إلى حازم، فشعر بالخوف، وراح يقفز الدرجات قفزاً. وحين وصل إلى المكتب، فتح الباب بسرعة، ثم أغلقه وأقفله بالمفتاح. وأخيراً، ارتمى على الكنبة وهو يلهث بسبب الخوف وارتقاء الدرج قفزاً. وما هي إلّا دقائق حتّى هدأ تنفسه، وشعر بشيء من الطمأنينة، بينما راح رأسه يعج بالأفكار المتناقضة: ساحة المرجة ورمزية ماضيها النضالي، بينما حاضرها يتحوّل إلى مكان موبوء للدعارة... أية مفارقة هذه التي يحملها هذا المكان!؟ ثم انتقل تفكيره إلى لقائه أيمن، ومن ثم إلى الاعتقالات، وخوفه وقلقه من الأسوأ. وشيئاً فشيئاً بدأ الخدر يتسلل إليه إلى أن نام.

وهكذا، عندما دخلت أمّ صالح المكتب صباحاً، فوجئت بوجود حازم نائماً. في البداية، شعرت بالخوف، ولكنّها عندما اقتربت بهدوء وحذر أدركت من هو. فتساءلت: لماذا نام هنا؟ وراحت تفكر بالدافع الذي جعل حازم ينام في المكتب. لا بد من وجود سبب، وأنّ هذا السبب له صلة بالنساء. لا بد أنّه قام بفعل مشين، كجلبه واحدة من بائعات الهوى معه إلى هنا. راقت لها الفكرة؛ إذ إنّها فكرة جهنمية كي تجعل أبا معين يطرده أو يعيده إلى المستودعات. فمنذ أن بدأ حازم بالعمل هنا، راودتها فكرة أنّه استولى على صلاحياتها، وربما سيستغني عنها أبو معين. فبعد أن مات زوجها قبل سبع سنوات بسبب مرض عضال، وتركها صبية ابنة خمسة وعشرين عاماً مع ابنها صالح ابن العامين، وظّفها أبو معين في مكتبه بسبب صلة القربى بينهما، وجعلها تعمل في تنظيف المكتب والرد على المكالمات الهاتفية؛ إلى أن أتى حازم وأخذ

منها «مسؤولية العلاقات العامة»، فشعرت بالغيرة منه، وبالانزعاج لأنه أتى لأخذ صلاحياتها منها. فهكذا، يمكن أن يطردها أبو معين.

استيقظ حازم على صوت جلبة من حوله. واحتاج إلى ثوانٍ كي يدرك مكانه. وعندما رأى أمّ صالح اعتدل في جلسته. راحت تسدّد له نظرات مليئة بالشك، فيما همّ بأن يشرح لها سبب مجيئه إلى المكتب. إلّا أنه سرعان ما تراجع، لأنها لن تفهم ما سيقوله. بالإضافة إلى أن ما أوشك على قوله قد يشكل خطراً على حياته. بدأت تكيل له الاتهامات، وتهدّده بأنّ هذا اليوم سيكون يومه الأخير في هذا المكتب، لأنّ المكتب محترم وسمعته عطرة، وقالت إنّه لا يليق به إلّا الشارع.

تركها وخرج من المكتب، ورمى بنفسه في الشارع. قرّر ألّا يذهب إلى الجامعة؛ إذ خاف من كمين محتمل يُعَدّ له هناك. ووجد نفسه يمشي على ضفة نهر بردى باتجاه ساحة الأمويين. سمع الكثير عن المخابرات وطريقة تعاطيهم مع المعتقلين، وخاصة في السنة الأخيرة، من خلال جلساته مع أيمن والمجموعة. فقد أخبرهم أيمن عن التعذيب الذي يتعرض له الإخوة في المعتقل. ويذكر أنّ أيمن قال لهم:

– الإخوة يزنّرون أنفسهم بأحزمة ناسفة، وينسفون أنفسهم عندما يدركون أنّهم سيُعتقلون؛ وذلك كي يتخلصوا من العذاب الذي ينتظرهم لو أنّهم بقوا على قيد الحياة من جهة، ومن جهة أخرى ليقتلوا معهم عدداً من عناصر المخابرات.

وتذكّر سعد وابتسامته الدائمة، وتخيّل أنّه يتعرض للتعذيب فشعر بالحزن الشّديد.

وسرعان ما وجد نفسه في ساحة الأمويين، بالقرب من مبنى الإذاعة والتلفزيون. فتوقّف فجأة، وراحت أوصاله ترتعد خوفاً عندما رأى أشخاصاً مدجّجين بالسلاح، ويرتدون لباساً كما لو أنّهم في معركة، يقفون أمام مبنى الإذاعة والتلفزيون. فما كان منه إلّا أن عاد أدراجه مسرعاً، وقلبه ينتفض بين أضلاعه من شدة الخوف. هام على وجهه في شوارع دمشق حتى الساعة الثانية عشرة، وهو يفكر في ما ينبغي له فعله في محنته هذه، إلى أن تذكّر أبا معين. ربّما يكون هو الشخص المناسب لمساعدته.

فعاد أدراجه إلى المكتب، وهو يمنّي النفس بمساعدة ما أو معجزة ما تنتشله من ورطة لا علاقة له بها. استقبلته أمّ صالح بتكشيره تنذر بمصير قاتم ينتظره. وقالت له:

– أبو معين عاوزك، أصلاً وجودك هون غلط.

فدخل حازم مكتب أبي معين وهو يرتجف، وشعر بأنّ مستقبله على وشك الانهيار، وأنّ الحياة التي بدأت تبتسم له ها هي تكشر له وتحاول تدميره. ما إن رآه أبو معين حتّى طلب منه أن يجلس، وأن يقدّم له مبرراً لنومه في المكتب. فروى لأبي معين ما حدث بالتفصيل. وكان أبو معين يصغي إليه بانتباه، ومع مرور الوقت كانت نظرته تتغيّر واهتمامه يزداد. ثم راح يطرح أسئلة كثيرة عن أيمن والآخرين، وإن كان قد عرض عليه الانتماء إلى تنظيم معين أو كلّفه بمهمة ما. فروى له حازم كلّ ما يعرفه، باستثناء آخر لقاء جمعه بأيمن. وفي نهاية اللقاء الذي استمر لمدّة ساعتين، تنهّد أبو معين وقال لحازم:

- وضعك صعب.

فراح حازم يتوسل إلى أبي معين كي يساعده. بل بالغ في توسله وركع أمامه، وحاول تقبيل يده. راح يبكي ويرتجف، ويقول له إنّ لا أب لديه، ولا أمّ ولا أقارب يلتجئ إليهم كي يساعدوه. فأشفق أبو معين عليه، وقد اقتنع أنّ حازم بريء، ولكن هذه البراءة لا تفيد. فهناك سلطات هي التي تمنح البراءة أو توجّه الاتّهام، وهذه السلطة حكمها مبرم لا رادَّ له. بدا أبو معين متردداً، ولا يعرف كيف يعالج هذه المشكلة الخطرة بطريقة سليمة. وفي النهاية، حسم أمره وقال لحازم:

- في طريقة واحدة، وشخص واحد. إذا مشي الحال بتكون أمك داعيتلك ورضياني عليك. وإلّا وضعك صعب، ورح اضطر افصلك من الشغل، وما بقى تجي لهون نهائياً.

مرت لحظات عصيبة على حازم، لحظات تشبه اللحظات التي تسبق أمر الإعدام. وكانت حركات أمّ صالح تزيد الوضع سوءًا. فمنذ أن دخل حازم المكتب ويدأ يروي قصته، ما برحت تدخل المكتب لحجة ما ثم تخرج، ثم تعيد الكرة؛ في الوقت الذي بدا فيه أبو معين متردداً في الاتصال بأحد ما. تبيّن حازم ذلك عندما رأى يده تمتدّ إلى الهاتف عدة مرات ثم تتراجع. إذ بدا أبو معين متوتراً أيضاً، وما زاد في توتره أكثر دخول أمّ صالح المكتب للمرة العشرين وخروجها. وظهرت قمة التوتر عند أبي معين عندما صرخ بوجه أمّ صالح، وطلب منها أن تخرج ولا تدخل المكتب نهائياً. أطرق أبو معين، وحاول أن يسيطر على توتره، ثم رفع السماعة وأدار القرص ست مرات وهو يتنحنح، بينما حازم

ينظر إليه بقلق شديد. ومن خلال كلمات أبي معين، أدرك حازم أنّه يتحدث إلى رجل دين له احترامه وتقديره. وبعد كلمات المجاملة، طلب منه موعداً لأمر مهم لا يجوز الحديث عنه عبر الهاتف، ثم أنهى المكالمة ونهض وهو يقول:

– سوف نذهب إلى الشيخ الرفعاني، فهو الوحيد الذي يمكنه أن يساعدك، وإلّا فمصيرك...

ثمّ توقّف عن الكلام، واستغفر ربه، وطلب منه المساعدة والمدد. خرجا من المكتب، واستقلا سيارة أبي معين. فيما ظلّ حازم يدعو ربه سرّاً طالباً مساعدته.

كان الشيخ الرفعاني يسكن في فيلّا في منطقة مزّة فيلّات شرقية. استقبلهما هاشّاً باشّاً، وأدخلهما إلى صالون واسع، ومؤثّث بأثاث فاخر. وبعد تبادل كلمات الترحيب والمجاملة، بادر أبو معين بالحديث لضيق وقت الشيخ كما قال، وروى ما حدث باختصار، ثم طلب من حازم أن يروي قصته بالتفصيل، وأنهى كلامه بالقول إنّه لا غاية له سوى مساعدة شاب فقير يحاول أن يشقّ طريقه للمستقبل. وبعد أن أنهيا كلامهما، أطرق الشيخ الرفعاني، وسادت لحظات من الصمت والترقب، ثم وعدهما بأن يبذل قصارى جهده لمساعدة حازم، وطلب منهما انتظار رد بعد يومين.

مضت ثلاثة أيام، كانت أياماً طويلة، وفيها من القلق ما جعل حازم لا ينام إلّا قليلاً وهو محاصر في المكتب. لم يرَ أبا معين إلّا في اليوم الرابع، فأخبره الأخير أنّ الوضع معقد، وقضيته شائكة، ولكنّ الشيخ الرفعاني

يتابعها. ثم أنهى حديثه قائلاً:

- يا ابني، قضيتك صعبة، ويجب الانتظار والصبر.

وفي صباح اليوم السابع، دخل أبو معين المكتب. كان واضحاً من تعابير وجهه أنّه يحمل خبراً ساراً. وقال:

- الحمد لله، الأمور انتهت على خير.

فتنهّد حازم الصعداء، وجثا على ركبتيه داعياً لأبي معين بالتوفيق في تجارته وأعماله، ثم حمّد الله وشكره لأنّه نظر إليه بعين العطف. فقاطعه أبو معين بالقول إنّ القضية انتهت، ولكن يجب على حازم أن يذهب غداً لمقابلة مقدم في فرع المخابرات اسمه يوسف، فهو المسؤول عن النشاطات السياسية لأحزاب المعارضة. وهكذا، تبدّدت الفرحة، وحل محلها صمت مريب، وعاد القلق ليحل محل كل مشاعر التفاؤل. اجتاحت موجة خوف حازم، ولم يعرف كيف يمكنه أن يتصرف. غير أنّ أبا معين حاول طمأنته بالقول إنّ مقابلته ليست أكثر من إجراء روتيني كي تطوى قضيته وتغلق. وأضاف أنّه تلقّى وعوداً من الشيخ الرفعاني، الذي بدوره تلقّى وعوداً من رجل ذي منصب رفيع في شعبة المخابرات العسكرية بأنّ حازم لن يصاب بأي أذى.

لم ينم حازم تلك الليلة، وراح يتقلب على الكنبة، فيما تخيلات وأوهام شريرة وشرسة تنهش عقله في الوقت نفسه. وفي الصباح الباكر، نهض وغسل وجهه كي يسترد بعض التركيز، ثمّ خرج من المكتب باتجاه المزة حيث فرع المخابرات.

اكتشف حازم أنّ هناك ثلاثة فروع مخابرات في الشارع الذي عبَرَه ليصل إلى فرع المخابرات العسكرية. وأمام كل فرع وقف عناصر مدججون بالأسلحة، وراحوا يتعاملون مع المارة بكل خشونة وصلافة. ولأنّه كان يجهل كل شيء، اضطر إلى أن يسأل ويسأل إلى أن وصل إلى الفرع الذي طلبه. وعند كلّ سؤال، كان مجبراً على أن يتعرّض للخشونة وينتظر ليأتيه الجواب بأنّ المقدم يوسف لا يعمل هنا. وأخيراً، وصل إلى الفرع المقصود. تقدّم إلى البوابة الرئيسة للفرع، حيث يوجد حاجز ضخم من الحديد والإسمنت، ويتواجد قرب الحاجز عنصران يرتديان لباساً عسكرياً، وبيد كل منهما بندقية، ويقف كل منهما عند أحد طرفي الطريق. إلى اليمين، كانت هناك غرفة صغيرة تستخدم للاستعلامات. فتقدّم من النافذة الصغيرة، وسأل أحدهم بصوت منخفض. وبعد إجراءات روتينية وأمنية واتصالات أجراها أحد الموجودين، رافقه أحد العناصر إلى داخل الفرع. أدخل حازم إلى غرفة صغيرة، وطلب منه أن ينتظر. كانت الغرفة تحتوي على سرير عسكري، وطاولة خشبية رمادية اللون، عليها كؤوس تحتوي على بقايا شاي، بالإضافة إلى بقايا خبز وصحنين يحتوي أحدهما على بقايا فول والثاني على بقايا حمص بالطحينة. وأحاطت بالطاولة ثلاثة كراسٍ معدنية الهيكل. وقف حازم بجانب الباب والقلق يتصاعد من أعماقه. وبعد قليل، دخل شاب وراح يسأل حازم عن اسمه وعن عمله، وهو يتأمله من رأسه وحتى أخمصيه، ثم سأله:

– شو عامل يا مسكين؟ والله ليحرقوا نفسك حرق.

ثمّ خرج العنصر كمن رمى قنبلة في أحضان حازم الذي بدأت أطرافه بالارتجاف لدرجة أنّ رجليه ما عادتا قادرتين على حمله. مرت عليه نصف ساعة كما لو أنّها نصف سنة. ووصل قلقه خلالها إلى الذروة، وراح جسده ينتفض من شدة الخوف، ولذلك جلس على الأرض. بعد ذلك، دخل رجل في الثلاثين من عمره، وسأل حازم بعض الأسئلة ثم خرج. بعدها، انتظر حازم ساعتين إلى أن أتى الرجل الثلاثيني مجدداً، وأمر حازم بأن يتبعه. مشيا في الممر إلى نهايته، ثمّ نقر الرجل على الباب ودخل من دون أن ينتظر، بعد أن طلب من حازم أن ينتظر في مكانه. غاب الرجل لثوانٍ، ثم أطل برأسه وطلب من حازم أن يدخل. فدخل حازم وقلبه يكاد ينخلع من صدره من شدّة الخوف. ثمّ خرج الرجل الثلاثينيّ، وبقي حازم وجهاً لوجه مع رجل يجلس خلف طاولة كبيرة عليها أربعة أجهزة من الهواتف. بقي حازم واقفاً في منتصف المكتب، وهو لا يعرف كيف يتصرف. وأدرك حازم أنّ هذا الرجل هو المقدم يوسف المسؤول عن النشاط السياسي للأحزاب. ثمّ سمع صوته يأمره:

– قعود يا حازم.

فتقدّم حازم ببطء وحذر وجلس، بينما نظرات المقدم تخترقه. لم يجرؤ حازم على رفع نظراته، بل بقيت نظراته ثابتة على الأرض. وسمع صوت المقدم يقول له:

– شوف يا حازم، إذا كنت صادق معي، وشعرت أنّك رح تتعاون معنا، رح تطلع من هون معزز ومكرّم، وكل طلباتك رح تتحقق. بدك تحكيلي بالتفصيل المملّ من أول يوم سكنت فيه بالجامع.

احكيلي كل شي. خود نفس وارتاح، وانا صديقك ورح ساعدك أكتر مما تتخيل.

فأخذ حازم نفساً عميقاً وبدأ يتحدث. خرج صوته مخنوقاً وخائفاً، حتى إنّه كاد أن يبكي. فقاطعه المقدم، وطلب منه أن يطرد الخوف من أعماقه ويتحدث معه كصديق. فروى حازم كلّ شيء، باستثناء آخر لقاء له مع أيمن. لم يترك صغيرة ولا كبيرة إلّا ورواهـا للمقدم، حتى أحلامه رواها له. وشعر حـازم أنّ عينَي المقدم تخترقانه، وتبحثـان عن أي شيء يخفيه، ولذلك كان يهرب من تينك العينين ولا يجرؤ على النظر إليهما مباشرة.

خرج حازم من مكتب المقدم بعد ثلاث ساعات سعيداً، بعد أن روى قصة حياته، وليس فقط قصة إقامته في الجامع، مجيباً عن أسئلة المقدم يوسف. كان هناك سؤال واحد يطرحه المقدم بصيغ متعددة كي يكشف الخلل في رواية حازم التي كرّرها الأخير عدة مرات. ولكنّ هذه السعادة كان لها ثمن دفعه حازم، وذلك بأن وعد المقدم بالتعاون معهم والإخبار عن أي نشاط يضرّ بالوطن. كاد حازم يطير من الفرحة والسعادة. فقد خرج سالماً وغانماً. ووعده المقدم بتأمين غرفة له في السكن الطلابي في المدينة الجامعية، وأعطاه رقم هاتفه، وطلب منه أن يتّصل به في أية ساعة عندما يحتاج إليه.

وعندما عاد إلى مكتب الشركة، استقبله أبو معين، وروى له حازم تفاصيل ما جرى بينه وبين المقدم، ولكنّه لم يقل له إنّه وعد المقدم يوسف بأن يبلغه عن كل شخص يعمل ضد الوطن. فهنّأه أبو معين،

ولكنّه وفقاً لتجربته أدرك أنّ المقدم يوسف لا يساعد أي شخص بدون مقابل. ولذلك، بدا حذراً، واختصر كلامه مع حازم وهو يغادر المكتب:

– منيــح، رح تحصل على غرفة في السكن الجامعي. بس دير بالك على حالك.

غادر أبو معين المكتب، وشعر حازم أنه بدا عارياً أمامه. شعر بالخزي من نفسه؛ لأنّه كان قد سمع الكثير من أيمن وآخرين عن المخبرين الذين يقدّمون تقارير للمخابرات عن أصدقائهم أو أقربائهم أو زملائهم في العمل. وكانوا يوصفون بأقذع الأوصاف. وهو يعلم أنّ المخبر إنسان حقير لا أخلاق لديه، يُغلِّب مصلحته الذاتية حتّى لو اضطر إلى الافتراء على أي إنسان. ولكن، لم يكن هناك خيار أمام حازم؛ فهو محاصر من جميع الجهات، فأي خيار آخر سيجعله في أحسن الأحوال في الشارع، من دون عمل ومأوى. أمّا الخيار الأكثر تحقّقاً فهو السجن. وهكذا، راح حازم يفكّر، وقرّر بينه وبين نفسه ألّا يؤذي أحداً، وألّا يكتب أي تقرير بأي إنسان. وبهذه الطريقة، أرضى حازم نفسه، وحافظ على مكتسباته في العمل وفي السكن.

وبعد يومين، دخل حازم حرم السكن الجامعي، ففوجئ بالعدد الكبير للطلاب الذين يتحركون في الشوارع الداخلية للمدينة الجامعية، وعدد البنايات وكثرة طوابقها التي تتجاوز السبعة، والمساحات الواسعة بينها، والأشجار الكثيرة التي تغطي المساحات الواسعة بين البنايات. كانت أشجار الأكاسيا هي الأكثر تواجداً. وفي طريقه إلى الوحدة العاشرة، حيث تقع غرفته، مرّ من أمام كشك يبيع الخضار

والفاكهة. مرّ من أمامه ثم انعطف يميناً، ومرّ من أمام مبنى مكون من طابقين، وطابقه الأول عبارة عن مطعم تابع لمؤسسة التسيير الذاتي للاتحاد الوطني لطلبة سوريا.

وصل إلى الوحدة العاشرة- البناية- وصعد إلى الطابق الخامس، ثم انعطف يميناً ومشى في ممر وهو يقرأ أرقام الغرف، حتى وصل إلى رقم غرفته. وقف أمام الباب، وأخرج المفتاح، ولكنّه سمع صوتاً داخل الغرفة، فقرع الباب، وانتظر لحظات. وبعد قليل، سمع صوتاً يقول:

– ادخل أبو الميش.

هو ليس أبا الميش، ولكن يمكنه أن يدخل. دفع الباب بهدوء ودخل، ثم أغلق الباب خلفه. في العمق، رأى شابين يجلس كل منهما على سرير بالقرب من النافذة، وتفصل بينهما طاولة. كانا يدخّنان السجائر ويشربان القهوة. نظر أحدهما إلى حازم والأسئلة تملأ وجهه، بينما الآخر ابتسم ابتسامة ساخرة. وقال حازم:

– السلام عليكم.

فازدادت ابتسامة الشاب الساخرة اتّساعاً، ورد بشيء من التهكم:

– وعليكم السلام. أهلاً يا أخا العرب.

– اسمي حازم الفقير.

– أهلاً وسهلاً، وأنا فايز عبيد.

– تشرفنا.

– انت شريكي في الغرفة؟

- نعم.

تأمّل حازم فايز. كان شاباً طويل القامة، أبيض البشرة، ذا عينين زرقاوين وشعر أشقر وذقن مرسلة ولكن بعفوية وغير مشذبة. ثمّ نظر إلى الشاب الآخر الذي كان لا يزال يحدّق إلى وجهه، ثم ابتعد بعينيه يتأمل الغرفة. كان فيها سريران وخزانتان وطاولتان. وفي الزاوية، إلى يمين الباب طاولة، وعليها أدوات مطبخ. قال الشاب الآخر لحازم:

- كيفك حازم؟ ما عرفتني؟

فانتفض حازم، والتفت إلى صاحب الصوت، وراح يتأمله. وعلى الفور، استيقظت سنون كثيرة، وعاد إلى سنوات الطفولة، واللعب في الحواكير، والرعي مع الحيوانات في الربيع، والسباحة في بركة الماء في القرية. تذكّر الطفل الوسيم الذي كان يتعاطف معه، ويدافع عنه عندما يتعرض للسخرية والاعتداء من قبل الأطفال الآخرين. كما تذكّر الشجار العنيف الذي لا ينساه، وذلك عندما تصدّى الولد لثائر ودافع عن حازم واستطاع أن يهزم ثائر ويطرحه أرضاً. فقد كان ذاك الشجار نقطة البداية لهزيمة ثائر. صاح حازم بغبطة:

- جمال الهوشة!

- ما غيرو.

تعانقا وتبادلا كلمات المجاملة وبعض الذكريات. وكان فايز ينصت مبتسماً إلى ما يدور بين الصّديقين اللذين لم يتعرّفا على بعضهما بعضاً إلا بعد فترة، وقال:

- أنا مندهش! كيف ما عرفتو بعض إلا بعد فترة؟

فأجاب جمال أنّه انتقل وعائلته من القرية عندما كان طفلاً. ولكنّه ظل يزور القرية في الصيف مع أهله حتى وصل إلى الصف السادس. وبعد ذلك التاريخ لم يزر القرية. وأضاف جمال أنّ أمّه أخبرته أنّه وُلِد وحازم في الساعة نفسها. فاعترض فائز وقال:

- فهّمني انت من وين؟ صرلنا سنتين أصدقاء وهي التالتة وأنا ما بعرف انت من أي محافظة.

فقال جمال:

- أنا من قرية حازم. ولدت في القرية، وانتقلت مع أهلي إلى الجولان وأنا طفل؛ لأنّ أبي كان متطوعاً في الجيش، وكنّا نتبعه أينما انتقل. نزحنا من الجولان عام 1967 إلى دمشق. وبقينا في دمشق خمس سنين. خلالها استطاع أبي أن يشتري قطعة أرض ويبني عليها بيتنا هذا الذي أسكنه الآن. ثم انتقل أبي إلى حمص واستقررنا هناك حتى الآن.

وتوقّف جمال عن الكلام، ثمّ التفت إلى حازم وقال:

- لازم تجي تزورني. أنا ساكن وحدي بحي ركن الدين، فوق... فوق، عند الغيم.

وصمت جمال عن الكلام، وأشار بيده باتجاه جبل قاسيون. فهزّ حازم رأسه، بينما تابع جمال:

- الخميس بتجي مع فايز. رح نسهر سوا وعرفك على أصدقائنا.

يوم الخميس، رافق حازم فايز، واستقلا حافلة ركن الدين ـ الشيخ محي الدين. وفي آخر موقف غادرا الحافلة. وأشار فايز إلى الشارع قائلاً

إنّ هذا الشارع الممتد أفقياً يقسم حي ركن الدين إلى قسمين متباينين طبقياً: طبقة الأغنياء البرجوازيين، وطبقة الفقراء. فالفقراء يسكنون في هذا الحي الذي يتسلق جبل قاسيون، والأغنياء أو الطبقة المتوسطة يسكنون في هذا القسم. وأضاف أنّه يكره الأغنياء ذوي ربطات العنق السخيفة. ثم سأل حازم:

– هل بتكره الأغنياء متلي؟

وسرعان ما غيّر سؤاله:

– أو بمعنى آخر، بتحب تصير غني؟

فأجاب حازم وبدون تردد:

– إي بتمنى.

فرد فايز باستنكار:

– بتتمنى!؟ بتتمنى تكون غني!؟

– إي. حدا بيكره إنّه يكون معه مصاري ويعيش برفاهية.

– أنا. لأنّي بكره الظلم... وبحبّ الفقرا... لأنّه نحن فقرا، وكل الناس يلي بعرفهم فقرا متلنا... الأغنياء أوغاد... بيمصّو دماء الفقراء...

راحا يتسلقان سفح الجبل مشياً عبر شوارع بدأت تضيق شيئاً فشيئاً وتتصاعد، حتّى تحولت الشوارع إلى أزقة، وأصبح الصعود قاسياً، والبيوت أكثر شعبية وفقراً. ثم تحولت الأزقة إلى أدراج ترتقي إلى سفح قاسيون، والبيوت أصبحت مبنية فوق بعضها بعضاً بحيث

إنّ سطح البيت الأول أصبح ترّاساً للأعلى، وهكذا وفق سلسلة صاعدة من البيوت التي تشبه الأدراج الموازية لها.

وبعد قليل، أشار فايز إلى أنّهما وصلا. فانعطفا يساراً، ودفع بيده بوابة صغيرة، ودخلا إلى تراس رحب المساحة يشكل سطح البيت المنخفض. وقف كلاهما على التراس، وامتدت دمشق في الأسفل بمنظر خلاب وساحر. رأى حازم الشوارع الرئيسة والبنايات والساحات، ثم الغوطة بأشجارها الكثيفة في غرب دمشق وشرقها. وفي منتصف البلكونة أو التراس، استقرت طاولة ومجموعة من الكراسي. جلس فايز، وأخرج كيس تبغ من جيبه، وبدأ يلف سيجارة. فانضم حازم إليه، وعلق على كيس تبغ فايز:

– كل ما بتلف سيجارة بتذكرني بالقرية.

فعلّق فايز قائلاً إنّه يرفض أن يدخن التبغ المهرب كالمارلبورو لأنّه يدعم الإمبريالية العالمية التي تقف في وجه الشعوب الضعيفة وتستغلها، وإنّ التبغ الّذي يلفّه – وأشار إلى تبغه – هو للبروليتاريا التي هو منها، ويجب أن نعتز بها.

وبينما كان حازم يكرّر كلمة بروليتاريا بينه وبين نفسه، فُتح باب حديدي أسود من خلفهما، وخرج منه جمال وهو يرحب بحازم الذي يزوره لأول مرة. فصافحه وجلس معهما، ثمّ علق على كلام فايز قائلاً:

– حاجي تنظّر عالزلمة. لساته ضيف.

فأجاب فايز:

- اجلب لنا شغلة ترطب ريقنا الذي جف من المشوار.

- سحر جوّا عم تعمل قهوة.

وأشار فايز إلى حازم، وتوجّه بالكلام إلى جمال وهو يحاول أن يرطب ورق السيجارة بلعابه كي تلصق وقال:

- صديقك حازم بيطمح ليصير برجوازي.

قال جمال:

- حقّه إنو يصير أي شي.

فأشعل فايز سيجارته وقال:

- بس مو برجوازي.

قال جمال:

- مشكلتك يا فايز إنّك بتشوف الاشتراكية تساوي الناس في الفقر. ليش ما يكون تساوي الناس بالغنى. لازم نبتعد عن تقديس الفقر والفقراء.

فلوّح فايز بيده في دلالة على استنكاره وقال:

- نفس النغمة... تقديس الفقر... وحقه... (باستنكار) كيف حقه!؟ أنا من حقي أضربك... شو رأيك؟

كانت الشمس قد اختفت خلف قاسيون، وامتدت ظلال الجبل لتغطّي الحي بكامله، وصار الطقس دافئاً ومناسباً للجلوس على التراس. وبعد لحظات، خرج من الباب نفسه شاب وصبية تحمل صينية وعليّها القهوة، اقتربا من حازم، وصافحاه مبتسمين بترحاب.

فقال جمال:

- حكمت وسحر، يدرسان التجارة والاقتصاد.

ثم أشار إلى حازم وقال:

- حازم صديق الطفولة، يدرس الحقوق.

بدأ حكمت يمازح حازم منذ اللحظة الأولى، من خلال تعليقه على فايز وتصرفاته التي تشبه كبار السن، ثم قال له:

- أهلاً بالبروليتاري الأول.

فردّ فايز بشيء من الضيق:

- أهلاً بصاحب الكرش الكبير.

يتميز حكمت بجسد ضخم وابتسامة لا تفارقه. كما أنّه ذرب اللسان، وحاضر البديهة والنكتة. بينما سحر لا تتكلم كثيراً، ولكنها تضحك كثيراً. وهي متوسطة الجمال، ونحيفة القوام، ولا تضع حجاباً، وشعرها بني وقصير.

تحلّق الخمسة حول الطاولة، وأمام كل منهم فنجان قهوة. وأشعل الجميع سجائرهم ما عدا حازم الذي رفض التدخين. مضت أكثر من نصف ساعة من الضحك المتواصل على نكت يرويها حكمت. وكان حازم الأكثر ضحكاً، لدرجة أنّ دموعه سالت بغزارة. بينما فايز الأقل ضحكاً، بل بالكاد يبتسم. ثمّ علق بالقول إنّ الواقع يدعو إلى البكاء وليس إلى الضحك، ولا يليق بنا أن نضحك بينما جل الشعب غارق في الفقر. وهكذا، تحوّلت الجلسة فجأة إلى نقاش صاخب عن

مبررات الضحك، وعمّا إذا كان يجوز الضحك لمن يحمل هم الوطن والقضية الفلسطينية! وبعد قليل، انضمّ إلى الجلسة والنقاش معتز وفاطمة اللذان شاركا بحيوية في النقاش الدائر، والذي تطوّر وتناول مواضيع أخرى بعيدة كل البعد عن السبب الأساسي، ليصبح نقاشاً عن القضية الفلسطينية، وهل (نحن) مع حل القضية الفلسطينية وفق قرارات الأمم المتحدة أم مع تحرير كامل التراب الفلسطيني؟ النقاش استمر لساعات، وحُرِقت خلاله عشرات السجائر، وشُرِبَت أعداد هائلة من فناجين القهوة والشاي. استمتع حازم بما يدور حوله من نقاش، ولكنّه شعر بالضياع؛ فهو غير قادر على النقاش، بل كان بالكاد يفهم ما يُثار من قضايا وما يَسمعُه من مصطلحات لأوّل مرة: البروليتاريا، الأيديولوجيا، الأمّية، البرجوازية والإمبريالية، حق الشعوب في تقرير مصيرها، لينين وستالين، ماركس وإنجلز، جيفارا، وهوشه منه، وأسماء أخرى لم يستطع تذكّرها.

وحين تغير الطقس وأصبح بارداً، طالبت سحر وفاطمة بالدخول إلى الصالون. فنهض الجميع ودخلوا. أعجب حازم بالصالون وبالأثاث وترتيبه. ووقف يتأمل اللوحات المعلقة. ووقف طويلاً يتفحّص صورة ضخمة لثلاثة أشخاص ذوي لحى طويلة وضخمة، وعيون مصوبة إلى الأمام. لم يتعرف عليهم، فاقترب من جمال، وسأله عن الرجال الثلاثة في الصورة. فقال له جمال وهو يشير إلى كل واحد منهم:

- هذا ماركس، وهذا إنجلز، وهذا لينين. هم من أسّسوا الماركسية اللينينية، وهم زعماؤها وقادتها.

وانضمّ معتز إليهما، وصافح حازم مرة أخرى قائلاً:

– لم نتعرف. أنا معتزّ وأدرس الصيدلة.

– وأنا حازم، وأدرس الحقوق.

بدا معتز قصيراً، ولكنّه يتمتّع بعينين براقتين حيويتين تتحركان بشكل دائم ولا تستقران على شيء. التقط فائز طرف الحديث، وساهم وبشكل موسع في شرح من هم هؤلاء الثلاثة، وما قدّموه للبشرية.

ثمّ جلس الجميع، وبدأ نقاش جديد عن الماركسية اللينينية، وتاريخ الثورة البلشفية وتأثيرها العالمي، وعن الفكر الانتهازي البرجوازي الصغير، والأمراض التي اعترت الفكر، والشخصيات التاريخية... ليحتدّ النقاش حول ستالين الذي يراه فايز من حقَّق انتصاراً ساحقاً على النازية والإمبريالية العالمية، وأسس أول دولة اشتراكية في التاريخ. بينما رأى فيه معتز ديكتاتوراً فظّاً أساء للماركسية أكثر ممّا أفادها، وقتل ملايين الروس الفقراء. شاركت فاطمة في النقاش، ولكنّها كانت تساعد سحر وجمال وحكمت في ترتيب الطاولة وجلب الطعام والمقبلات والعرق والبيرة. ثم توسع النقاش كالعادة ليشمل الثورات وحركات التحرر في العالم والحديث عن التحالفات الدولية، ومن معنا ومن ضدنا.

وأنهى جمال النقاش عندما ارتفع صوته وهو يغنّي للشيخ إمام، ويعزف على العود. وشُربت الأنخاب، وشارك الجميع في الغناء.

استمر الغناء إلى ما بعد منتصف الليل بساعة، ليتوقف عندما بدأ العرق يفعل فعله مع فايز؛ فقد أصبح في حالة سكر، وتحوّل إلى

رجل عدواني يسب ويشتم الجميع، ومن ثم بدأ يبكي. فحاول جمال تهدئته، وأجلسه على كرسي وثبّته. ومن جهة أخرى، بدأت فاطمة تتقيأ، فساعدها حازم وحكمت، وقاداها إلى الحمام للتقيؤ هناك. وعندما عادا من الحمام ومعهما فاطمة التي شعرت بالتحسن بعد أن تقيأت كل ما في معدتها، بدأ جمال بالتقيؤ، وأصبح وجهه أصفر فأخاف حازم. عندها، طمأنه حكمت بأنّ هذا شيء عاديّ يحدث بعد شرب الكحول. وهكذا، ساعدا جمال في الوصول إلى الحمام والتقيؤ هناك.

حكمت- الذي لم يحدث العرق تأثيراً كبيراً عليه وحازم ساعدا الجميع، في الوقت الذي لم يتخلَّ فيه حكمت عن إلقاء نكاته وإضفاء طابع المرح. ثمّ تمدّد الجميع على الأرض، أو جلسوا على الأرائك، باستثناء حكمت الذي بدأ يعد القهوة، وحازم الذي جلس بعيداً يفكر في ما يراه. كانت تلك أول مرة يجلس فيها مع ناس يشربون الخمر ويسكرون. ولم يسعفه الوقت كي يتّخذ موقفاً من هذا الموضوع. وتذكّر أيمن ومجموعة الجامع، ثم انتقل تفكيره إلى سعد، صديقه العزيز الّذي لا يعلم بمصيره سوى الله. وتذكّر قلق سعد وخوفه من عقاب الله في كل خطوة كانا يقومان بها والتي تعتبر من المحرمات. ثمّ سأل حازم نفسه: لماذا نقترف الذنوب ونحن نعلم أّننا نعصي أوامر الله؟ وكيف انتقل بين مجموعتين متناقضتين في كل شيء، وأصبح صديقاً لكل منهما؟ وكيف يوائم بين هاتين المجموعتين؟

في تلك الأثناء، دخل حكمت وهو يحمل صينية القهوة، وبدأ يوزع الفناجين على الجميع، وهو ينثر نكاته وضحكاته الّتي جعلت الجميع

يستفيق ما عدا فايز. شرب الجميع القهوة، واستعادوا وعيهم وسط النكات التي يلقيها حكمت، إلى أن نام الجميع كيفما اتفق.

استيقظ حازم باكراً، فتلفّت حوله، ووجد نفسه نائماً على كنبة، فيما فايز نائم على الكنبة المجاورة. وعلى الأرض نام جمال، وبجانبه حكمت. بينما سحر وفاطمة نامتا في غرفة النوم، ويقيت غرفة النوم الثانية فارغة.

تسلل وخرج إلى التراس، لتستقبل عينيه أحياء دمشق. كان الجو دافئاً، وسماء دمشق بدت نقية وزرقاء كالبلّور؛ فالتلوث لم يبدأ بعد. مرت أكثر من ربع ساعة وعيناه تائهتان فوق دمشق. وبدأت الأفكار تتوارد إلى ذهنه عن سهرة البارحة، والأفكار التي طُرِحت، والخمر المُحرَّم بالنسبة إليه، والصبايا، وكل هذا المناخ الجديد كلّياً بالنسبة إليه. فها هو الآن في حالة انتقال من مناخ إلى آخر. أيّهما الصح وأيّهما الخطأ؟ لم يستوعب رأسه هذا الانتقال، بل لم يستوعب سهرة البارحة التي كان كل شيء فيها مُحرَّماً وجديداً، ويطرح ألف سؤال عن الحرام والحلال. فإذا كان كل شيء محرّماً فلماذا هؤلاء الشباب يرتكبونه؟ إنّهم شباب يحملون قيماً جميلة، ويعيدون كل البعد عن التسبب بأيّ أذى للناس، ولكنهم وفي الوقت نفسه يرتكبون ذنوباً. لم يكن عقله قادراً على التّوفيق بين كل هذه المتناقضات الصارخة ما بين مناخ ديني متشدد وأصدقاء متشددين، ومناخ منفتح ومتحرّر وأصدقاء منفتحين يطرحون أسئلة كثيرة ويتصرّفون تصرفات لا يستطيع أن يمارسها او حتى يفكر فيها. فجأة، سمع صوتاً أنثويّاً خلفه:
- بتحب الشام؟

فالتفت إلى الخلف ورأى سحر تحمل صينية القهوة، وأجاب:

- كتير.

جلسا متقابلين على طرفي الطاولة. سكبت ثلاثة فناجين من القهوة، ثمّ انضم إليهما حكمت الذي حمل معه علبة برازق، وجلس وهو يتكلم مع حازم ممازحاً:

- صباح الخير رفيق.

و«كركر» حكمت بضحكته المعتادة، ورافقه حازم وهو يجيب:

- صباح الخيرات.

- انبسطت بسهرة البارحة؟

- أي اكيد.

رد حازم بدون تردد.

عندها، شرح حكمت لحازم بشيء من الجدية مع بعض التهكم، وبأسلوبه المعتاد، عن رفاقه وشلتهم. إنّهم مهتمون بالثقافة والفكر ودراستهم بالطبع أكثر من أي شيء آخر. كما أنّهم يرتادون السينما والمسرح بشكل دائم، ويقرأون الكتب. كان حكمت يتحدث ويقضم البرازق ويشرب القهوة في الوقت نفسه. وفي نهاية حديثه، قال لحازم ممازحاً:

- أرجو ألّا تتسرع في الحكم علينا، وفي اتهامنا بالفسوق.

فضحك حكمت وضحك معه حازم محاولاً أن يجامله. وأضاف حكمت أنّه علم من جمال ومن فايز أنّه- أي حازم- كان يعيش في

مسجد مع شباب من التيار الديني، وها هو الآن ينتقل ليعيش مع شباب من التيار الماركسي. وقال إنّ هذا التناقض الحاد سيجعل حازم يعيش في قلق واضطراب، إلا أنّه- أي حكمت- يحسده، لأنه يمرّ بتجربتين متناقضتين تجعلانه يتعرّف على نمطين من التفكير، ومن ثمّ يقرر أيهما الأفضل. ثم تابع:

-   أعطِ لنفسك فرصة لتتعرف علينا أكثر، وأعطِنا فرصة لنشرح عن أنفسنا أكثر، ثم قرّر أي الأنماط تتلاءم مع قناعاتك. وعندها، ربّما تغيّر قناعاتك أو أصدقاءك الجدد.

انضم معتز إلى الجلسة بعد أن غسل وجهه ومشط شعره، وبدا كما لو أنه ذاهب إلى حفلة عرس. فعلق حكمت وهو يشير إلى معتز ويوجّه حديثه إلى حازم:

- هذا برجوازي، وأنا بروليتاري؛ على حد قول فايز.

فضحك الجميع. ثم اقترح معتز أن يبدأوا بعد القهوة بتجهيز الفطور، وقال:

- لازم نعمل مو بس فول ومسبحة، لا، لازم نضيف التسقية احتفالاً بالصديق الجديد حازم.

فشكرهم حازم، وشكر مشاعرهم الطيبة تجاهه. وأضاف معتز:

- أنا هلق رايح جيب لوازم الفطور، مين بيرافقني؟

فأجاب حكمت:

- الحب تبعك.

- حبي نايم.

- فيقو.

- لا، حبيبة قلبي ما بزعجها.

ثمّ التفت إلى حازم وقال:

- بتحبّ ترافقني عالسوق؟

- إي، ليش لأ؟

استغرق الذهاب إلى محل بيع الفول والإياب ما يقارب الساعة. وخلال تلك الساعة، تعرّف معتز وحازم على بعضهما بعضاً أكثر. وروى كل منهما للآخر شيئاً عن حياته وحياة أهله. وتعاطف معتز مع حازم إلى درجة كبيرة، ونوّه إلى أنّ الفكر الماركسي وُجِد لأمثال حازم. وبدا معتز كما لو أنّه يدعو حازم للانضمام إلى هذا الفكر الذي جمعهم.

بقيت دعوة معتز لحازم معلقة في الهواء، وحازم لا يزال يقارن بين قناعات هذه المجموعة وسلوكها وما اختزنه من أفكار وتجارب. فقد سرّ بهم، وأعجب بحياتهم وصدق معشرهم، ولكن بقيت قناعاتهم تقلقه، ولم يستطع أن يقتنع بها رغم المنقاشات الكثيرة التي دارت بينهم وبينه. فلقد أصبح أكثر جرأة في مناقشة الأصدقاء والتعبير عن نفسه.

ربيع عام 1980

حل الربيع بكل بهائه، ومنح الطبيعة والنفس البشرية الكثير من الجمال، ما عدا استثناءات تؤكّد القاعدة. فاكتست أشجار المدينة الجامعية باللون الأخضر، وفرشت ساحاتها بالعشب، وانتشر الطلاب والطالبات بحثاً عن الحب. وذات يوم ربيعيّ، اتّخذ حكمت وسحر مكاناً قصيّاً بالقرب من سياج المدينة، على قطعة أرض خضراء بين مجموعة من أشجار الأكاسيا، وفرشا قطعة قماش زرقاء وجلسا عليها. وكانا قد جلبا موقداً يعمل على الغاز، وبعض الطعام، وعدّة الشاي، والقهوة. وأثناء انتظارهما الأصدقاء، تبادلا قُبلات مسروقة، ولمسات محملة بشحنات عاطفية وجنسية. وكان يقطع خلوتهما مرور بعض النّاس خارج سياج المدينة.

أحبّا بعضهما، وقرّرا أن يتزوّجا بعد التخرج مباشرة. فكلاهما من بيئة

شامية، ولكن يمكن القول إنّ جد والد سحر قدم من الريف البعيد هارباً من «السفر برلك»، واختبأ في دمشق، المدينة الكبيرة، ثم استقر وتزوّج فيها، وعمل عتّالاً عند تجّار الجملة في سوق البزورية. وقد ورث أولاده عمله هذا، ولكن تميّز واحد منهم، وهو جدّ سحر، وأصبح تاجر جملة للخضروات. وقد أورث ابنه هذه المهنة والأملاك، فتابع أبوها عمل أبيه في تجارة الخضار. بينما يعمل أبو حكمت دبّاغاً، ويملك مدبغة في منطقة المدابغ بالقرب من الزبلطاني وجوبر، كما يملك متجراً لبيع الجلود في شارع بدوي التابع لحيّ الشاغور.

عمل حكمت منذ طفولته في المتجر، ومع مرور السنين كره العمل في الدباغة بسبب روائح الجلود المتعفنة والمواد الكيماوية التي تستخدم في الدباغة، ونما في أعماقه حب التمرد على ما هو سائد من أعمال وأفكار وعادات وتقاليد. لذا، عمل في الكثير من الحرف أيام العطل وفي الصيف ما عدا الدباغة. فقد عمل في عدة متاجر لبيع الثياب في سوق الحميدية، وعمل مع العطّارين في سوق البزورية، وفي سوقَي الصالحية والحمراء لبيع الثياب. واستقرّ به المقام في متجر يقع في نهاية سوق الحميدية وبالقرب من الجامع الأموي. كان بيت أهله مجرد فندق يأوي إليه في الليل، ولكنّه لا يخلو من المشاكل الّتي تحدث بين الحين والآخر بينه وبين أبيه. فحكمت وأبوه على طرفي نقيض في كل شيء، بدءاً من طريقة العيش وأسلوب الحياة، ومروراً بمفهوم التربية وعلاقة الأب بالأبناء، إلى المعتقدات والعلاقة مع الله.

البارحة، قرّر أفراد المجموعة أن يتناولوا طعام الغداء في الهواء الطلق،

احتفالاً بقدوم الربيع. وكان حكمت وسحر أوّل الواصلين. ثم أتى جمال وفايز، تلاهما معتز وفاطمة. وكان آخر الواصلين حازم وبرفقته إلهام. علّقت سحر عندما رأتهما قائلة بصوت منخفض:

– ليكو يا جماعة، حازم إجا ومعه صبية.

فقبل يومين، حدث شجار حاد بين إلهام ورشيد انتهى بصفعة مدوية من رشيد على وجه إلهام، كادت تفقدها توازنها وتتسبّب في وقوعها. وقد حدث هذا بينما كان رشيد وإلهام يجلسان في حديقة الكلية، وحازم يجلس على مسافة منهما، ويراقبهما، ويتحين الفرصة لذهاب رشيد المحتمل، كي يحظى برفقتها لبعض الوقت. لم يعرف ما دار بينهما، وسبب الشجار. ولكنّه فجأة رأى رشيد ينهض من مكانه، ويصفع إلهام ويشتمها، ثم يذهب. دُهش حازم من هذا التصرف المفاجئ من رشيد، ووقف في حيرة من أمره. فهل يذهب إليها ويواسيها، أم يبقى في مكانه؟ إذ خشي من ردة فعلها بعد الشجار، وخاف أن تتولّد لديها ردة فعل عنيفة تجاهه. وفيما كان يتساءل عمّا يجدر به فعله، غادرت إلهام الكلية، بينما بقي حازم يفكر ويخمّن السبب الذي بسببه حصل ما حصل.

واليوم، بحث حازم عن إلهام منذ الصباح الباكر. وعندما لم يجدها، غادر الكلية باتجاه المدينة الجامعية، لينضم إلى الأصدقاء للاحتفال بالربيع. وفي طريقه إلى هناك، وعلى مسافة ليست بالقصيرة، لمح إلهام جالسة تحت مجموعة من أشجار الأكاسيا، فاتّجه إليها، وجلس بجانبها. رحّبت به، فلم يسألها عن سبب غيابها، بل اكتفى بأن نظر إلى عينيها، وقلبه وعيناه تخاطبها:

- أنا من يحبك ويقدسك ومستعد أن يفديك بروحه. لماذا لا؟

برّرت غيابها عن الكلّية لمدّة يومين بأنّها كانت متعبة. فتبادلا نظرات خاطفة، ثمّ سألته عن مشاريعه لليوم، فأخبرها أنه ذاهب للقاء الأصدقاء، وعرض عليها أن ترافقه، وقال لها إنّهم سيسعدون بقدومها. عندها، نهضت من دون تفكير وتردّد وقالت:

- مشّي. حابه إتعرف على أصدقائك يلي حكيتلي عنهم كتير.

استُقبِلت إلهام بحفاوة من قبل الجميع، ما عدا فايز الذي اكتفى بمصافحتها. ثمّ جلس الجميع، وسادت لحظات صمت. جالت عينا إلهام في المكان، فرأت عوداً مركوناً جانباً، وحقيبتين لم تعرف محتوياتهما، وموقد الغاز، وكرة قدم، ومضارب، وريشة. بدأ حكمت كعادته يمزح كي يكسر الحاجز بينهم وبينها، وكي لا تشعر بالغربة. فقال لها وهو يشير إلى «طناجر» الطعام:

- متل مانك شايفي... جبنا المطبخ معنا...

و«كركرت» ضحكته في أرجاء المكان. فابتسمت إلهام، ودهشت لدى رؤيتها طنجرتين كبيرتين. وأضاف حكمت:

- رح تاكلي وجبة محترمة...

ثم التفت إلى حازم، وعلّق على كلمة «محترمة»، وقال وهو ينظر إلى إلهام:

- لازم نقول وجبة طيبة... ذات مذاق عذب...

فضحك الجميع بسبب استخدام حكمت مفردات من اللغة

الفصيحة. وأضاف حكمت:

- أنا زلمة بحبّ بطني، ويا نيالها يلي رح تكون من نصيبي.

وضحك مجدّداً ثم أضاف:

- هيك أمي بتقول.

فعلّق معتز على كلامه بالقول:

- القرد بعين أمّه غزال.

وضحك الجميع. ثمّ نهض جمال، وأمسك المضارب والريشة،
والتفت إلى المجموع قائلاً:

- مين بيتحدّا؟

فأسرعت فاطمة وقالت:

- أنا بتحدّاك.

ابتعدا قليلاً عن المجموعة، وشرعا يقذفان الريشة في الهواء، فيما أعدّ
فايز الشاي، وسكبه في كؤوس، ثمّ طاف على الجميع. وحين شكرته
إلهام لم يردّ، فأنبه حكمت ممازحاً:

- عم تشكرك يا بهيمة، رد عليها.

ثمّ ضحك وضحك الآخرون معه. أمّا فايز فأخرج كيس تبغه، وراح
يلفّ سيجارته وقال:

- هذه تقاليد برجوازية أنا ما بحبها.

فتابع حكمت مزاحه وهو يوجّه كلامه إلى إلهام، ويشير بيده إلى فايز:

- رفيقنا فايز بروليتاري قحّ، مندوب الطبقة البروليتارية في العالم.

فضحك الحاضرون بينما قال فايز وهو يتابع لف سيجارته:

- إلي الفخر.

فعلّقت إلهام بالقول إنّ فايز يذكّرها بكبار السن في قريتها. فهم يدخّنون هذا النوع من التبغ. ثمّ التفتت إلى حازم وقالت:

- مهيك حازم؟

- أول ما تعرفت على فايز قلت له الكلام نفسه.

فتساءلت سحر:

- هلق انتو من نفس الضيعة؟

فهزّ حازم رأسه إيجاباً. ثمّ تابعت سحر:

- يعني صرتو تلاتة...

فالتفتت إلهام إلى حازم وسألته:

- مين التالت؟

عندها، أشار حازم إلى جمال الذي كان يلعب مع فاطمة وقال:

- جمال من ضيعتنا.

سألت إلهام بدهشة:

- عن جدّ!؟

- إي.

- ما عندي علم.

قاطع معتز حديثهم حين أخرج من جيبه ورقة، وطلب من الجميع أن يصغي إلى قصيدة كتبها البارحة. فاعترض فايز، وطلب منه أن يعفيهم من هذه العقوبة. غير أنّ معتز أصرّ، وراح يلقي قصيدته مقلّداً محمود درويش:

ما يفرّقنا هو الأخضر.

وما يقرّبنا هو القضية.

أنتِ على شرفة قصرك تمارسين البغاء

وأنا أمارس حرث الأرض لتنبت قمحاً.

فاعترض فايز وقال إنّه لا يفهم ما يقال. وقال معتزّ شارحاً:

– الأخضر هو الدولار، والبغاء هو التجارة.

«فكركر» حكمت بضحكته، ثمّ توجّه إلى فايز بالقول:

– فهمت يا ممثل البروليتاريا العالمية؟ خزيتنا الله يخزيك.

وضحك الجميع.

انضمّ جمال وفاطمة إلى الجلسة وهما يلهثان. ثمّ أمسك جمال عوده، وجلس بجانب حكمت الذي علّق:

– إي، سمّعنا شي حلو. على الأقل منخلص من شاعرنا المبجل.

ضحك الجميع مجدّداً، بينما هدّد معتز حكمت بأنّه سوف يعاقبه بحرمانه من الطعام لمدة ساعتين. فضحك الجميع، وكان حكمت أكثرهم ضحكاً. أمّا إلهام فشعرت بالألفة، وضحكت من قلبها وصفت روحها، وعلّقت:

- ما ضحكت من شي سنتين ثلاتة متل اليوم.

بدأ جمال ينقر على أوتار عوده نقرات متتالية، ثم بدأ العزف والغناء:

قيدوا شمعة يا أحبة و نورولي

رمشتين من رمش عين...

ثمّ توقّف عن العزف وقال:

- ركّزوا معي على الصور اللي أبدعها عمنا أحمد فؤاد نجم.

وبعد ذلك، بدأ جمال يلقي القصيدة من دون أن يعزف:

رمشتين من رمش جارح

فوق عيون السحر طارح

زادوا نبض القلب حبة

بالأماني بالمحبة...

أكمل إلقاء القصيدة حتى النهاية، ثمّ بدأ ينقر على أوتار عوده نقرات متتالية وسريعة ومتوترة أثارت إعجاب الجميع، وبعدها بدأ يغنّي الأغنية نفسها مع اللحن. فرافقه الأصدقاء في الغناء، وراحوا يردّدون خلفه مقاطع من الأغنية، ما عدا إلهام وحازم اللذين راحا يستمعان إليهم بإعجاب. وسألت إلهام فاطمة همساً:

- لمين هي الأغنية؟

- للشيخ إمام وأحمد فؤاد نجم.

- مين هدول؟

- بعدين بشرحلك خلينا نتابع.

- إي معك حق.

التقطت عينا جمال عينَي إلهام المعجبة، فركّز نظراته عليها كما لو أنّه يوجّه كلمات الأغنية إليها، طبعاً من دون أن يقصد ذلك. سحرت إلهام بالكلمات، وأثّر فيها صوت جمال تأثيراً كبيراً، لدرجة أنّها راحت تتنهد، وصفّقت عندما أنهى جمال الأغنية وعلّقت:

- صوتك كتير حلو.

فأجاب جمال:

- شكراً على المجاملة.

وعلّق حكمت:

- إلو عمر يغني، وما حدا قله يعطيك العافية، أو صوتك حلو. أول معجبة بصوت جمال.

فضحك الجميع، وعلّقت إلهام مازحة:

- الخلل وين؟

فأجاب حكمت:

- فينا. نحن ناكرين للجميل.

قطع الحديث ضربات الريشة على الأوتار، فصمت الجميع، بينما بدأ جمال يغني مجدّداً وهو يعزف:

زي الهوا يا حبيبي، زي الهوا
وآه من الهوى، يا حبيبي، آه من الهوى...

وبعد أن أنهى جمال غناء مقطع من الأغنية، رفع حكمت يده،

فتوقّف جمال عن العزف والغناء. عندها، نهض حكمت قائلاً:

- يلا شباب إلى الغداء، يا دوب نلحق.

وأخرج طنجرة مليئة بالمجدرة وضعها في منتصف الجلسة، ومن ثم جلب الطنجرة الثانية المليئة بالسلطة. ووزّعت سحر صحوناً من الورق المقوى وملاعق، فيما أخرجت فاطمة علبة فيها أنواع مختلفة من المخللات والبصل الأخضر، ووزّعت المخللات. بعد ذلك، جلس الجميع على الأرض متحلقين حول قدر المجدرة، وبدأوا يأكلون وسط تعليقات مضحكة. علّق فايز مستنكراً:

- مجـدرة! الله لا يوفقـك يـا حكمت. كلّ فكري عـازمنـا على أكلة مشاوي.

فردّ حكمت بعد أن «كركرت» ضحكته:

- مشاوي يا بروليتاري!؟ المشاوي أكلة البرجوازيين.

ووسط الضحك والسخرية، التهم الجميع قدر المجدرة والسلطة والمخللات والبصل الأخضر ولم يتبقّ شيء. فقال حكمت ساخراً:

- شي بروليتاريا تمام، ما خلّيتو ولا زرزوبة برغل.

وعلّق فايز:

- عم تتمسخر، بس كل شي بالدنيا طبقي.

وشرع فايز يستعرض نفسه ونظريته أمام إلهام التي أعجب بها، ولكنّه كعادته تجاهلها كما يفعل مع كلّ الصبية عندما يعجب بها؛ إذ يفعل ذلك كي يستفزّها وتقع في شباكه. قال إنّ طعام الأغنياء يختلف عن

طعام الفقراء، واللباس والسكن والمرافق تختلف كذلك، بالإضافة إلى الرفاهيات كالسيارة ومحتويات البيوت، وحتى الحب طبقي.

فاعترض جمال على كلامه مدافعاً عن الحب، وقال إنَّ شرارة الحب عندما تشتعل تحرق كل شيء حول الحبيبين، ولا تأخذ بعين الاعتبار إن كان الطرف الآخر غنياً أو فقيراً. عندها، عارضه حازم الذي تجرّأ وقال كلمته مؤيّداً فايز، بينما وقفت سحر وفاطمة إلى جانب جمال الّذي نهض وبدأ يوزّع كؤوس الشاي على الجميع. كانت إلهام تصغي معجبة بالنقاش وبالمجموعة، وعندما اقترب منها جمال وقدّم لها كأساً شكرته، وهمست له أنّها تؤيّد نظريته في الحب، وقالت:

– أنا أوافقك في نظرية الحب.

وشدّدت على كلمة «الحب»، فشكرها جمال وتابع توزيعه للكؤوس. وكالمعتاد، تحوّل النقاش إلى مواضيع أخرى، ليستقر أخيراً عند حكمت الذي راح يقلّد مدرّسيهم في الجامعة، مّما جعل الجميع يضحكون ضحكاً متواصلاً لمّدة ساعة وأكثر.

أحبّ حازم هذه المجموعة، وانسجم معها أكثر من أي مجموعة أخرى. غير أنه كان يلتقي المجموعة الثانية من حين لآخر بسبب إلهام التي بقيت بالنسبة إليه الأهم. فهي الحب الذي ينمو ويرفض المغادرة. وحين أدرك أنّ هناك خلافات قوية جدّاً بينها وبين رشيد، تسلّح بالصبر، وقرّر الانتظار، وراهن على أنّ الزمن كفيل بحل مشكلته. كما راهن على أنّ الخلافات بين إلهام ورشيد ستجعل حياتيهما جحيماً. وهذا ما حصل بالفعل. فحين انتهى العام الدراسي، سافرت إلهام إلى البلدة وهي على

خصومة مع رشيد.

صيف عام 1980

حلّ الصيف.

لم يكن صيفاً ممتعاً، بل كان مليئاً بالمشاكل؛ سواء أكان للمجموعة أمّ لعموم البلد. فالصراع على السلطة ازداد حدة بين النظام الحاكم والتنظيمات الدينية. وهو صراع بدأته التنظيمات الدينية بسلسلة من الاغتيالات، ومن ثم أتت مجزرة كلية المدفعية التي جعلت الصراع يشتد ويصبح دموياً. وبعد هذه المجزرة، أطلقت السلطة يد المخابرات التي راحت تعتقل عشوائيّاً، وتزج في السجون عشرات الآلاف ممّن لا علاقة لهم بأي نشاط سياسي. وهكذا، صار الدّاخل إلى سجون النظام مفقوداً، والخارج منها مولوداً.

وكذلك حصلت مشاكل مع بعض الأصدقاء في المجموعة. فالخلافات بين حكمت وأبيه ازدادت حدة، إلى أن اكتشف الأب أنّ

حكمت يشرب الخمر، فتفجر الصّراع بينهما، ولم يعد بالإمكان احتواؤه. وحدث هذا عندما زار حكمت «كازينو» لأوّل مرة، تلبية لدعوة من أحد المعارف الَّذي يدعى أبا الجوج، وهو صاحب متجر في سوق الحميدية مجاور لمتجر حكمت. وبعد تناول عدة كؤوس من كوكتيل تعمّد أبو الجوج أن يصنعه لحكمت بنفسه، بدأ حكمت يدخل في حالة سكر. ولم تمضِ أكثرِ من ساعة حتى أصبح في حالة يرثى لها، فحمله أبو الجوج ورماه في سيارته، وقاد السيارة إلى بيت أهل حكمت. وهناك، قرع الباب، ورمى حكمت أمام الباب وغادر. وحين فتح الأب الباب، وجد ابنه مرميّاً على الأرض. في البداية، ظنّ أنّ حكمت مقتول، فلم يعد يقوى على الوقوف، بل انهار على الأرض بجانب ابنه الذي تحرّك، وتمتم ببعض الكلمات، وفاحت منه رائحة العرق. عندها، انتفض الأب، ووقف منتصباً، وتراجع إلى الخلف وهو ينظر إلى ذلك الجسد الضخم الممدد أمامه نظرة غضب واستنكار، وراح يتمتم:

– أستغفر الله العلي العظيم، أستغفر الله العلي العظيم.

ثمّ أمسك يد حكمت وهزّه وهو ينظر إلى جسد ابنه لعله ينفي شكَّه. غير أنّ حكمت تمتم بكلمات نابية، ثم اعتدل بسرعة وراح يتقيّأ. وعلى الفور، فاحت رائحة القيء ممزوجة برائحة الخمر. عندها، دخل الأب البيت، وأغلق الباب خلفه، وحلف أيماناً غليظة ألّا يدخل حكمت البيت بعد اليوم. بقي حكمت مرميّاً أمام الباب لفترة. وتقيّأ أكثر من مرة. وحين استعاد وعيه، نهض وهو يحاول أن يتذكّر ما حدث له، ثمّ قرع الباب. وعندما فتح الأب الباب ورأى حكمت واقفاً أمامه،

انفجر في وجهه بالسباب والشتائم، وألقى يمين الطلاق على زوجته إن دخل حكمت البيت.

عندها، ذهب حكمت إلى متجره، ونام على الأرض. وفي منتصف النهار، حضر أخ حكمت الأصغر وهو يحمل حقيبتين تحتويان ثياب حكمت، وأبلغه بقرار أبيه، ووضع الحقيبتين أمام حكمت الذي اكتفى بهزّ رأسه. إذ أدرك أنّ العلاقة بينهما وصلت إلى نقطة القطيعة، ولم تعد هناك أية نقطة تقاطع بينهما.

بعد الظهر، أتى أبو الجوج إلى المتجر. وعندما رأى الحقيبتين راح يضحك؛ إذ عرف أنّ خطته قد نجحت. فشتمه حكمت، وطلب منه أن يخرج ولا يعود إطلاقاً، فقد أدرك أنّ أبا الجوج أراد تشويه سمعته لأنّه منافسه الرئيس في السوق، وقد نجح في تحقيق مأربه. إذ نشر أبو الجوج أخباراً بين التجار مفادها أنّ حكمت مدمن على الكحول والعاهرات، وأنّ أباه رفض أن يستقبله في بيته، وها هو مشرد وبلا مأوى.

عند المساء، غادر حكمت المتجر حاملاً حقيبتيه وقاصداً بيت جمال الذي غادر دمشق قبل أسبوعين ليزور أهله، على أن يعود في بداية العام الدراسي للسنة الرابعة. إذ كان يملك مفتـاح بيت جمال الّذي شكّل عش الغرام له ولسحر. وما إن دخل البيت ووضع الحقيبتين جانباً حتّى شعر أنّ عبئاً ثقيلاً أُزيل عن كاهله؛ عبء العائلة، بدءاً من أبيه ومروراً بالأقارب جميعاً. وشعر أنّه أصبح حرّاً، لا علاقة له بأحد سوى الأصدقاء.

في الوقت نفسه، حدث أن فصل أبو معين حازم من العمل لسبب لم يقله. إذ اكتفى بالقول له:

- الوضع صعب، وما قدرت حصِّل مناقصات جديدة.

إلّا أنّ حازم كان يعرف السبب، وهو تقرير قُدِّم بأبي معين يُفيد بأنَّ الأخير يقدّم رِشى للعديد من الضباط في إدارة التعيينات ليحصل على المناقصات. وقد تمّ استدعاء أبي معين للتحقيق معه أكثر من مرة. ثمّ استدعى المقدم يوسف حازم. وما إن دخل حازم مكتب المقدم يوسف حتّى دار الأخير دورة حول طاولته، وتقدّم باتجاه حازم. وقبل أن يدرك حازم ما يدور حوله تلقّى صفعة على وجهه جعلته يدور حول نفسه. ثمّ سمع صوتَ المقدم يوسف وهو يهدر:

- ولا حقير، أنا أنقذتك من تهمة الإخوان المسلمين حتى تجيبلي معلومات. عم تفهم يا حقير.

صرخ المقدم يوسف بوجه حازم، فهزّ حازم رأسه وهو يردد:

- حاضر سيدي.

- هات لشوف، احكي كل شي شفتو واسمعتو في مكتب أبو معين. أمرك سيدي.

روى حازم كل شيء رآه وسمعه في مكتب أبي معين وفي المستودعات، ولم يترك كبيرة ولا صغيرة إلّا وقالها. ثمّ دخل المساعد زاهر بناء على طلب المقدم الذي قال له:

- خود هاد الكلب وخلّيه يكتب كل شي.

- حاضر سيدي.

وبعد هذه الواقعة، غادر حازم دمشق إلى قريته في حالة يرثى لها. فاستقبلته جدّته أجمل استقبال، ويقي عندها شهراً كاملاً. وخلال هذا الشهر، سمع كلاماً أساء إليه من قبل البعض، ومنهم ثائر الصديق والعدو القديم الذي شعر أنّه أقلّ قيمة من حازم الذي يرتدي ثياباً جميلة وجديدة، ويدرس في الجامعة، وهو على وشك التخرج، بينما هو لم يحصل حتى على الشهادة الإعدادية، ويعمل مزارعاً هنا وهناك. وكان حازم من بدأ يستعرض نفسه أمام ثائر، من خلال الإنجازات التي حققها. إذ أراد أن يرسل لثائر رسالة مفادها أنّه إنسان ناجح، بينما ثائر فاشل ويائس. وحاول إهانته ببعض التصرفات والكلمات والجمل التي تعمّد قولها. عندها، عاد ثائر العدواني وقال:

- حازم، يا ابن صبحة الزانية دير بالك. لا تطوّل ولا تقصّر، هلق بمسح فيك الأرض.

فالتزم حازم البيت لمدة يومين بجوار جدته التي أصبحت حركتها بطيئة، ونال منها المرض. وبعد يومين، اضطر إلى الخروج ليشتري لجدته دواء. وبينما هو في ساحة البلدة، التقى أبا مرعي الجالس بالقرب من الصيدلية. مرّ به حازم وتجاهله، ولم يُلقِ السلام، فقال أبو مرعي بسخريته المعهودة، كما لو أنّه يحدّث نفسه:

- اي سبحان الله، يرحم أبوك يلي كانت ريحته المعفنة توصل لسابع سما.

وفي اليوم التالي، غادر حازم القرية عائداً إلى دمشق. إذ استيقظ

الماضي كله دفعة واحدة، ولم ينسَ سكّان بلدته ذاك الماضي البغيض. وحين وصل إلى دمشق، كان قلبه مليئاً بالهموم. إذ فقد عمله، فسافر إلى قريته ليجد الأمان، ولكنه وجد الماضي الذي ما فتئ يهرب منه حاضراً في كلام الناس. وشعر أنّ الناس في بلدته لم ينسوا الماضي الذي لا يزال حاضراً بالنسبة إليهم؛ رغم مرور أعوام عديدة.

ذهب إلى متجر حكمت، والتقاه هناك. «فكركر» حكمت ضحكته المعتادة عندما رأى حازم وقال:

– شايفك رجعت بسرعة. ليكون حصل لك مثل ما حصل لي!؟

وروى لحازم ما حصل له، فاكتفى حازم بالقول إنّه فصل من العمل لسبب يجهله. وعند المساء، عادا إلى بيت جمال.

أمّا الخلاف بين إلهام ورشيد هذه المرة فقد كان خلافاً عاصفاً وقويّاً. وقد حدث في منطقة الشاطئ الأزرق، على ساحل اللاذقية. إذ اعتادت إلهام وعائلتها قضاء فصل الصيف سنويّاً على هذا الشاطئ. فقد اشتروا «شاليه» يقع ضمن مجموعة من الشاليهـات الفخمة وحديثة البناء، ويقع على بعد أمتار من المياه، ويتألف من ثلاث غرف، وشرفة كبيرة.

وذات يوم، خرجت إلهام عند الساعة التاسعة صباحاً من الشاليه إلى البحر، ويرفقتها صبا، الشابة الجميلة التي تقيم في الشاليه المجاور مع أبيها دكتور القلب المعروف نظمي فتاح، وأمها الدكتورة سعاد مدرّسة مادة التاريخ في جامعة دمشق. كان الشّاطئ هادئاً، والمياه الزرقاء تمتدّ حتى الأفق، والأمواج خفيفة وتتحرّك بهدوء وتلامس رمال الشاطئ. وفي

عرض البحر ظهرت زوارق شراعية تتحرك في ثلاثة اتجاهات مختلفة، يميناً ويساراً وبعيداً نحو عمق البحر. خاضت الصبيّتان في المياه الهادئة، وابتعدتا عن الشّاطئ أكثر من مئتي متر، ثم راحتا تسبحان.

وعلى شرفة «الشاليه»، استقبل والدا إلهام- سناء وفواز- جيرانهم والدَي صبا. وجلس الأربعة حول طاولة، ووجوههم إلى البحر، وراحوا يرتشفون القهوة ويتحدثون في مواضيع عامة. فجأة، اخترقت هذه اللوحة الجميلة سيارة اندفعت من الخلف بقوة، وانعطفت يساراً، ثمّ توقّفت أمام «الشاليه»؛ ممّا أثار زوبعة من الغبار بسبب قوة المكابح. وحين انجلى الغبار عن سيارة مرسيدس حديثة الطراز، لا يقتنيها إلا الوزراء والضبـاط ذوو الرتب العـالية، خرج منها رشيد وهو يرتـدي «تي شيرت» بيضاء وسروالاً قصيراً أزرق، ويضع نظارة شمسية ذات ماركة عالمية.

اُستقبل رشيد بحفاوة مبالغ فيها من قبل فواز وسناء. وكان فوّاز كلما استقبل هذا الشاب المتغطرس يشعر بالدّونيّة، بينما كانت سناء تحاول أن تبدو نِدّاً له. أُعطِي رشيد المكانة الفضلى ضمن الحلقة، وتمّ تقديمه إلى عائلة نظمي وسعاد اللذين احتفيا به أيضاً، وواظبت الدكتورة سعاد على مدح أبي رشيد الذي سمعت باسمه من خلال نشرات الأخبار.

وحين خرجت إلهام وصبا من البحر وتقدّمتا باتجاه «الشاليه»، وجسداهما يقطران ماء مالحاً، رحّب رشيد بهما، وما برحت عيناه تجولان على جسد صبا الأجمل والمثير أكثر بالنسبة إليه. عندها، أدركت سعاد أنّ رشيد أُعجب بابنتها، فأرسلت رسالة إلى ابنتها؛ وهي المرأة الخبيرة،

والأم التي تريد كل الخير لابنتها. ووصلت رسالة سعاد إلى ابنتها صبا التي بدأت فوراً بممارسة لعبة الإغواء. فازدادت أنوثة ودلعاً وإغراء بعد أن علمت بهوّيّته عندما قدّمته لها أمها؛ كما لو أنّها أمرتها بأن تتصرّف بما قامت به. وقد حدث هذا الأمر بينما كانت إلهام تستحمّ داخل «الشاليه»، وسناء تعد القهوة في المطبخ، ولم يبقَ إلا فواز الذي لا يفهم لغة النساء الخفية.

وحين انضمت إلهام وأمها إلى الحلقة، كان النقاش يدور حول الأحداث والصراع الجاري في سوريا. تولّى الكلام رشيد الذي راح يهدّد كلّ من تسوّل له نفسه الاعتداء على الوطن وقائده. وقال رشيد إنّه موافق على قتل مليون سوري إذا لزم الأمر كي يبقى النظام الاشتراكي المعادي للصهيونية العالمية والإمبريالية. فوافق فواز ونظمي على كلام رشيد، بل زادا على كلامه بالقول إنّه من الضروري المبالغة في تشديد العقوبات على المارقين الذين يحاولون زعزعة الاستقرار.

وفي نهاية الجلسة، دعا رشيد العائلتين لتناول الفطور في مطعم المنتجع الذي يبعد مسافة خمس دقائق مشياً.

أقيم المطعم على لسان صخري اخترق البحر لمسافة مئة متر. وهو عبارة عن صالة مسقوفة تحيط بها شرفات من ثلاث جهات، وتطل الشرفات على المياه، بحيث يكفي المرء أن يمدّ يده لتلامس المياه.

جلست العائلتان ورشيد على الشرفة الغربية. واحتفى مدير المطعم برشيد ومرافقيه، وقُدِّمت لهم أفضل الأطعمة. تعمّد رشيد أن يجلس

بجانب إلهام، ولكن والأهم مقابل صبا التي أصبحت هدفاً دائماً لعينيه. كما مارست صبا لعبة الإغواء بنجاح باهر، ولكن في الوقت نفسه بحذر شديد؛ كي لا تكتشف إلهام نوايا الطرفين، أي رشيد وهي. فمهّدت الطريق برسائل من عينيها وصوتها ولغة جسدها المليء بالشهوة. وما إن انتهت جلسة الفطور حتّى كانا قد تفاهما، وقرّرا أن يقيما علاقة. ولكنّهما كانا بانتظار الفرصة المناسبة ليختليا ببعضهما.

وفي الليل، وعلى رمال الشاطئ، أقيمت حفلة ضخمة للشباب وسط تجمع كبير من «الشاليهات» يبعد ثلاثة كيلومترات عن مكان إقامة إلهام وصبا والأهل. وقد أحيت الحفلة مجموعة من المطربين على مسرح بُني في الهواء الطلق بالقرب من الشاطئ. قاد رشيد سيارته ويجانبه إلهام، وعلى المقعد الخلفي جلست صبا. وعندما وصلوا، كانت الحفلة قد بدأت، وتجمّع مئات الشباب والصبايا. كانت إلهام فرحة بهذا الحفل، فهي تحب الرقص والتجمعات. أمّا صبا فكانت تخطّط للحصول على رشيد بأي ثمن كان. إذ كانت توجيهات الأم الدكتورة سعاد واضحة ومحددة في فترة القيلولة، حيث قدّمت الأم توجيهاتها لابنتها عندما وجّه رشيد الدعوة لها ولإلهام.

في البداية، جلست صبا إلى الطاولة تشاهد، بينما انخرطت إلهام ورشيد في الرقص، وعيناه لا تفارقان صبا. وحين عادت إلهام إلى الطاولة متعبة، دعا رشيد صبا إلى الرقص. وبينما كانت إلهام تتابع الراقصين وتشرب البيرة، اختفى رشيد وصبا، فراحت تبحث عنهما بعينيها وهي جالسة، ولكنّها لم تَرَهما. عندها، نهضت واخترقت جموع الراقصين،

وفتّشت عنهما، ولكنّها لم تعثر عليهما، فعادت إلى مكانها وشعور بعدم الارتياح يرافقها. وبعد نصف ساعة، ظهر رشيد وصبا، واقتربا من إلهام وجلسا. وراح رشيد يخبرها أنّهما اضطرا للذهاب إلى «الشاليه» لتبدّل صبا حذاءها الذي أتعبها، وأنّها استبدلته بحذاء رياضي. وعندما نظرت إلهام إلى قدمَي صبا، رأت بالفعل الحذاء الرياضي، فهدأ قلقها، واختفت شكوكها إلى حين.

طلب رشيد بيرة لإلهام وويسكي له، بينما رفضت صبا أن تشرب. ومع مرور الوقت، وصلت جموع الشباب والصبايا إلى حالة من النشوة، بحيث انتشروا أزواجاً أزواجاً في أرجاء المكان، وكل زوج غارق في عناق محموم وقبل ملتهبة. حتى إنّ البعض اضطروا إلى الابتعاد والاستلقاء على الرمل في حالة تشبه أو قريبة من الممارسة الجنسية. ووصل رشيد إلى هذه الحالة بعد أن استغل غياب إلهام التي اضطرت إلى الذهاب إلى الحمّام، فقاد صبا من يدها وخرجا إلى أبعد مسافة عن الحفل، وهناك استلقيا على الرمل، وضمّها إليه وراح يقبّلها بينما صبا تتأوّد تحته.

وبعد فترة من البحث، عثرت إلهام عليهما متعانقين ومستلقيين على رمل الشاطئ. فوقفت فوق رأسيهما، وثبّتت نظرات عينيها على عينيه. عندها، حاولت صبا أن تبتعد عنه، إلّا أنّه ضمّها أكثر، وقال كلاماً بذيئاً لإلهام. بدا في حالة سكر، ولكنّ هذا لم يشفع له عند إلهام التي بصقت على كليهما وغادرت المكان وعادت إلى «الشاليه» مشياً. وجدت والدَيها نائمَيْن، فتسلّلت إلى غرفتها، وراحت تبكي. شعرت أنّها طعنت في قلبها، وقرّرت أن تنهي علاقتها برشيد.

وفي اليوم التالي، استيقظت إلهام متأخرة. نهضت حزينة وبمزاج عكر، ثمّ غادرت «الشاليه» بحجة السباحة؛ كي لا يرى والداها حزنها، ولكي تتجنب أسئلتهما. غطست في مياه البحر كمن يتخلّص من وسخ علق بجسده، وراحت تسبح في عمق البحر وهي تراجع علاقتها برشيد منذ بدء تلك العلاقة. بقيت في المياه لفترة أكثر من المعتاد، حتى رأت أمّها تلوّح لها، فظنّت أنّها تناديها ليتناولوا الفطور.

وعندما وصلت إلى «الشاليه»، رأت رشيد بانتظارها. بدأ الحديث بتوجيهه الملامة لها؛ لأنّها غادرت الحفلة ليلاً وخاطرت بالقدوم مشيا. ووبّخها على قيامها بهذه المغامرة؛ ظنّاً منه أنّ والديها يعرفان هذا الأمر، ورغبة منه في تبرئة نفسه أمامهما. غير أنّها بقيت صامتة، وحاولت أن تمتصّ غضبها. وحين استمرّ في توجيه اللوم لها وتبرئة نفسه، فاض غضبها، ولم تعد قادرة على ضبط أعصابها، فانفجرت في وجهه كالقنبلة، وراحت تسبه وتهينه وتوجّه له ولصبا أبشع الصفات. عندها، شعر رشيد بإهانة لم يستطع ابتلاعها وهو الشاب المغرور، فرفع يده وصفع إلهام بكل عنف على وجهها، ثم أتبع تلك الصّفعة بصفعة ثانية فثالثة. وعلى الفور، انتفض الأب والأم، وراحا يصيحان كي يتوقف، ثم هجمت عليه سناء، ودفعته دفعاً فكاد يقع. وبعد ذلك، دارت معركة حامية بين سناء وإلهام وبينه، بينما حاول فواز تهدئة الأمر. أهانته سناء وإلهام، لدرجة أنّ سناء دفعته وطردته من المكان، فغادر «الشاليه» وهو يُهدّد ويتوعّد، وقاد سيارته بطريقة جنونية أثارت زوبعة هائلة من الغبار. في تلك اللحظات، كانت صبا وأمها وأبوها يراقبون ما يحدث، فالتفتت

إلهام إلى صبا والأم وقالت:

– مبروك عليكم التافه.

وبعد الظهر، تلقّت إلهام وعائلتها تهديداً وإنذاراً بمغادرة المكان وإلّا فسوف يكونون في خطر. لذا، اضطرت العائلة إلى العودة إلى دمشق. فجمعوا أغراضهم على عجل، وحزموا الحقائب، ووضعوها في السيارة، ثمّ غادروا المكان عائدين إلى دمشق مكسوري الخاطر.

أما فايز فقد توفي أبوه في حادث سير نادر الحدوث في ضيعته. إذ كان الأب يجلس تحت شجرة كينا ضخمة عمرها من عمر الضيعة. وهي شجرة وارفة الظلال، اعتاد أفراد عائلة فايز على الجلوس تحتها طيلة فترة الصيف. فبيتهم الفقير يقع بجانب الطريق الداخل إلى القرية صعوداً. وكان جارهم الذي يقع بيته فوق بيت فايز ويبعد عنه ثلاثمئة متر يملك «تراكتور»، وقد اعتاد أن يوقف تراكتوره على الطريق باتجاه المنحدر، ويضع أمام العجلة الكبيرة حجراً صغيراً كي لا ينحدر. وكان الجار يتعمّد إيقاف التراكتور على المنحدر لأنّ البطارية التي تجعله يقلع لا تعمل، فكان يعتمد على الانحدار لتسهيل عملية تشغيل محرك التراكتور. وفي ذلك اليوم، أوقف الجار تراكتوره في المكان المعتاد. ولأنّه كان مستعجلاً نسي أن يضع الحجر أمام العجلة. وما إن دخل البيت حتّى تحرّك التراكتور نزولاً بفعل قوة الثقالة، وراح يتسارع شيئاً فشيئاً. وبالقرب من بيت أبي فايز، انحرف التراكتور يميناً، وخرج عن الطريق، ومرّ من أمام بيت فايز، ومن تحت شجرة الكينا تحديداً، مارّاً فوق رأس أبي فايز.

وهكذا، غادر فايز الضيعة بعد العزاء ومرور أربعين يوماً على وفاة أبيه؛ لأنّه لم يعد قادراً على المكوث هناك. والتجأ أيضاً إلى بيت جمال حيث يتواجد حكمت وحازم. قدّم كلا الصديقين واجب العزاء له، واهتمّا به، وحاولا تخفيف ألم الفقد الذي يعاني منه. وقد استطاع حكمت إخراج فايز من حزنه بفضل خفّة دمه. وعندما علم جمال بوفاة أبي فايز انضمّ إليهم، وعاشوا هم الأربعة شهراً ونصف الشهر في البيت نفسه قبل بداية العام الدراسي.

في النهار، دأب الأصدقاء على القيام بجولات سياحية في أحياء دمشق القديمة. أمّا في الليل، فكان بيت جمال يتحول إلى مقر للنقاشات السياسية والفلسفية والدينية والتاريخية. لم يترك الأصدقاء الأربعة موضوعاً إلّا وتناقشوا فيه. وكان حازم أقلّهم مشاركة في الحديث، ولكنّه كان يصغي جيّداً، بينما كان جمال المحرك الأساسي لكل النقاشات، وكان له هدف مضمر من وراء كل ذلك. فبعد مرور نصف شهر على لقائهم، اقترح جمال أمراً مهماً. قال إنّ ما سيقوله أمر سري وخطير، وعلى الجميع أن يكونوا على مستوى المسؤولية الأخلاقية. وقال إنّهم كشباب مثقفين ويحملون هم الوطن والمواطن، ولديهم إحساس عالٍ بالعدل ورفض للظلم، يتوجّب عليهم القيام بخطوة مهمة، وألّا يبقوا حيث هم مجرد مثقفي مقاهٍ، يدّعون شيئاً ويمارسون شيئاً آخر. وتابع قائلاً إنّ المسؤولية الأخلاقية والوطنية توجب عليهم القيام بأمر مهم، وإنّ التغيير الذي حصل في أنحاء مختلفة من العالم قادته مجموعة من الشباب المثقفين والمحترفين الّذين كانوا نواة التغيير في أوطانهم.

كانت حجج جمال مقنعة ومحفزة على العمل من أجل تغيير العالم. وقد اقتنع الجميع بكلامه، وسادت لحظات صمت عميقة ومتوترة قطعها حكمت بالقول:

- إي، وشو المطلوب؟

وكان هذا السؤال مفتاح الاقتراح للوصول إلى الهدف الذي أراده جمال، فقال:

- أن ننضم إلى تنظيم سري طليعي يُحقّق لنا أهدافنا؛ وهي تحرير الأراضي العربية المحتلة ومن ضمنها فلسطين، وإزالة النظام الديكتاتوري، وتحقيق العدالة الاجتماعية والمساواة، وقيام نظام اشتراكي على أسس الماركسية اللينينية.

عاد الصمت قويّاً وطاغياً هذه المرة؛ إذ اختلطت المشاعر في النفوس ما بين مؤيد وخائف، وتأرجحت الأفكار ما بين التوق للوصول إلى أهداف سامية عبر مغامرة مليئة بالمخاطر، والخوف من سلطة غاشمة قادرة على تدمير كل شيء في سبيل بقائها. وقد استطاع جمال أن يوقظ روح المغامرة والتحدي والإحساس العالي بالعدل والشعور بالذات عبر حثّ رفاقه على القيام بعمل سرّي مثير للغاية، وينتهي بتحقيق هدف نبيل. كما أيقظ أيضاً روح التمرد عند الشباب، روح التمرد والاختلاف التي تعزز فكرة: أنا رجل يحمل هموم الوطن والتغيير. وبالإضافة إلى ذلك، أيقظ روح التضحية ونكران الذات من أجل أهداف سامية. وافق الجميع على ما قاله جمال، بينما بقي حازم صامتاً ولم يتكلم. ركّز جمال على رأي حكمت، ومن ثم فايز، أمّا رأي حازم فهو تحصيل حاصل.

اقترح حكمت أن يتحـدّث أحـد إلى معتز وفاطمة، بينما سيتحدّث هو إلى سحر.

وفي صباح اليوم التالي، وكان يوم جمعة، استيقظ فايز مبكراً، فسخّن ماءً للمتة، ثمّ خرج وجلس على الشّرفة، وراح يتأمّل دمشق الممتدّة أمامه، والتي راحت تستيقظ بتكاسل لأنّ اليوم يوم عطلة. راح يفكر في النقاش الذي جرى البارحة، وأدرك مدى خطورة الخطوة التي وافق عليها. توقّع أن يكون مستقبله السجن؛ حيث الظلام والتعذيب والحرمان من كل شيء: من الطعام إلى الحب والنساء، وهذا ما لا طاقة له عليه. بينما هو يحلم طيلة الوقت بأن يكون المهندس الأول في قريته الصغيرة الذي سيشار إليه بالبنان؛ الأمر الّذي سيجعله يجذب أجمل الصبايا إليه. يضاف إلى ذلك أنّ فقره لا يتحمل المزيد؛ فالعائلة تنتظر أن يتخرج ويعمل ليعيل الآخرين.

قطع حازم الذي انضم إليه سلسلة أفكاره. أعجب حازم بالمشهد، فوقف يتأمل سحر اللحظات الأولى لصباح دمشق التي طالما ظلمته هو الفقير، ولم تعترف بوجوده. ولكن تبقى الصورة أجمل من الواقع؛ بالرغم من أنّها صورة طبق الأصل. انضم إلى الجلسة حكمت ثم جمال. فنهض حازم ودخل المطبخ وأعد القهوة للجميع.

جلس الأصدقاء الأربعة حول الطاولة على الشرفة يشربون القهوة، بينما فايز يشرب المتة. تنحنح فايز أكثر من مرة، وحاول أن يقول شيئاً ما. بدا متردّداً ولكن حكمت شجّعه:

- شبك فايز! في بوشك حكي، احكي.

قال فايز:

- بصراحة إي، لازم احكي. أنا... أنا... بصراحة، أنا ما خرج كون معكم بالتنظيم السري. أنا رجال وضعي صعب... أنا من عائلة فقيرة، وأنـا يلي رح اتحمّل مسؤولية الجميع واصرف عليهم. كلن متأملين فيي الخير وناطريـن اتخرج واقبض راتب... بصراحـة ما بدي كـون ضحية لأنه مـا حـدا بيستاهل. أنا ما بدي اقضي على مستقبلي.

ساد الصمت بعد أن أنهى فايز كلامه، ولكنه صمت متوتر إلى أقصى درجة. ثمّ قطع فايز الصمت مرة أخرى حين قال:

- بتمنى ما حدا يزعل منّي... وهادا السر بيضل بيناتنا ومن المستحيل انّي احكي فيه؛ لأني بعرف مدى خطورته.

فتجرأ حازم وقال:

- أنا نفس الثي... أنا ما خرج لا سياسة ولا عمل سري ولا علني... كل عمري عايش على الهامش، وبدي كفي حياتي هيك...

عندها، أدرك جمال فشل مشروعه، ولذلك قرر أن يلغي الفكرة من أساسها، فقال معقّباً وهم يتناولون الفطور إنه فكر ملياً خلال الساعة الماضية، وقرّر أن يلغي الفكرة من أساسها.

السنة الدراسية الرابعة
1980-1981

في الأيام الأولى من السنة الدراسية الرابعة، قرر جمال أن يزور القرية لأمر يخص عائلته. فالجد رحل قبل سنين وترك خلفه أرضاً زراعية للورثة، وهم ثلاثة: أبو جمال ويدعى قاسم، وأخوه، وأخته. ونظراً للخلافات التي حصلت على تقاسم التركة، رفض قاسم الذهاب إلى القرية والالتقاء بأخيه وأخته، وأحال الأمر إلى ابنه جمال. لذا، فكّر جمال في أن ينهي الموضوع قبل أن يبدأ العام الدراسي فعلياً.

وحين وصل جمال إلى القرية، فوجئ بحجم التغيير الحاصل فيها؛ فالقرية أصبحت مدينة. إذ اخترقت الطرقات المعبّدة القرية القديمة من جميع الاتجاهات، وأقيمت الأبنية الإسمنتية بدلاً من البيوت الطينية الصغيرة. أمّا الساحة الرئيسة للقرية فأصبحت ساحة واسعة، وأقيمت

على أطرافها أبنية متعددة الطوابق تتضمّن صيدليتين، وعيادات للأطـباء، ومكـاتب للمحـامين، وسوقـاً كبيراً لتجارة الجمـلة والتسوق العادي.

في اليـوم الأوّل، التقى جمال عمه وعمته، ورافقهما إلى مكتب تابع لمديرية العقارات ويقع في مبنى مجاور لعيادة الدكتور فواز، ولصيدلية سناء. أنهى جمال أمر التركة بسرعة، ووقّع على الأوراق المطلوبة، ثمّ ودّع عمه وعمته اللّذين أصرا عليه للبقاء، ولكنّه اعتذر متذرّعاً بأنّ الجامعة قد بدأت.

كانت الساعة التاسعة والنصف صباحاً حين اتّجه إلى موقف الحافلات الّذي يقصده الركاب المسافرون إلى دمشق، ووقف هناك ينتظر ويراقب ما يدور حوله. فهو لا يعرف أحداً في القرية سوى الأقرباء، ويعض أبناء جيله. وشيئاً فشيئاً، بدأت حركة الناس تزداد، وبدأت سيارات نقل الخضار وشاحنات متوسطة الحجم وصغيرة تدخل سوق الخضار.

وضمن هذه الحركة المتسارعة لتدفق الناس وسيارات الخضار، لمح جمال صبية تشبه إلهام برفقة امرأة، وكلتاهما حاسرتا الرأس. وعندما انحرفتا باتّجاهه، رأى وجهها وتعرّف عليها. إنّها إلهام وأمها الصيدلانية الّتي أخرجت مفتاحاً وفتحت الصيدلية ودخلتا كلتاهما.

مشى جمال باتّجاه الصيدلية، ودفع الباب ودخل. وما إن التفتت إلهام وسناء باتّجاه الباب، حتى صاحت إلهام بدهشة:

- جمال! شو عم تعمل هون!؟

- صباح الخير.

أجابت إلهام والأم:

- صباح النور.

ثم تابعت إلهام:

- شو هالمفاجأة الحلوة؟ معقول!

ثمّ قدّمت إلهام جمال إلى أمها، فرحّبت به سناء ودعته لتناول القهوة الصباحية، وبعد ذلك دفعت باباً موجوداً في نهاية الصيدلية ودخلت، وتبعتها إلهام وجمال. عبروا ممراً في الجهة اليمنى منه يوجد حمام ومرحاض، ثمّ باب آخر أفضى إلى فناء مساحته مئة متر مربع، مغطى بعرائش العنب. وعلى أطراف الفناء انتشرت شجيرات الورد الجوري الشامي بلونيه الأحمر والأبيض، وتداخلت معها شجيرات الياسمين المتكئة على السياج. قالت سناء وهي تشير إلى طاولة وكراسٍ:

- أنا بجي كل صباح قبل بساعة من فتح الصيدلية، بشرب قهوتي... تفضل ارتاح.

بدت سناء سيدة مجتمع بمشيتها ولباسها الأنيق. إذ كانت ترتدي تنورة خمرية اللون تصل إلى ركبتيها، مع قميص أبيض. بينما لبست إلهام بنطال جينز مع تي شيرت زهري اللون.

جلسوا إلى طاولة تحت عرائش العنب؛ بعد أن مسحت إلهام الغبار وبعض أوراق الشجر عن الطاولة والكراسي. وعندها، قدّم جمال سيرة

مختصرة عن حياته وحياة أسرته، ردّاً على استفسار من سناء التي قالت:

- غريبة! إلي عمر ساكنة هون، وما سمعت عن عائلتك أي شي!

ثم نهضت باتجاه المطبخ بعد أن سألت جمال عن قهوته المفضلة:

- كيف قهوتك؟

– سادة.

حين غادرت، سادت لحظات صمت تخلّلها مرور نسمات صيفية خفيفة حركت أوراق الشجر المتناثرة هنا وهناك، وأزاحت خصلات شعر إلهام وجعلتها تغطّي جبينها وعينها اليمنى. فرفعت إلهام يدها، وأزاحت الخصلات المشاغبة بتلقائيّة. وفي تلك اللّحظة، التقت عيناها بعيني جمال. كانت نظرة، مجرد ثوانٍ، ولكنها روت برعماً بزغ قبل أشهر في أول لقاء جمعهما في حديقة المدينة الجامعية، عندما عزف جمال وغنّى، روت برعم الحب ذاك الذي كاد أن يموت تحت ركام الحياة اليومية. ولكن، ها هو يعود إلى الحياة بفضل صدفة، ومترافقاً مع أسباب أخرى. ومن أهم الأسباب الأخرى، الخلاف الأخير بين إلهام ورشيد، وخلو قلب جمال من أيّ مشاعر تجاه أيّ صبية. ترافق كل ذلك مع وصول صوت فيروز إلى مسامعهما قادماً من المطبخ.

قديش كان في ناس

عالمفرق تنطر ناس

وتشتي الدني ويحملوا شمسية

وأنا بأيام الصحو ما حدا نطرني.

في تلك اللحظة، انتبه جمال إلى أنّ شيئاً ما يحدث بينهما، شيئاً يشبه

الشرارة التي تُشعِل حريقاً هائلاً، بحيث يصبح من المستحيل إطفاؤه. فركّز انتباهه على الأغنية، بينما إلهام تدندن معها وأصابع يدها تتلاعب بخصلات شعرها:

صار لي شي مية سنة عم ألّف عناوين
مش معروفة لمين
ووديلن أخبار
وبكرا لا بد السما ما تشتيلي عالباب
شمسيات وأحباب
ياخدوني شي نهار
واللي ذكر كل الناس بالآخر ذكرني.

أُرسلت نظرات متبادلة، محملة بمشاعر تبوح بما لا يقال، وتشابكت بطريقة أصبح معها من المستحيل فكّها. ثمّ تنهّدت إلهام، بينما أصابعها ما زالت تعبث بخصلات شعرها، في الوقت الذي تحتم على جمال أن يقوم بشيء ما. سألها:

- امتى رايحة عالشام؟

- يعني... بعد شي أربعة أيام.

- معناته بنلتقى. عندي بالبيت حكمت وحازم وفايز.

- إي أكيد. بس وصّل بدقلك تلفون.

فابتسم جمال وقال:

- ما عندي تلفون. منتفق هلق امتى وين نلتقى. أنا بنتظرك بالكراج.
- تمام.

- بس بدك تحددي أي يوم وأي ساعة.

- الخميس، الساعة... واحدة.

- تمام.

في تلك اللحظة، عادت سناء حاملة صينية القهوة، وجلست ووزعت الفناجين وهي تتحدث عن القرية التي تحولت إلى مدينة صغيرة، وعمّا رافق ذلك من تحوّلات وتغيرات في العلاقات الاجتماعية وأخلاق الناس. ثمّ تطور الحديث إلى نقاش، فقال جمال إنّ العادات والعلاقات الاجتماعية تتغير وفقاً لتغيّر الأوضاع الاقتصادية؛ لأنّ الأخلاق والعلاقات بين البشر تشكل جزءًا من البنية الفوقية للمجتمع التي هي انعكاس للبنية التحتية، والتي بدورها تعكس الاقتصاد ومصالح البشر أثناء سعيهم في عملية الإنتاج.

أعجبت سناء بحديث جمال وبه أيضاً، إذ كانت تلك هي المرّة الأولى التي تسمع فيها حديثاً عميقاً من شابّ في مثل عمره. فهي لم تلتقِ يوماً بشاب ولا بامرأة أو رجل لديه هذه الرّؤية؛ سواء أكانت صحيحة أم خاطئة. غير أنّ ما يقوله يشير إلى أنّها أمام شاب مثقف.

وبعد ساعتين من النقاش والحديث الودي، ودّع جمال سناء وإلهام، بعد أن أكّد مرة أخرى على اللقاء مع إلهام في «الكراج».

وصل جمال إلى بيته قبل الغروب، فجلس على الشرفة بعد أن أعدّ الشاي. ثمّ أشعل سيجارة، وراح يتأمل ظلال جبل قاسيون التي راحت تزحف لتغطي وجه دمشق، بعد أن توارت الشمس خلف الجبل.

فجأة، أطل وجه إلهام من بين الظلال الزاحفة؛ بعينيها السوداوين، وابتسامتها، وتنهّداتها، وخصلات شعرها المشاغبة، بينما في الخلفيّة ظهرت شجيرات الياسمين والورد الشامي وعرائش العنب. أصغى إلى حوار قلبه مع قلبها. كان حواراً صامتاً ولكنه بليغ التعبير. كانت جلسة رومانسية لجمال مع نفسه؛ تبغ وشاي وظلال قاسيون الّتي تغطي وجه دمشق، ووجه إلهام حاضر وبقوة في المشهد.

قطع هذه الجلسة الرومانسية صخب حكمت، ومن خلفه حازم حين عبرا البوابة. كان حكمت يحمل فرّوجاً مشويّاً، وحازم يحمل حلاوة بالجبن. فاحت رائحة الفروج ووصلت إلى أنف جمال الذي قال مُرحِّباً:

- يا هلا ومرحبا بالفراريج المشوية. لم آكل منذ الصباح.

فعلّق حكمت:

- هـاتف من السمـاء قـال لي: أخوك جمال جوعـان، اشتري له فروجاً مشوياً.

وقال حازم:

- الك وحشة يا أبو الجوج. كيف القرية؟

- تمام. صارت مدينة.

فقال حكمت وهو يدخل البيت:

- انتظراني نص ساعة، رح ظبطلكن طاولة مرتبة...

وبالفعل، أعدّ حكمت بمساعدة حازم البطاطا المقلية والسلطة والمتبل والحمص بالطحينة، بالإضافة إلى الفروج. ثمّ وصل فايز في

الوقت المناسب، فقال حكمت معلّقاً وممازحاً:

- يحرق حريشو! عند فايز حاسة الشم أقوى من الكلب... على بعد مية كيلو متر بشم الريحة...

فضحك الجميع وهم يتحلقون حول طاولة الطعام. أخبر فايز جمال أنه وحازم استلما مفاتيح الغرفة في المدينة الجامعية، وأنّهما سينتقلان إليها يوم الخميس. وأضاف حكمت أنّه سيبقى معه مقيماً، وأنّ حازم سوف يعمل معه في المتجر، وسيتقاسمان ساعات العمل وفق برنامج سيتّفقان عليه.

بعد الغداء، لجأ جمال إلى غرفته مبكراً بحجة أنّه متعب. ولكنه في الحقيقة أراد أن يخلو إلى نفسه؛ إذ أراد أن يحلم حلم يقظة، ويتخيّل كيفية لقائه المرتقب مع إلهام.

يوم الخميس، استيقظ جمال عند الساعة الثامنة، واستحمّ وحلق لحيته، وشذّب شاربيه اللذين شكّلا وسامة رجولية أضيفت إلى وسامته. ثمّ سمع صوت حازم يناديه ليشرب القهوة معه على «الترّاس».

فانضم إلى حازم الذي بادره قائلاً:

- خير، في شي؟ حاسس إنه عندك موعد مع الحب.

- وهو هيك.

- إي... ها... نيالك.

- ليش انت ما عندك حب؟

فصمت حازم، وتاهت عيناه في سحب بيضاء كانت تجوب سماء

دمشق. ماذا يقول عن حبه الأبدي الذي تفتّحت عيناه عليه، حبّه الذي وهب روحه وحياته له، ولكنه لم يستقبله حتى الآن، حبّه الّذي يراهن على الأيام كي تُحَلَّ عقدته؟ ثمّ تنهّد بينما جمال يراقب تحوّلات حازم النفسية من خلال عينيه وتعابير وجهه. إذ لم يحدث أن باح حازم بحبه لأحد، وحتى إلى أقرب الناس إليه، ما عدا سعد. قال حازم وعيناه لا تزالان تائهتين في السحب:

– ولكن مثلي لا يذاع له سر.

فردّ جمال:

– اوكي، وأنا أحترم هذه الخصوصية.

وعند الساعة الثانية عشرة، ذهب جمال إلى موعده، والأمل يحدوه بالوصال. ولكي يتأكد من مشاعر إلهام تجاهه، استعاد مختلف المواقف التي جمعتهما، وراح يقرأ مشاعرها تجاهه من خلال عينيها، والتعابير الّتي كانت واضحة على وجهها.

وصل إلى مركز تجمع الحافلات قرب ساحة باب مصلى قبل موعد قدوم الحافلة بربع ساعة. وكان المركز عبارة عن ساحة كبيرة مقسمة إلى مواقف. وهناك حركة دائمة في الاتجاهين؛ لدى دخول الحافلات الكبيرة والصغيرة التي تقل المسافرين من جهات وأماكن مختلفة، ولدى خروجها. ويعد قليل، وصلت حافلة البلدة، وركنت في مكانها، وبدأ الناس يغادرونها، بينما وقف جمال على مسافة خمسة أمتار بانتظار إلهام. وحين غادر آخر راكب، وتحركت الحافلة من مكانها، وإلهام لم تنزل بعد، أدرك أنّها لم تأتِ في الموعد. ربّما لم تغادر البلدة لسبب ما! لذا، عاد أدراجه

وهو يشعر بمرارة الخذلان، وفكّر في سرّه أنّه يجب أن يعيد التّفكير في مشاعرها تجاهه.

وعندما وصل إلى البيت، وجد حازم وفايز قد أعدّا حقائبهما استعداداً للمغادرة إلى المدينة الجامعية. حاول أن يُخفي حزنه وخيبته عنهما. ولكنّ حازم كشف أمره؛ لأنّه خبير بهذه المشاعر. إذ اقترب منه وهمس له:

- كلنا بالهوى سوا. الحب يحتاج إلى صبر وطول بال. اصبر يا صديقي، اصبر... وسوف تفوز بمن تحبها.

فهزّ جمال رأسه ولم يعلق، بل اكتفى بتنهيدة، وحاول تغيير الحديث:

- خلص، قرّرتو تنتقلو عالمدينة الجامعية...

عندها، علّق حكمت وهو لا يزال في المطبخ يقوم بتنظيف الصحون:

- اتركن جمال... حاجتن... والله تقيل الدم ما حلو...

أطلق ضحكته المعروفة، وظهر في الصالون قادماً من جهة المطبخ، ويداه مليئتان بالصابون:

- يلّا، افرقونا منشان نشتاق... بشرفي إلكم وحشة...

ثمّ صمت فجأة ونظر إلى جمال وقال:

- شو رأيك جمال... نروح معهم... منساعدهم بحمل الأغراض، ومنشوف شو في بالمدينة... ومنمنّع النظر بالرفيقات... يلّا يلّا... لحظة لشيل الصابون.

وبعد عشر دقائق، غادر الأصدقاء الأربعة بيت جمال قاصدين المدينة الجامعية.

يوم الأربعاء، فوجئت إلهام بقدوم رشيد إلى بيتهم في البلدة. في البداية، استُقبل استقبالاً سيئاً من قبل سناء وإلهام بسبب الخلاف على الشاطئ. أمّا فواز فاستقبله بحفاوة. اعتذر رشيد عن الخطأ الذي حصل، وبرّر ذلك بالقول إنّه كان في حالة عصبية شديدة، ووعد بأنّه لن يكرر بعد اليوم هذا الخطأ وهذا التصرف الأرعن. ثم فاجأ إلهام وسناء بالقول إنّه يفكّر في الخطبة بعد شهرين أو ثلاثة. وبعد ذلك، شرع يسأل عن بعض تفاصيل الخطبة، ومنها عن مكان إقامة حفلة الخطبة، وكيف تفضّلانها. عندها، سُرّت سناء بهذا الكلام، بينما بقيت إلهام متحفظة لأنّها تدرك تقلبات مزاج رشيد. فإذا لم يتغير، ستكون حياتهما الزوجية جحيماً. لم تسأل إلهام نفسها إن كانت تحبه أم لا، إذ إنّ منصب أبي رشيد والغنى الفاحش الظاهر في تصرفاته حجبا الرؤية عنها وعن أهلها، وخاصة عن أبيها. كما غاب عن ذهنها موعدها مع جمال، وغاب معه برعم الحب الذي كاد أن يتفتح بينهما.

وبعد وليمة الغداء الّتي أقامها الطّبيب فوّاز على شرف رشيد، أخذ رشيد إلهام وغادرا إلى دمشق بسيارته الفارهة. وفي الطريق، أخبرها بأنّه اتفق مع حسان ولطفي والصبايا على أن يلتقوا ليحضروا حفلاً في فندق الميريديان لمطربة مشهورة من لبنان. وطيلة الطريق، ظلّ رشيد يقول كلاماً رومانسياً جميلاً. وقال إنّ إلهام معبودته، وإنّها الوحيدة القادرة على ملء حياته بالسعادة، واعتذر للمرة الألف عن الأخطاء التي ارتكبها في السابق، ووعد بأنّه لن يكررها. كما قال إنّه عليهما أن يغتنما ما قد

يأتي، فالحياة لا تأتي إلّا مرة واحدة، ويجب عليهما عدم إضاعة الفرص السعيدة. كلامه أراح إلهام وبدّد كل قلقها، وغيّر مزاجها إلى الأفضل، وجعلها تتهيّاً لحفلة قد تكون جميلة.

وبعد أن أوصلها إلى شقتها في حي ركن الدين- ولكن كما يقول فايز، في القسم الذي يسكنه مواطنو الطبقة المتوسطة- كي تضع أغراضها، تابعا طريقهما إلى المريديان. وهناك، التقيا لطفي وحسان ونيس وهدى وشاباً وصبية انضمّا إلى المجموعة لأول مرة.

طيلة الحفلة كان رشيد في حالة فرح ومرح وبهجة، إذ راح يمزح ويضحك ويرقص، حتى إنّه لم يهدأ ولم يجلس. فسرّت إلهام، وانتقلت إليها حالة الفرح والبهجة، وأصبح مزاجها حسناً، وشاركت في الرقص. وما جعل مزاج إلهام أكثر بهجة هو كأس من المارتيني التي أعدها النادل بناء على طلب من رشيد. وبعد الكأس الأولى تتالت الكؤوس التي شربتها إلهام من دون أن تنتبه إلى النتيجة. فراقبها رشيد، وأدرك أنّ خطته تسير كما خطّط لها.

وعند الساعة الثانية من بعد منتصف الليل، غادر الجميع مكان الحفل، وتفرقوا. فذهبت إلهام ورشيد إلى شقته، وكانت في حالة سكر، وتشعر بسعادة غامرة وبالإثارة بسبب الخلطات التي أُعِدّت لها عن سابق إصرار وتخطيط. ففقدت السيطرة على مشاعرها، وخرجت الغرائز من مكامنها، وراحت تقبّله في السيارة، بينما هو يداعب فخذها بلطف وهو يقود السيارة. وعندما وصلا إلى الشقة، كانت الإثارة الّتي تشعر بها قد وصلت إلى أقصاها، والغلمة تجاوزت كل الحدود بفعل

المشروب السحري. لذا، ما إن دخلا الشقة حتى تعلّقت برقبته وبدآ يمارسان الحب.

كانت إلهام عذراء حتى تاريخ تلك الساعة. وحين استيقظت عند الساعة الثانية عشرة ظهراً بسبب الصداع الشديد، أدركت أنّها فقدت عذريتها، وشعرت بالغدر، وبأنّ فخاً نصب لها. استعادت كل الأحداث التي حصلت منذ لحظة وصول رشيد إلى بيتهم في البلدة. كانت كل الدلائل تشير إلى أنّ رشيد يخفي هدفاً خطّط له، وها قد نجح في تحقيقه. اجتاحتها موجة غضب، وإحساس بأنّها خُدعت. عندها، نهضت بعصبية ودخلت غرفته، فوجدت صبا نائمة إلى جواره. كانت الصدمة أكبر من أن تتحملها إلهام، فراحت تصرخ وتشتم وتحطم كل شيء تصادفه. فما كان من رشيد إلّا أن نهض، وهجم عليها وطرحها أرضاً، وبدأ يصفعها بعنف وهو يشتمها ويسبّها بأقذر الشتائم، واعترف أنه بالفعل قد خطط لذلك، وقال لها إنّها الآن سوف ترمى للكلب الرخيص حازم؛ إذ لن يقبل بها أحد غيره. ثمّ سحبها باتجاه الباب، وقذف بها إلى الخارج وأغلق الباب. وبعد ذلك، اتصل بغرفة الحراسة القائمة أمام الفيلّا، وطلب من الجنود الذين كلّفوا بمرافقته وحراسته- وهذا يشكل جزءًا من الاستعراض لأبناء الضباط- أن يرموها خارج سياج الفيلّا.

وهكذا، عادت إلهام إلى شقتها وهي في حالة إعياء نفسي وجسدي شديدين. فاستلقت على السرير، ولم تستوعب ما حصل لها. ظنّت أنّ هذه الأحداث مجرد حلم سوف ينتهي وتستيقظ منه بعد لحظات.

ولكن الواقع حولها ذكّرها بأنّ ما حدث قد حدث فعلاً. فانخرطت في بكاء مرير، ودخلت في حالة اكتئاب، ولازمت غرفتها.

بقيت في شقّتها أسبوعاً كاملاً ولم تغادرها. ولكنّها شعرت بأنّ هذا الأسبوع مرّ عليها كسنة. إذ كان ثقيلاً ومملاً ومليئاً بالكوابيس والأفكار السيئة. تلقّت خلاله اتصالين من أمها تطمئنّ فيهما عليها. ولأوّل مرة تتصل بها أمّها مرتين في الأسبوع وتسألها وتلحّ في السؤال عن أحوالها. فقبل يومين قالت لها:

– إلهام، صوتك مو عاجبني. في شي؟

فافتعلت إلهام ضحكة وقالت:

– لا يا ماما، والله ما في شي. بالعكس كتير مبسوطة.

فأنهت الأمّ المكالمة بقولها:

– إلهام، الحياة صعبة، الضعيف ضحيتها والقوي يفوز بها، خليك قوية.

ويوم الخميس اتصل حازم. وبعد أن اطمأن على أحوالها، نقل لها دعوة من حكمت لتناول الغداء مع المجموعة:

– بقلك حكمت إنه مو نسيان... وعدك بأكلة مقلوبة السنة الماضية.

وبعد ذلك الاتّصال استحمّت. وكان قد مضى عليها أسبوع كامل من دون استحمام. وبعد الحمّام، شعرت بتحسن مزاجها. ثمّ جفّفت شعرها، ووضعت «مكياجها» بهدوء ويتأنٍّ، ثم غادرت الشقة. شعرت أنّها ترى كل شيء للمرّة الأولى: شارع كورنيش ركن الدين الممتد،

والبنايات التي تصطف على طول الشارع، والرصيف العريض الممتد أمام البنايات، وصالة الفيحاء في الجهة المقابلة من الشارع، والناس الذين يمرون بها بألوان ثيابهم الخريفية. بعضهم كان يتكلم بأصوات خافتة، بينما تكلّم البعض الآخر بأصوات عالية. كان الخريف قد بدأ، ولكنه كان يوماً هارباً من فصل الصّيف مع رطوبة منعشة. أحبّت أن تمشي، وقدّرت أنّ الوقت الذي ستستغرقه لتصل إلى بيت جمال يقارب أربعين دقيقة. إذ عليها أن تقطع المسافة من منتصف حي ركن الدين – القسم الشرقي، إلى الحي الغربي، ثم ترتقي الجبل، وهو القسم والشاق والأكثر صعوبة.

وصلت إلى بيت جمال متعبة، ولكن بمزاج جيد بفضل المشي؛ فالرياضة بدّدت كل المشاعر السلبية. كان الجميع بانتظارها: جمال وحازم وحكمت وسحر ومعتز وفاطمة وفايز. استُقبِلت بترحاب شديد من قبل الجميع الذين كانوا قد أعدّوا جلسة جميلة. إذ وضعوا طاولتين على الشرفة، وكراسي تكفي للجميع. جلست إلهام، وأخذت نفساً عميقاً وطردت كلّ المشاعر والأفكار السلبية. احتفى بها حازم أكثر من الجميع. فيما جلبت سحر القهوة، ووزّعتها على من يريد. بينما أعد فايز الشاي له ولحكمت، فهما من أنصار الشاي. أُشعِلت السجائر، ودار الحديث عن أيام الصيف، وكيف قضى كل منهم الصيف وأين. كانت كلما التقت عيناها عيني جمال تشعر بالأسف. أرادت أن تعبّر له عن أسفها، وأن تعتذر له، ولكن لم يكن من المناسب أن تقول له هذا الكلام على الملأ.

216

بالمقابل، أراد جمال أن يكون متحفّظاً تجاهها لكي يعبّر عن ضيقه. ولكنّها ضيفته، ولا يجوز له إلّا أن يكون مرحّباً بها ويشوشاً معها. غير أنّ وجودها أحيا لديه مشاعر كانت قد ذبلت قبل أيام. فتدفّقت فجأة مشاعر فياضة مفعمة بالحب تجاهها، مشاعر قدمت مع نسيمات خريفية لطيفة، وغمرت قلبه وكيانه. أمسك العود بتلقائية، ومن دون تفكير وراح يعزف ويغني:

صافيني مرّة وجافيني مرّة
ولا تنسينيش كدا بالمرّة

راحت العيون تتكلم، والتنهدات تنطلق لتعبر عمّا في النفوس. واستطاعت الأغنية، وصوت جمال، وعيناه المتعلّقتان بعينيها أن تجعل إلهام عاشقة، فراحت تعبث بخصلات شعرها وتغني معه. وشرع الحب يتدفّق بين القلبين اللذين شرّعا بابيهما للحب.

وبالمقابل، شعر حازم أنّه هو المعني بهذه الأغنية. فراح يغرف من المشاعر الفياضة من الأغنية والمناخ العام، ويذوب عشقاً، ورقّت مشاعره لدرجة أنّه بدأ يردّد بعض كلمات الأغنية. إذ شعر أنّ الأغنية له ولها، وتعبّر عن حالته؛ فهو يتوسل أن تصفو الأمور بينهما بعد أن انتظر طويلاً. وفاضت مشاعره هو أيضاً، وراحت تتدفّق باتجاه إلهام. وخاصة عندما وصلت الأغنية إلى المقطع التالي:

اسأل نجوم الليل تشهد على حالي يوم ما تغيب
ويا القمر... ياما سهرت ليالي من غير حبيب

وأدركت إلهام أنّ هذه الأغنية قد خلقت حالة عاطفية فريدة لدى

حازم وجمال وكذلك لديها هي. غير أنّ الوصل بينها وبين جمال كان متبادلاً، أمّا بينها وبين حازم فهو ذو اتجاه واحد. وحين أنهى جمال الأغنية وتوقّف عن العزف، كان الوجد قد استبد بهم. وتلقّى كلمات الاستحسان من الجميع، ما عدا إلهام التي غادرت الجلسة باتجاه البيت. فتبعها جمال، وهو يقدّم تبريراً قائلاً:

– حدا حابب يشرب مي أو أي شي تاني.

ثم اتجه إلى البيت.

في تلك اللحظة، اعترف فايز أنّه لا يحب عبد الحليم حافظ ولا حتى أمّ كلثوم؛ مّما أثار نقاشاً حادّاً بين الحاضرين الذين اتّهموه بأنّه لا يعرف معنى الحب. وكان حازم أكثر المدافعين عن عبد الحليم، وراح يستعرض حياة عبد الحليم وموهبته وبعض القصص المعروفة عنه، ويستشهد بكلمات الأغاني التي تعبر عن الحب والهيام. بينما دافع فايز عن وجهة نظره بالقول إنّ هذا الذي يعبر عنه عبد الحليم ليس حبّاً وإنّما هو مرض نفسيّ يعاني منه هو ومؤلف الأغاني وكل من يحب أغانيه. وتأججت المعركة الكلامية بين الجميع من جهة، وفايز من جهة أخرى.

عندما نهضت إلهام ودخلت البيت لم تكن تعي سبب قيامها بذلك. فهي لم تكن بحاجة إلى شيء، وإنّما حالتها النفسية هي الّتي دفعتها إلى الداخل. وهي الحالة نفسها التي حرّضت جمال على اللحاق بها. وحين دخل المطبخ، وجدها تقف أمام حوض غسيل الصحون. فاقترب منها ببطء، ووقف خلفها. أدركت من يقف خلفها من دون أن تلتفت، فاضطرب تنفّسها كما اضطرب تنفّسه. وفاضت المشاعر بينهما

إلى درجة أنّ الصمت كاد يقول شيئاً. وفجأة، همس لها:

- بحبك.

فاعترت إلهام رجفة، وبقيت واقفة، بينما التهب وجهها حرارة. بقيت كما هي ثابتة في وقفتها، ولكنّها أدارت رأسها فقط، والتفتت إليه، ثمّ أرسلت نظرات ظبية عاشقة، فيها نداء حب مستعجل، وصرخة عاشقة تطلب من فارسها الإغاثة. وبعد ذلك، ابتسمت وقالت:

- وأنا كمان.

وخطا خطوة إلى الأمام، والتصق بها. احتضنها وهمس لها مجدداً، وأنفاسه تلامس رقبتها:

- بحبك... ما بتتخيلي قديش بحبك... أول مرة بحب.

مرّت لحظات صمت ممتعة، محملة بمشاعر من الحب الطاغي الذي يسري بين جسدين ملتصقين. فجأة، شعر جمال أنّ جسد إلهام يرتجف؛ إذ كانت تكبت نوبة بكاء اجتاحتها. وحين لم تعد قادرة على السيطرة على مشاعرها انفجرت بالبكاء بحرقة. تفاجأ جمال ممّا يحصل، فأمسكها من كتفيها، وجعلها تدور لتواجهه، ونظر إليها بدهشة وهو يسألها عمّا حصل. ثم راح يعتذر منها إن بدر منه شيء أساء إليها. غير أنّها هزت رأسها نافية، وحاولت أن تقول له إنّ لا علاقة له بالأمر، ولكنها لم تستطع. نوبة البكاء كانت عنيفة؛ إذ فاضت الدموع وغطت وجنتيها، واهتز جسدها بقوة غير طبيعية. فضمّها جمال مجدّداً، وراح يمسّد شعرها وكتفيها وظهرها. وعندما وصلت نوبة البكاء إلى الذروة وبدأت إلهام تنشج، ضمّها إليه أكثر إلى أن بدأت تهدأ. وأخيراً، حرّرها

من يديه، فغسلت وجهها وقالت:

- أنا آسفة.

- ولا يهمك، المهم تكوني بخير.

هزت رأسها مؤكّدة:

- أنا بخير. روح اطلع، ما بدي حدا يعرف شو يلي صار.

فهزّ رأسه موافقاً، ولكنه لم يستطع الخروج، إذ كان مشوشاً إلى درجة كبيرة. لذا، راح يدور في المطبخ لعله يستعيد شيئاً من هدوئه الداخلي وتركيزه. عندها، نظرت إلهام إليه وابتسمت، ثم قالت مشجعة:

- روح، أنا بخير... هلق بجي.

كان النقاش لا يزال محتدماً بين الجميع من جهة، وفايز من جهة أخرى. ولكنّ حازم كان رأس الحربة، والمدافع عن عبد الحليم حافظ وأغانيه. وكانت تلك أول مرة في حياته يدافع فيها حازم عن وجهة نظره. وقد استفاض في الدفاع، وقدّم كل المعلومات التي يعرفها عن عبد الحليم، واستشهد بالكلمات التي يحفظها عن ظهر قلب، وبأسماء المؤلفين والملحّنين. وصاح حكمت مؤيّداً لحازم ومصفّقاً:

- برافو حزوم... مزاكر قوي، على حدّ تعبير إخوتنا المصاروة.

وانضمّ جمال إلى النقاش، وأيّد حازم في ما ذهب إليه، بينما نهض حكمت ودخل البيت لكي يشرع في إعداد المقلوبة. وفي المطبخ، التقى إلهام التي كانت تتجهّز للخروج. وبعد أن غسلت وجهها، نظرت إلى نفسها في المرآة فرأت عينيها حمراوين. فاجأها سؤاله:

- بتحبيه؟

و«كركرت» ضحكته، ثم تابع:

- هو بحبّك.

فالتفتت إليه بدهـشة، ولم تحر جواباً. فابتسم وهو يجهّز أدوات الطبخ وتابع:

- معليش، أنا صريح كتير، وبحب ساعد.

- إي، حلو هيك. صديق يساعد صديقه، بس أنا تفاجأت.

عندها، ابتسم وهو يتابع تجهيز مواد الطبخ:

- وهلق راحت المفاجأة، مهيك؟

- إي، راحت.

- طيب، رح أعيد السؤال مرة تانية، بتحبيه؟

فكادت تهزّ رأسها وتقول: «نعم، أحبه». ولكنّها شردت، أو راحت تفكّر في وسيلة للمناورة قبل أن تعترف بحبها للآخرين، وسألت:

- مين بتقصد؟

وضع حكمت عدداً من حبات الباذنجان على الطاولة، ثم دعاها لتساعده في تقشير الباذنجان وتقطيعه. وبعد أن جلسا إلى الطاولة متقابلين، قال لها إنّه يقصد واحداً من أولئك الذين يجلسون على الشرفة، ولديه مشاعر جميلة ورقيقة تجاهها. فذلك الشخص يحبّها، وهذا واضح بالنسبة إليه منذ زمن، رغم أنّهما لم يتكلما بهذا الموضوع. بدت إلهام أكثر سعادة فيما حكمت يشرح لها عن مشاعر من يقصده تجاهها. كانت

تقطّع الباذنجان جالسة. ولكن، عندما قال لها إنّه يقصد حازم، رمت السكين والباذنجان جانباً وسألته باستنكار:

- مين!؟

- حازم.

بدت متوترة وعصبية إلى أبعد حد وهي تمسك بالسكين مجدّداً. ثمّ راحت تقطّع حبة باذنجان بعصبية إلى قطع صغيرة، ثم إلى قطع أصغر فأصغر، حتى استحالت القطع ناعمة جدّاً.

عندها، فوجئ حكمت من ردة فعلها. إذ لم يتوقع ذلك، ولم يفهم سبب هذا التحوّل. فكيف يمكن لموقف أو لحالة مزاجية أن تتحوّل إلى النقيض خلال ثوانٍ. غير أنّه حاول أن يخرج من هذا المأزق، فقال لها مازحاً وهو يشير إلى حبة الباذنجان أمامها:

- حرام عليك، شو ذنب الباتنجانة، اعتقيها. صارت شوربة.

فضحكت إلهام، ممّا حفّز حكمت على أن يزيد جرعة المزاح قائلاً:

- بدك الصراحة، خفت على حالي. إذا هيك عملت بالبيتنجانة فكيف رح تعملي معي!؟

فانفجرت إلهام مجدّداً بضحكة صاخبة وطويلة لدرجة أنّ دموعها سالت. وبعد أن هدأت، سألها مجدّداً:

- لكن، مين صاحب الحظ السعيد الذي حظي بهذا القلب الذهبي؟

مرّت لحظات صمت بدت إلهام خلالها مترددة. لكنّ حكمت أصرّ على أن يعرف، وشجّعها قائلاً:

- أنا أخوك، سندك، ولا يهمك.

فأجابت:

- جمال.

عندها، ضرب حكمت سطح الطاولة بقبضة يده ونهض، ودار حول إلهام التي دهشت من ردّة فعله وسألته عن سبب غضبه، غير أنّه لم يجبها، بل دار عدة دورات حولها وهو يفرك جبهته ورأسه، كما لو أنه فقد تركيزه ويحاول استعادته. فما كان من إلهام إلّا أن ألحّت عليه كي يفسّر موقفه هذا الذي أدهشها. وأخيراً، جلس إلى الطاولة، وبدأ يشرح موقفه. فقال لها إنّه في حيرة من أمره، وعليها ألّا تفهم موقفه بشكل خاطئ. فجمال صديقه منذ سنوات، بل صديقه الأقرب إلى قلبه، ولكنّه فوجئ بهذا التحول. ثم عاد وصحّح جملته، وقال إنّ ذلك ليس تحوّلاً، ولكنّ لديه معلومات بأنّ حازم يحبها، وجمال لم يخبره بأي شيء بهذا الخصوص. هذا كل ما في الأمر.

فقالت:

- حازم بحبني من زمان، وبعرف هاد الشي... بس أنا ما بحبه.

فقاطعها:

- طيب... هو بيعرف إنّك ما بتحبيه؟
- إي بيعرف. قلت له هذا وجهاً لوجه، وكل يوم أقول له ذلك بشكل غير مباشر.
- إي هيك. خلص إنت حرة ومالك ذنب. الذنب ذنبه، هو يلي عم

يعلق آمال على لا شيء.

- علاقتي مع حازم معقدة، هو بحبني وأنا بعرف، ما فيني اقطع علاقتي معه لأني بعطف عليه... يعني... الأمور مو سهلة... على كل حال، ما فيني إحكي كل شي.

مرّت لحظات صمت، وشعرت إلهام أنّها أفضل حالاً بعد أن قالت ما قالته. وكذلك شعر حكمت أنّ مزاج إلهام صار أفضل، فقال مبتسماً:

- إنت أختي وجمال أخي. مبروك، لابقين لبعض. جمال من أنبل الشباب يلي قابلتم بحياتي. تتهنو.

نهاية العام الدراسي
1981

انقضى الشتاء والربيع، وقد حملا أحداثاً مؤلمة وحزينة لحازم. إذ إنّ الأحداث الّتي حصلت رمته في غابة من الشك والغيرة، لينتهي به الأمر في بحر من الحزن والاكتئاب. الشك بطبيعته مؤلم ومعذب للنفس، ولكنّه يصبح أكثر إيلاماً ومرارة عندما يتعلّق بصديق، وعندما يشك المرء بأنّ صديقه استولى على أمله في الحياة، وعلى بصيص الضوء الكائن في نهاية النفق والذي يسعى إليه منذ أن وعى على الحياة.

بينما مرّ الشتاء والربيع وقد حملا السعادة والهناء لجمال وإلهام. ففي الشتاء، كانت تتأبّط ذراعه، ويجوبان شوارع دمشق طولاً وعرضاً. واغتسلا معاً بمياه الأمطار، وارتشفا القهوة والشاي خلف واجهات بلورية للمقاهي والمطاعم، ومنحا بعضهما المزيد من الحب والكلام

الجميل وبعض الوعود. وعندما قدم الربيع، أزهرت ورودهما، وفاضت روائح الحب عليهما. ولكنّ هذا لم يمنع من أن يتكدّر ربيعهما ببعض المشاكل من هنا وهناك.

بدأت القصة في الشتاء. بل يمكن القول إنّها بدأت منذ بداية العام الدراسي؛ عندما راحت إلهام تنأى بنفسها عن تلك المجموعة، مجموعة رشيد وحسان ولطفي والآخرين. فأثناء المحاضرات كانت تجلس بجانب حازم، على المقعد الأخير، بينما في فترات الاستراحة، كانت تأخذ حازم بعيداً عنهم، ويبقيان وحيدين، سواء أكان ذلك في مقصف الكلية أو في الحديقة. وهذا ما جعل حازم يعيش أفضل أيام حياته؛ لأنه أصبح المفضّل لدى إلهام ومقرّباً منها، وظنّ أنّ برعم الحب قد بدأ ينمو في قلبها. أمّا بعد الانتهاء من المحاضرات، فكانت تمضي جلّ وقتها مع جمال وحكمت والآخرين. وهذا ما جعل لطفي يهمس في أذن رشيد قائلاً إنّ إلهام قد تخلّت عنهم، وفضّلت حازم ومجموعة أخرى عليهم. وقد أثار هذا التصرف المتكرر من إلهام، وهمسات لطفي غيرة رشيد. فهو الوحيد الذي يدرك سبب ابتعاد إلهام عنهم، ولكنّه رغم ذلك لم يتقبّل هذا التصرف، وقرّر أن يعيد إلهام إلى المجموعة. بل قرر أن يعيد علاقته بها، انطلاقا من فهمه للحياة على أنّها ساحة حرب ونزال، ويجب أن يكون هو المنتصر وهو القائد والمقرر.

وذات يوم في بداية شهر شباط، وكان يوم أربعاء، خرجت إلهام وحازم كالمعتاد من قاعة المحاضرات إلى المقصف. وبعد أن اشتريا فنجاني قهوة، جلسا إلى طاولة. وكان يروق لإلهام أن تجلس بجانب الواجهة البلورية

الكبيرة للمقصف، وتراقب حركة المارة نزولاً وصعوداً عبر شارع الجامعة السورية الذي ينعطف نزولاً وينتهي بشارع مسلم بارودي. فجأة، اقتحم رشيد جلستهما. وما إن جلس حتّى قال:

- كيفكم؟

لم ترد إلهام التحية، بل تجهّم وجهها، وأشاحت بعينيها بعيداً عنه. بينما شعر حازم أنّ أمراً سيئاً سيحدث، فانتابه بعض القلق وقال:

- أهلاً وسهلاً.

غرز رشيد عينيه في وجه إلهام التي كانت تنظر بعيداً عبر الواجهة البلورية. وكانت نظراته مستفزة ومتوترة، وتوحي بأنّه قادم لافتعال مشكلة. فكرّر قائلاً:

- كيفك إلهام؟

عندها، التفتت إلهام إلى حازم، ونهضت وهي تقول له بحزم:

- مشّي حازم.

فنهض حازم، وتبع إلهام التي مشت باتجاه الباب الرئيس بخطوات متوترة، ولكنّها كانت واثقة من نفسها. وعلى الفور، نهض رشيد وهو يشعر بشيء من الإهانة، وأسرع خلف إلهام حتى لحق بها، وأمسكها من يدها وسحبها باتجاهه. فتوقّفت إلهام، وسحبت يدها من يده بقوة وبعنف، ونظرت إليه وعيناها تقدحان شرراً، وقالت له بنبرة فيها الكثير من التحدي والقسوة:

- إذا ما بدك تحترم حالك رح بهدلك قدام الجميع. بعّد عن

طريقي وإلا...

فردّ عليها بتحدٍّ وهو ينظر إليها نظرات ساخرة:

- وإلّا شو؟

- وإلّا رح جمّع عليك كل طلاب الجامعة...

ثم رفعت صوتها بتحدٍّ أكثر:

- عم قلك بعّد عن طريقي.

كانت كلماتها واضحة وقوية وحاسمة. ثمّ مشت وتركته في حالة من عدم التركيز، لأنّه لم يتوقع منها أن تتحدّاه وترفع صوتها بهذا الشكل.

لم يقتنع رشيد بأنّ إلهام استبدلته بحازم، فهو يعلم رأيها بحازم، ويعلم أنّها تعطف عليه. ولذلك، شرع يجمع معلومات عن تحركاتها وعلاقاتها مع المجموعة الجديدة.

وفي بداية الربيع، توصّل رشيد إلى قناعة بأنّ إلهام تحبّ جمال، وأنّه يبادلها المشاعر نفسها، وأنّ العلاقة بينهما وصلت إلى أبعد ممّا تخيّل. فراح يجمع بعض المعلومات عن جمال والمجموعة، ليصل إلى قناعة بأنّ جمال من الناشطين السياسيين المعارضين للنظام، ويمارس نشاطاً دعائيّاً كثيفاً ضد النظام. عندها، سر بهذه الأخبار، فهو سيصطاد عصفورين بحجر واحد.

وفي بداية نيسان، كان جمال وإلهام وحدهما في البيت يدرسان حين اقتحمت مجموعة من عناصر المخابرات البيت. ففجأة، وقفت ثلاث سيارات ستيشن أمام بيت جمال، وترجّل منها عشرة عناصر مدججون

بالأسلحة واقتحموا البيت. انتشر العناصر في أرجاء البيت، وقلبوا عاليه سافله وهم يفتّشون عن مطبوعات ممنوعة أو أي دليل يقودهم إلى نشاط جمال السياسي المعادي للنظام. وبعد الانتهاء من التفتيش، أمر قائد الدورية- وهو ملازم أول- عناصره بأن يقيّدوا جمال ويجلبوه مخفوراً. وعلى الفور، أسرع ثلاثة من العناصر وقيّدوا يدَي جمال إلى الخلف، ووضعوا عصابة سوداء على عينيه كي لا يرى واقتادوه، وسط ذهول إلهام الشديد وخوفها. ولم تستفق من هول المفاجأة إلّا بعد ذهاب الجميع بوقت ليس بالقصير.

وعندما عاد حكمت من الجامعة ويرفقته سحر، ذهلا لحالة البيت ولوضع إلهام التي انفجرت باكية عندما رأتهما. فاحتضنتها سحر، بينما راح حكمت يلحّ عليها بالسؤال. غير أنّها لم تستطع أن تتكلم، بل كانت تبكي وترتجف. أجلساها، ومرّت دقائق حتى هدأت، بينما تجوّل حكمت في أرجاء البيت، ورأى آثار مرور المخابرات، فأدرك أنّهم من أخذوا جمال. وعندما عاد وجلس بجانب إلهام، وضع يده على كتفها مواسياً، فقالت:

- أخدوه، المخابرات.

ران على المكان صمت ثقيل ومخيف. ووضع حكمت رأسه بين يديه وراح يفكّر. كان الخوف هاجسه الوحيد، الخوف على جمال وعلى نفسه. فربّما سيأتون ويأخذونه مساءً أو غداً. ثمّ نهض وراح يتحرك في الصالون، وأفكار مخيفة تطارده وتقلق راحته. وأخيراً قال:

- لازم امشي من هون. لازم اهرب وإلا رح يجو وياخدوني.

ثم توقّف وتوجّه بكلامه إلى سحر وإلهام، وطلب منهما أن تتابعا حياتيهما بشكل طبيعي، بينما سيختفي هو ليومين ريثما تنجلي الأمور. فقالت إلهام إنّها ستذهب مع سحر إلى شقتها، وبإمكانه أن يتواصل معهما عبر الهاتف. وتمّ الاتفاق على هذه الخطة.

وهكذا، خرج حكمت من بيت جمال وهو لا يدري إلى أين يذهب، وانحدر باتجاه الشارع الرئيس لحي ركن الدين. كان تفكيره مضطرباً، ولم يعرف ماذا سيفعل ولا إلى أين سيهرب. وتشكّلت لديه قناعة بأنّ المخابرات سوف تلاحقه.

وحين وصل إلى موقف الحافلات، انتظر قليلاً، ثم مشى مبتعداً خشية أن يمسكه أحد ما. وشيئاً فشيئاً بدأ هاجس الخوف يزداد في أعماقه، وشعر بأنّ كل من مرّ به ينظر إليه نظرة شك. فوقف بعيداً عن الموقف، ثم مشى وقد قرر أن يستقلّ سيارة أجرة. لذا، أوقف سيارة أجرة، وجلس على المقعد الخلفي، وطلب من السائق أن يأخذه إلى سوق الحميدية. وبعد دقائق، طلب منه أن يُقلّه إلى حي الحريقة الملاصق لسوق الحميدية، ثم عدل عن رأيه، وطلب من السائق أن يأخذه إلى سوق مدحت باشا. كانت شكوكه تزداد باضطراد بسبب خوفه الذي يزداد باضطراد أيضاً. فبعد قليل، بدأ يشك في السائق الذي كان بين فترة وأخرى ينظر إليه عبر المرآة. إذ كان قد سمع قصصاً مفادها أنّ أغلب سائقي سيارات الأجرة يتعاملون مع المخابرات، أو هم عناصر من المخابرات، ولكن بهيئة سائقي «تاكسي». وفجأة، بينما السيارة تعبر شارع النصر، طلب حكمت من السائق أن يتوقّف، ثمّ ترجّل من

السيّارة بعد أن أعطى السائق مبلغاً أكثر مما يستحق، بل كان المبلغ ضعف المبلغ المستحق. فقد أراد أن يقدّم رشوة للسائق كي لا يتعرّض إلى أي سؤال أو احتجاج من قبله. وحصل صدفة أنّه ترجّل قرب مبنى الهاتف. لذا، مشى باتجاه سوق الحميدية، ثم انعطف يميناً حيث يوجد مقهى شعبي. وحين دخل المقهى، راحت عيناه تتأمّلان المكان. كان المقهى مزدحماً بروّاده، ودخان التبغ والنارجيلة يشكل غيمة في سماء المقهى. ارتاح لأجواء المقهى؛ فالجميع منشغلون عنه إمّا باللعب بطاولة النّرد، أو بالأحاديث الجانبية أثناء تدخين النارجيلة.

طلب شاياً وأشعل سيجارة وهو يفكر في المكان الذي يجب أن يذهب إليه ليقضي ليلته، أو ربّما أكثر من ليلة. ولفت انتباهه رجل يقرأ جريدة ويجلس قابلته في زاوية المقهى. حاول أن يتذكر إن كان الرجل موجوداً قبل أن يدخل هو المقهى أم أتى بعد أن دخل. إذ كان الرجل يشبه إلى حد بعيد رجال «البوليس» في أفلام السينما. وشعر حكمت أنّ الرجل هارب من مشهد سينمائي. راقت له الفكرة، ولكنّ النظرات التي راح الرجل يختلسها باتجاه حكمت جعلت الأخير يأخذ الموضوع على محمل الجد. ولكي لا يزداد قلقه ويغرق في تفكير يجعله أكثر توتراً مما هو عليه، نهض وغادر المقهى. عاد إلى شارع النصر، وسار باتجاه سوق الحميدية وهو يلتفت إلى الخلف بين فترة وأخرى.

عبر سوق الحميدية بسرعة، ووجد نفسه أمام متجره الكائن في نهاية السوق. كانت صلاة الجمعة قد انتهت لتوها، فخرج المصلّون من المسجد الأموي أفواجاً. أسرع وفتح باب المتجر، ثم دخل

وأغلق الباب خلفه.

بقي جمال في التحقيق ثلاثة أيام تعرض خلالها للتعذيب الجسدي والنفسي، والإهانات والشتائم التي طالت جميع أفراد الأسرة. وخلال هذه الأيام الثلاثة، كان حكمت يجوب شوارع دمشق في النهار، ويعود لينام على الكرسي في متجره في الليل. أما حازم وفايز فقد علما باعتقال جمال، والرواية التي قالها حكمت وهو يشرح لمعتز وفاطمة بالتفصيل سبب الاعتقال، وهي أنّ السبب يعود إلى نشاطه السياسي.

وحين خرج جمال، احتفلت المجموعة بخروجه من المعتقل، واعتُبر مناضلاً في نظرهم. روى لهم ما رآه وما سمعه، وكيف تعرّض للتعذيب. وهذه الرواية جعلت الخائفيْن حازم وفايز يبتعدان أكثر فأكثر عن السياسة والحديث في مواضيعها، بينما جعلت الفريق الآخر- حكمت ومعتز وفاطمة- يتحمّس أكثر للنشاط السياسي المعارض كي يقضوا على هذا النظام المخابراتي. أمّا إلهام وسحر فكانتا على الحياد.

أمّا قصة درب الآلام الذي عانى منه حازم فقد بدأت منذ تلك الليلة. ففي غمرة الاحتفال بخروج جمال، ازداد حازم شكّاً في أنّ هناك علاقة قائمة بين جمال وإلهام. فبعد منتصف الليل، وبعد أن بدأ الخمر يفعل فعله، رفعت الحواجز في الدماغ، وبدأت المشاعر تجد طريقها للتعبير عن نفسها بسهولة أكثر مما هو معتاد. وقد أجبر حكمت حازم على أن يشرب البيرة. وكانت تلك أول مرة في حياته يشرب فيها الكحول. لذا، كان حذراً جدّاً، وقلقاً من أن يحصل له ما لا تحمد عقباه. وعندما اكتشف أن لا شيء حصل له، تشجّع وشرب الكأس الثانية، ممّا جعله

أقلّ خجلاً وأكثر شجاعة في التعبير عما يريده. وحين شرب الكأس الثالثة التي سكبها له حكمت، كسر كل الحواجز وراقص كل الصبايا. إذ رقص مع إلهام أكثر من مرة. وراح يمسكها من يدها وهي ترقص مع جمال، ويسحبها كما لو أنّه ينتزعها منه انتزاعاً. ثمّ شرب أنواعاً متعددة من المشروبات الكحولية، وهذا ما جعله في حالة سكر. وسرعان ما غفا على الأريكة، ثم استيقظ مندفعاً إلى الحمام كي يتقيأ، ونام مجدّداً.

حالة الشكّ بدأت معه في اليوم التالي؛ عندما استيقظ معتلّ المزاج، ويعاني من صداع شديد. إذ بدأ يستعرض بعض اللقطات التي اختارها له مخه، وعرضها عليه. فمرّت لقطة لإلهام وجمال وهي تتكئ على كتفه وهما يرقصان، ثم لقطة أخرى وهما جالسان على الأريكة وقد التصقت به، وثالثة فيما عيونهما تتحدّث وتروي مشاعر حب واضحة.

وهكذا، مرت الأيام وشكوك حازم تتراكم في كل جلسة تضمه مع جمال وإلهام. ولكنّ ما كان يخفّف من تلك الشكوك هو علاقته بها في الكلية. إذ كانت دائماً معه وإلى جانبه، وعندما يغيب أو يتأخر كانت تقلق عليه وتسأل عنه، إلّا أنّه ومع مرور الأيام ضاق ذرعاً بهذه العلاقة التي جعلته يتأرجح ما بين الشك واليقين. إذ كلّما صعدت نسبة الشك انخفض اليقين، وشعر بعذاب حقيقي.

وشيئاً فشيئاً، تفاقم الشكّ في أعماقه، وتحوّل إلى هوس راح يفترسه، ويسيطر على تفكيره ليل نهار؛ لدرجة أنّه كان ينزل راكضاً من غرفته في المدينة الجامعية ليذهب إلى بيت جمال، لمجرد أنّ فكرة طرأت في رأسه وهي أنّهما- أي إلهام وجمال - وحدهما في بيت الأخير. وفي طريقه إلى

هناك، كان خياله يمده بمزيد من الصور عن لقاء حميم يجري بينهما، فيتخيّلهما عاريين في السرير. ولكن، حالما يصل إلى هناك، يكتشف أنّ جمال وحده يدرس، أو معه حكمت.

ولكنّ ما قطع الشك باليقين حادثة حصلت لاحقاً. فذات يوم، بينما كانت إلهام تجلس إلى جانبه في المحاضرة، همست له أنّها يجب أن تذهب إلى المرحاض. غير أنّ المحاضرة انتهت ولم تعد إلهام، فخرج يفتش عنها. ذهب إلى كل الأماكن الّتي يحتمل أن يجدها فيها، ولكنّه لم يعثر عليها. وفجأة، وكالسهم الذي يصيب هدفه، لمعت في رأسه تلك الفكرة الوسواسية؛ فكرة أنّ إلهام وجمال في بيت الأخير. وراح يتخيّل المشهد الجنسي الذي اعتاد أن يتخيّله. فأسرع إلى بيت جمال، وفتح البوابة الخارجية بهدوء، وعبر الشرفة، ثم تسلل إلى داخل البيت. وحين عبر الصالون، سمع همساً صادراً من غرفة النوم، فازدادت دقات قلبه، وتسارع تنفّسه لدى اقترابه من الغرفة، وسماعه الهمسات التي تحوّلت إلى آهات وبعض الكلمات المبهمة. وعندما فتح الباب بسرعة وبطريقة مباغتة، وجدهما عاريين كما كان يتخيل. إنّه المشهد المتخيل نفسه والذي تكرّر على مدى أشهر. وعلى الفور، أسرع جمال وشد الغطاء فوقهما ليغطي جسده وجسد إلهام، وصرخ باستنكار شديد:
- حازم!

كانت لحظات، غير أنّه خُيِّل إليه أنّ الزمن توقّف، وتجمّد كل في مكانه. فتيّار الحياة توقّف كما لو أنه فيلم سينمائيّ اعترى شريطه خطأً ما. وثبتت أمام ناظريه صورة إلهام وجمال وقد غطت ملاءة بيضاء

جسديهما من الأسفل، بينما ظلّ النصف العلويّ من جسديهما عارياً. كان وجه إلهام يعبّر عن مشاعر مختلطة من القلق والخوف والدهشة، وعيناها تكادان تخرجان من محجريهما، بينما وجه جمال يعتريه الغضب والاستنكار، وعيناه غاضبتان. أما وجه حازم فكان مليئاً بمشاعر الخذلان والغدر.

خرج حازم بخطوات غاضبة، ونزل عابراً الأزقة، فيما الهواجس والأفكار تجتاح عقله وتجعل منه شخصاً أقرب إلى الممسوس منه إلى الإنسان العادي. كلّ من رآه في تلك اللحظات أدرك أنّه يعاني من اضطراب نفسي شديد. اجتاز المسافة الكبيرة بين حي الأكراد والمدينة الجامعية مشياً. كانت أعماقه تصطخب بالأفكار الشريرة؛ الأفكار الانتقامية من أعز الناس على قلبه، الانتقام لكبريائه التي طعنت في الصميم. وهكذا، وصل إلى المدينة الجامعية وهو بحالة سيئة. إذ سيطرت عليه فكرة الخذلان والغدر من أعز الناس على قلبه، وسيطر عليه شعور بأنّه شاب من السهل الاستخفاف به وبمشاعره، بل لا أحد يهتم بمشاعره، ولا أحد ينظر إليه على أنّه إنسان لديه كامل الحقوق. فدائماً يُنظَر إليه على أنّه رجل هامشي؛ حتى في المشاعر. وعندما دخل الغرفة، وجد فايز ومعتز جالسين يدرسان. وعلى الفور، أدرك معتز أنّ حازم يعاني من شيء ما، فسارع إلى سؤاله:

– حازم، شبك؟ فيك شي؟

فلم يجب حازم، بل راح يجوب الغرفة وهو يرتجف. فازداد قلق معتز، وأعاد السؤال:

- حازم، شو صاير معك؟

إذ كانت مشاعر التوتر والقلق والحزن والخذلان الّتي يشعر بها حازم تطوف على وجهه؛ لدرجة أنّ فايز نهض من مكانه، واقترب منه ووضع يده على كتفه قائلاً:

- شوفي؟ احكي وخفّف عن حالك، نحن إخوة.

فراح جسد حازم يهتز وهو يحاول السيطرة على نفسه، مانعاً نوبة بكاء من الانفجار، ولكنّه لم يستطع. إذ سرعان ما انفجر كالبركان، وراح يبكي وجسده كله يرتعش. عندها، نهض معتز واحتضنه، وهو يردّد بعض الكلمات المواسية.

بكى حازم على كتف معتز حتى صفت روحه، وهدأ كيانه. ثمّ تنهّد بعمق، وجلس على السرير كما طلب منه معتز الّذي طلب منه أيضاً أن يروي لهما ما حدث. وتعلّقت عيون فايز ومعتز بعيني حازم الذي باشر بالحديث.

هذه الحادثة كان لها أثر حاسم على حازم، وقد تركت أثراً على علاقته بالآخرين. إذ نأى بنفسه عن المجموعة التي دافع أفرادها بشكل أو بآخر عن جمال وإلهام ووقفوا إلى جانبهما، إلّا فايز الذي دافع عن حازم ووقف إلى جانبه.

ومنذ ذلك اليوم، التزم حازم الغرفة، ولم يعد يخرج منها إلى أي مكان؛ رغم محاولات فايز، ومن ثم حكمت ومعتز اللذين بذلا مجهوداً كبيراً لإعادته إلى المجموعة. إلّا أنّ حازم رفض أن تكون له أيّ علاقة معهم،

حتّى إنّه ترك العمل في متجر حكمت.

وهكذا، اعتزل الناس، وعاد وحيداً كما كان في طفولته. وشعر أنّ هذا العالم لئيم وقاسٍ وغادر وعدواني، فهو لم يتوقّف يوماً عن النيل منه. ونمت في أعماقه كمية هائلة من العدوانية تجاه الجميع. بل يمكن القول إنّ مشاعر انتقامية وعدوانية كانت غافية في أعماقه استيقظت، تلك المشاعر الّتي تراكمت مع مرور الأيام والسنين منذ أن كان طفلاً وعانى من اضطهاد ثائر. وردّة الفعل هذه قابلتها ردة فعل مماثلة من قبل جمال وإلهام في سياق دفاعهما عن نفسيهما. إذ روت إلهام- ولأوّل مرة- العلاقة الشائكة بينها وبين حازم منذ أن كانا طفلين. ونقل فايز كلّ ما قالته إلهام إلى حازم. وقد جرحه هذا الكشف الفاضح له وتعريته أمام أصدقائه أكثر، وجعله يزداد عدوانية تجاههم وتجاه المجتمع. حتى إنّ علاقته بفايز تأثّرت. فاعتزل الناس، ولم يعد يتكلّم مع أي كان إلّا عند الضرورة.

مضى شهران على تلك الحادثة، واقترب موعد الامتحان الأخير. وخلال تلك الفترة، غيّر حازم الكثير مما اعتاد عليه. فبالإضافة إلى أنه أصبح وحيداً في كل شؤون حياته، اعتاد منذ تلك الحادثة على أن يجلس في المقعد الأخير؛ كي لا يلتقي أيّ أحد من الطلاب. وعند انتهاء المحاضرات، كان يتسلّل قبيل خروج المحاضر من الباب الخلفي أيضاً، ويتّجه إلى غرفته ولا يخرج منها إلّا في اليوم التالي. وفي الشهر الأخير، نقص عدد الطلاب الذين يحضرون المحاضرات، ومن بينهم إلهام والمجموعة، وحتى مجموعة رشيد ولطفي والآخرين انقطعت عن الحضور.

وفي أحد الأيام، وكان يوم اثنين، وبينما كان حازم جالساً على المقعد الأخير، والدكتور المحاضر يتكلم، تسلّلت طالبة من الباب الخلفي، وجلست بجانبه. فنظر إليها، وأفسح لها مكاناً. وسمعها تهمس له:

– آسفة إذا زعجتك.

فنظر إليها مليّاً وقال:

– لا أبداً، تفضّلي.

بدت جميلة، وتفوح منها رائحة عطر فاخر. ولم يكن قد رآها سابقاً في الكلية طيلة فترة دراسته. بعد ساعة من بدء المحاضرة، أعلن الأستاذ عن استراحة لمدّة عشر دقائق فقط، فاندفعت الطالبة بالحديث مع حازم بدون أي مقدمات. قالت له إنّها طالبة، ولكنها انقطعت عن الجامعة منذ ثلاث سنين لظروف خاصة، وإنّها قررت هذا العام أن تتقدّم للامتحان، ولكن لم تسمح لها ظروفها بأن تأتي أثناء العام الدراسي. ثم طلبت منه إعارتها دفتره لهذه المادة– إن كان لديه واحداً– لكي تنسخ المحاضرات عبر آلة النسخ. فوافق حازم على مرافقتها بعد انتهاء المحاضرة إلى حيث الكشك الذي يبيع القرطاسية لينسخا المحاضرات.

وحين دخل الدكتور المحاضر مجدّداً صمت الجميع، وبدأت المحاضرة. وبعد دقائق من بدء المحاضرة، فجأة دبّ هلع بين الطلاب والطالبات، بدءًا من الصفوف الأمامية، وتدرّجاً إلى الصفوف الخلفية. وراح صراخ الطالبات يتزايد وهن يقفزن إلى أعلى المقاعد. فيما الطلاب يلاحقون شيئاً ما أسفل المقاعد. وهكذا، دبت الفوضى التي راحت تتقدّم باتجاه حازم والطالبة الجديدة، ليتبيّن أنّ هناك فأراً مفزوعاً يركض

محاولاً الاختباء في مكان ما. وكلما تقدّم الفأر باتجاه نهاية القاعة، ازداد الصراخ والفوضى والقفز إلى أسطح المقاعد. وقفزت الطالبة الجالسة بجانب حازم إلى سطح المقعد أيضاً، ثم فجأة أمسكت بأعلى فخذها، وصار وجهها مليئاً بالخوف والرعب، وعيناها تتوسلان إلى حازم كي يساعدها، وصرخت. وخلال ثوانٍ، فهم حازم ما جرى، فاقترب منها، وأمسك بقدمها، وأدخل يده في طرف البنطال ودفعها إلى الداخل حتى وصلت إلى أعلى الفخذ. ثمّ ألقت يده القبض على كتلة طرية صدرت منها صرخة مكتومة؛ إذ ضغطت يد حازم على تلك الكتلة بقوة حتى انسحقت تحت ضغط يده، ثم سحب يده ونهض ورمى الفأر جثة هامدة. عندها، شعر بالفخر ممزوجاً بالقرف، وهنّأ المرأة على سلامتها. وعلى الفور، اختفى الصراخ والتوتر من المناخ العام للقاعة، وحل محلها المزح والنكات والضحك، وتوافد الزملاء لتهنئة حازم وشكره والاطمئنان على الطالبة الجديدة. وبعد دقائق، استعادت الطالبة وعيها، والتفتت إلى حازم وشكرته وأسمعته كلمات جميلة. ولكنّ فرحته لم تتمّ، إذ رأى حازم دماً يخرج من يده. وعندما دقّق النّظر، رأى جرحاً أحدثته عضة الفأر.

خافت الطالبة حين رأت العضّة، وطلبت من حازم أن تأخذه فوراً إلى المشفى، وراحت تشرح له خطورة عضة الفأر للإنسان. وهكذا، خرجا من القاعة، ودارا حول المبنى إلى حيث موقف السيارات المخصص لمدرّسي الكلية. اقتربت المرأة من سيارة مرسيدس سوداء، وفتحت بابها ودخلتها، فيما جلس حازم بجانبها. وعلى الفور، انطلقت السيارة إلى

مشفى المواساة الوطني، واستقبل حازم في قسم الإسعاف. وُضِع على سرير بانتظار أن يأتي أحد ما لمعالجته. واقترب منه طبيب متدرّب وسأله بضعة أسئلة، ثم ذهب ولم يعد. وخلال ذلك الوقت، دخلت حالات إسعافية كثيرة بعد حازم الذي راح والطالبة الواقفة بجانبه يراقبان ما يجري. شاهدا أطباء وممرضات يمرون بهما، ولم يسأله أحد عمّا يعانيه. وانقضت أكثر من ربع ساعة على تواجدهما في المشفى والإهمال سيد الموقف. عندها، أعلنت الطالبة عن احتجاجها، ثم ذهبت واختفت. مضت ربع ساعة أخرى من دون أن يقترب أحد من حازم الذي كان لا يزال مستلقياً على السرير.

ثم فجأة تغير كل شيء. إذ جاءت مجموعة من الأطباء وحشد من الممرضات باتجاهه، وكانت الطالبة على رأس هؤلاء. بدأت الأسئلة الطبية، ثم الفحوصات والتحاليل. وتقدّم طبيب في الخمسين من عمره، وصافح الطالبة باحترام شديد وهو يخاطبها بكلمة مدام، ويعتذر عن التأخير في معالجة من ترافقه، ثم أمر بنقل حازم إلى الطابق الرابع؛ إلى جناح مخصص للمسؤولين رفيعي المستوى. وتبيّن أنّ هذا الطبيب رئيس المشفى. هذا ما قالته الطالبة ـ المدام ـ لحازم بعد أن بقيا وحدهما.

عاد الفريق الطبي وعلى رأسه رئيس المشفى، وقال مخاطباً المرأة:

- لازم يضل عنا عشرة أيام.

ثمّ بدأ الفريق الطبي بعلاج حازم، بينما ذهب رئيس المشفى برفقة المدام التي التفتت إلى حازم قبل مغادرتها ووعدته بالعودة.

ومع مرور الوقت، بدأت الأعراض تظهر على حازم؛ مثل الإقياء والصداع. وفي الليل، بدأ يعاني من حمى شديدة، فاضطرت الممرضات المشرفات عليه إلى الاتصال برئيس القسم الذي جاء إلى المشفى، وأشرف على خفض درجة حرارة حازم. وفي اليوم التالي، زارته المدام في الصباح، ثم عادت بعد الظهر. وفي كل مرة، كان رئيس المشفى يرافقها. كما زاره فايز، ثم جمال وإلهام ومعتز وفاطمة وحكمت، لمرة واحدة.

وبعد أربعة أيام، بدأت حالة حازم الصحية تتحسّن، وزالت الخطورة عنه. وظلّت الطالبة- المدام- تزوره، ولكنّ عدد المرات انخفض إلى مرة واحدة بعد الظهر، ثم انقطعت الزيارات. وعندما قرر الأطباء أنّه بحالة صحية ممتازة، وبإمكانه مغادرة المشفى، أتت صباحاً وجلست معه وحدهما لعدة ساعات. قالت له إنّ اسمها منى، وإنّها زوجة ضابط كبير في المخابرات، وأعطته رقم هاتفها الخاص، ووعدته أن تتوسط له ليتوظّف في مكان ممتاز حالما يتخرج.

ربيع عام 1985

قاد النقيب حازم الفقير سيارته إلى بلدته. وكان يرتدي بذلة كحلية اللون مع قميص أبيض، ويضع ربطة عنق ذات ألوان متعددة حول عنقه، ونظارة شمسية غالية الثمن على عينيه. أراد أن يزور جدته المريضة، وأن يعلن على الملأ أهميته، وأنّه رجل مرهوب الجانب؛ فهو ضابط المخابرات الذي يرعب أي رجل يعتز برجولته. أراد أن يقول للجميع: «ها أنذا، حازم الفقير، قادم إليكم بحلة جديدة، وكرجل جديد، وأتحدى أي رجل أن يقف في وجهي أو أن يرفع عينيه إلى عينيّ. أنا حازم الفقير، أطأ بقدمي أكبر رأس في المنطقة كلها. فقد ولّى زمن الفقر والجبن، وذهب حازم الفقير الجبان والذليل وحلّ محله حازم القوي الذي يضرب بيد من حديد، ولن يتوانى عن سحق أي كان. فحازم الذي ترونه الآن أنضجته الأيام والسنون، وغدا رجلاً آخر غير الذي تعرفونه. أمّا حازم الرومانسي الذي عاش في ظل حب فتاة طيلة الأعوام السابقة فقد مات، ووُلِد

مكانه حازم واقعي لا يحفل بكل الرومانسيات في العالم. وهو رجل قوي وذو نفوذ، وعالمه السري مليء بنساء جميلات».

في ذلك الوقت، كان اسم حازم قد بدأ ينتشر في بلدته والقرى المجاورة، وذلك بعد أن تطوّع في المخابرات برتبة ملازم أول بمساعدة المدام منى التي ما برح يزورها ويقدّم لها كل فروض الطاعة والاحترام. أمّا زوجها- أبو يسار- فقد أصبح واحداً من أهم رجالات المخابرات السورية. وهو رجل ذو نفوذ قوي جداً، ومقرب من الرئيس. قابله حازم مرتين فقط، ولكنّه ظل يدعمه، وجميع من حوله في فرع المخابرات اعتبروا حازم رجل الضابط الكبير، أبي يسار.

أحدثت عضة الفأر تحوّلاً مفصليّاً في تاريخ حازم. فحازم ما قبل عضّة الفأر هو غير حازم بعد عضّة الفأر. فقد انتشلت عضة الفأر شاباً من قاع المجتمع وخلّصته من الذل والمهانة، ووضعته في بداية طريق السلطة والنفوذ والمال. وهو طريق مليء بالعنف والدسائس، ولكنه مليء بالمال والنفوذ والنساء.

فبعد أن تعافى حازم من عضة الفأر وتخرج من كلية الحقوق، اتصل بالمدام منى التي أتت إلى الكلية، وأخذته إلى فيلّتها في المزة فيلّات. حينها، لاحظ حازم الحراسة مشددة، والحواجز الخرسانية التي وضعت قبل الفيلّا بثلاثمئة متر تقريباً، وشكّلت طريقاً متعرجاً وضيقاً يتسع لسيارة واحدة فقط. وقبل الوصول إلى البوابة الرئيسة للفيلّا، كان يجب على المرء أن يمر من أمام ثلاثة حواجز للتفتيش، والتي يقوم على إدارتها عدد كبير من الجنود الذين يُخضعون جميع من يعبر هذا

الشارع؛ سواء أكان ماشياً أو مستقلًّا سيارة. عبرت سيارة المرسيدس السوداء التي تقودها منى الحواجز، وكان جميع العناصر- الحراس- يقفون باستعداد، ويؤدّون التحية حالما تعبر السيارة من أمامهم.

دخل حازم إلى الفيلّا خلف المدام، وعبر صالوناً كبيراً، ووطأت قدماه سجادة دائرية الشكل تتوسط الصالون، فغاصتا في وبرها. شملت عيناه الصالون بنظرة سريعة، فبدا له مؤثّثاً بطريقة أنيقة جدّاً، ومليئاً بالتحف و«الصمديات» واللوحات المعلقة على الجدران. شعر أنّ عبوره الصالون استغرق وقتاً طويلاً. وفي نهاية الصالون، كان رجل يرتدي بيجاما رياضية ذات ماركة مشهورة يجلس ويتابع نشرة الأخبار على التلفاز. إنّه أبو يسار الذي تخيله على عكس ما رآه الآن. إذ لم يكن يظهر في وسائل الإعلام، ولم تنشر له أي صورة شخصية؛ سواء أكانت في اجتماعات عامة أو لقاءات مع مسؤولين، وهذا ما سمح لحازم بأن يشكّل في ذهنه صورة له من خلال القصص التي سمعها عنه هنا وهناك. كان يتخيله رجلاً ضخم الجثة وطويلاً، وذا رأس كبير وأصلع، ويضع نظارة سوداء على عينيه، ويدخن السيجار. غير أنّ من رآه حازم كان رجلاً قصير القامة، نحيفاً، ذا شعر غزير يخالطه الشيب. وقد تميّز وجهه بتعابير قاسية وصارمة، وعينين جاحظتين قليلاً وحمراوين. مد يده لحازم وهو جالس، وقال:

– أهلاً حازم، كيفك؟

ارتعش حازم عندما سمع الصوت العميق لأبي يسار، والذي بدا له كما لو أنّه قادم من بئر. وشعر أنّ الصوت أتى من مكان آخر، وأنّه لا يعود إلى هذا الرجل الجالس أمامه. لم يصدق حازم أنّه يجلس إلى جانب

أبي يسار الذي سمع باسمه مرات كثيرة في جلسات الأصدقاء. إذ كانوا يلفظون اسمه همساً؛ لأنّ ذكر اسمه كفيل بجعل الأجساد ترتعد، والأرواح ترتجف من شدة الخوف. فهو عزرائيل بهيئة إنسان؛ ويقرّر أعمار البشر الذين يدخلون عالمه، عالم المخابرات. هكذا عبّر جمال يوماً ما عنه.

لم يتخيل حازم- حتى في الحلم- أن يرى هذا الرجل المخيف، فما بالك بأن يراه ويصافحه، ويلفظ الأخير اسمه ويدعوه للجلوس إلى جانبه!؟ جلس حازم وهو يرتعش خوفاً ورهبة. كان يحاول أن يبرهن لنفسه طيلة الوقت أنه في الواقع، وأنّ أبا يسار الجالس إلى جانبه هو هو بلحمه ودمه. ثمّ سمع الصوت العميق مرة أخرى، وهو يتابع نشرة الأخبار:

- بتقلّي المدام إنك راغب تطوّع عنا.

فوجئ حازم مرة أخرى، وارتعشت شفتاه. فهو لم يتحدث مع المدام عن التطوع في الجيش، ولم يفكر حتى في هذا الموضوع. وكلّ ما هنالك أنّ المدام اصطحبته ليتعرّف على أبي يسار ويطلب مساعدته في إيجاد وظيفة ما. وعندما التفت أبو يسار باتجاهه وغرز عينيه الجاحظتين في وجهه، خرج صوت حازم مخنوقاً:

- إلي الشرف إنّي اتطوع ودافع عن الوطن.
- يلّا، روح قدّم أوراقك. وبعد ما تخلص من الكلية، خبّر المدام منشان جيبك لعندي.

فنهض حازم، ثمّ انحنى قليلاً إلى الأمام، وتمتم بعبارات الشكر والتبجيل لأبي يسار، ثم غادر الفيلّا.

✸✸✸

أوقف حازم سيارته أمام بيته الجديد الذي بناه قبل سنة وتسكنه جدته وحدها. وهو بيت مكوّن من أربع غرف، ويقع في الطرف الشمالي للبلدة، وذو إطلالة جميلة، ومحاط بأشجار الزيتون وبعض أشجار الفاكهة. وقتها، وجّه أوامره إلى رئيس مقسم الهاتف لكي يتمّ تخصيص هاتف للبيت لكي يتواصل مع جدته بشكل دائم ويطمئن على صحتها. وقد تمّ تنفيذ رغبته خلال أربع وعشرين ساعة، في الوقت الذي كان الهاتف فيه يشكّل حلماً بعيد المنال للمواطن، والحصول عليه بحاجة إلى الانتظار لسنوات طويلة.

ترجّل من السيارة، وشمل السهول المجاورة بنظرة، وأخذ نفساً عميقاً. كان الربيع قد حلّ، فانتشرت الزهور البرّية في السهول المجاورة لبيته. حمل أغراضاً لجدته تتضمّن ثياباً وفواكه، واستقبلته الجدة وغمرته بقبل كثيرة ودعوات لا حصر لها. جلسا على الشرفة المطلة على سهل فسيح من جهة الغرب، وطريق أسفلتي من جهة الجنوب. أمّا من الجهة الشمالية، فصادف أن كان جاره في الأرض الحاج مصطفى. أخبرته جدّته أنّ الحاج مصطفى أتى قبل أيام وغيّر في الإشارات التي ترسم الحدود بين أرضه وأرض حازم، واستولى على دونمين من حصة حازم؛ مدّعياً أنّها أرضه، وأنّ المالك حميد الإبراهيم الذي باع حازم حصته قبل سنتين قد باعه دونمين زيادة عن حصته الحقيقية.

عندها، اجتاحت حازم موجة غضب عارمة، وتذكّر الأيام الخوالي، ونرجسية الحاج مصطفى وعدوانيّته. كما تذكّر أمّه صبحة، وفضيحة

246

الزنا، وهروبها، والعار والذل اللذين لحقا به بسبب ذلك. تذكَّر كل ما هو سيىء في حياته، واشتعلت في أعماقه نار حقد وثأر يمكنها أن تقتل أي رجل يقف في طريقه. وقبل أن يبدأ خطوته في استغلال هذه الحادثة، رغب في أن يتأكد من أمر مهم. لذا، عاد إلى وثيقة شراء الأرض، ثم استدعى البائع حميد الإيراهيم الذي شرح له قصة الأرض. وقال حميد إنّ قطعة الأرض كلها- وتبلغ عشرين دونماً- باسم أبيه الذي باع خمسة عشر دونماً منها للحاج مصطفى، وتمّ تثبيت ذلك بورقة كتبها المختار آنذاك، ولم يتم فرز الأرض وتسجيلها في إدارة العقارات. ثمّ أبرز حميد الوثيقة التي تؤكد ما قاله. بينما الحاج مصطفى يؤكّد أنّه اشترى سبعة عشر دونماً.

وفي اليوم التالي، قاد حازم سيارته باتجاه مزرعة الحاج مصطفى الواقعة جنوب البلدة. تعمّد حازم ألّا يدخل البلدة، وإنّما دار حولها، وسلك طرقاً زراعية ترابية أثارت زوبعة من الغبار إلى أن وصل إلى المزرعة. فدخل من الباب الضخم، وأوقف سيارته بجانب البيت الذي بناه أبوه ومات قربه بفعل سمّ الأفعى، ولم يجد من ينقذه. كانت جدته قد روت له قصة وفاة أبيه، والظلم الذي تعرّض له. وكذلك هنا- كما يعتقد حازم- اغتصب الحاج مصطفى أمه. طفح كيله، وفاضت عدوانيّته لدرجة أنّه شعر بأنّه يرغب في قتل ذلك الأفّاق اللعين. إلّا أنّه أخذ نفساً عميقاً، وضبط أعصابه، ووقف ينتظر ريثما يهدأ أكثر.

صوت سيارته نبّه الحاج مصطفى الجالس داخل البيت، فخرج يستطلع هوّية القادم. رأى سيارة خاصة، ثم رأى شاباً يترجّل منها،

ويرتدي بنطال جينز وكنزة بيضاء. بدت على الشاب وسامة وصرامة غير عادية. مرّت لحظات قبل أن يتعرف عليه، ثم صاح مُرحّباً:

- حازم! يا مرحبا يا مرحبا! شو هالزيارة الحلوة، والله ما عرفتك.

احتار الحاج مصطفى بين أن يرحّب برجل ذي سلطة ونفوذ حديثَي العهد، وبين الصورة الماثلة في ذهنه للطفل ذي الفقر المدقع، ومن حسب أدنى من متواضع، وأمّ كان قد وطئها غير مرة، وأب فقير ومجهول النسب. وبعد ثوانٍ، تجاوز حيرته بفضل طبعه الذي يقدّس الغني ويتملّق ذوي السلطة والنفوذ. ولكن، لا بأس بتذكيره بماضيه بطريقة أو بأخرى. لذا، تابع حديثه:

- بلا مؤاخذة يعني، هيئتك متغيرة، بعرفك... يعني نحيف و... الله يلعن الفقر... أهلاً وسهلاً، تفضّل تفضّل...

كان الحاج مصطفى قد سمع عن منصب حازم، والسلطة التي يمتلكها، وخمّن أنّ الجدة قد أخبرته بفعلته، ولذلك راح يسترضيه ويمتدحه. غير أنّ حازم بقي صامتاً وقد صالب ذراعيه على صدره، وأنصت إلى الحاج مصطفى الذي استفاض في الشرح مدعياً أنه اشترى سبعة عشر دونماً.

وأخيراً، اختصر حازم الحديث، وقال له إنّه اشترى خمسة دونمات من حميد الإبراهيم، وعلى الحاج مصطفى إعادة إشارات الحدود إلى ما كانت عليه قبل أيام، ثم يجب أن يرافقه إلى مديرية العقارات لتثبيت ذلك وفرز الأرض. فرفض الحاج مصطفى هذا الكلام، وأكّد أنّه اشترى سبعة عشر دونماً. دار بينهما حوار متوتر يحمل الكثير من العداء. وخلال ذلك

الحوار، أظهر حازم الوثيقة التي تؤكد أنه اشترى خمسة دونمات. ولكنّ الحاج مصطفى ادعى أنّ حميد الإبراهيم خدع حازم، وباعه أرضاً غير أرضه، وأصرّ على أنّه اشترى سبعة عشر دونماً.

عندها، ضبط حازم نفسه، ولم ينجرّ إلى الشجار لأنه لم يكن يريد ذلك. وعندما أدرك أنّ الحاج مصطفى متمسك بروايته ولن يتراجع، ركب سيارته وعاد إلى بيته. وهناك، اتصل برئيس قسم المخابرات في بلدته، سعدة، وبعد كلمات المجاملة، وعد حازم بزيارة رئيس القسم مساء.

رحب رئيس القسم بحازم؛ فهو يدرك موقع حازم في إدارة المخابرات في دمشق. وأثناء الزيارة، طلب حازم ملف عائلة الحاج مصطفى. وبعد المراجعة والتدقيق، تبيّن أنّ ثلاثة من أقرباء الأخير متهمون بالانتماء إلى الإخوان المسلمين، وقد هربوا من سورية. سرّ حازم بهذه المعلومة، وكتب أسماء الثلاثة واحتفظ بالورقة.

وبعد ثلاثة أشهر، وفي بداية موسم الصيف، استدعى حازم المدعوّ مصطفى الحديد عن طريق قسم المخابرات في مدينة سعدة، للتحقيق بتهمة التستر وإيواء أعضاء من الإخوان المسلمين قبل أربعة أعوام. فتمّ اعتقال الحاج مصطفى من قبل عناصر القسم، وقُيِّدت يداه إلى الخلف، ووُضع في السيارة وأُخذ إلى القسم. عندها، حاول الطبيب فواز وزوجته بكل ما لديهما من معارف ونفوذ أن يطلقا سراحه، ولكنّ محاولاتهما باءت بالفشل.

وبعد يومين، وصل الحاج مصطفى إلى فرع المخابرات الذي يتولّى فيه حازم قسم التحقيق السياسي. فأمر حازم بوضعه في زنزانة من دون أن يتعرض للأذى. إذ كان يُخطط ويتوقع أن يزوره الطبيب فواز بعد أن يصل الخبر إليه، ويطلب منه العفو والمغفرة، وأن يتعهد له بأن يتنازل أبوه عن الأرض التي استولى عليها. ووقتها، سوف يقرّر حازم إخلاء سبيل الحاج مصطفى، ويحصل على حقه. ولكنّ ما حصل هو عكس ذلك تماماً. فبعد ثلاثة أيام، عرف الطبيب فواز مكـان أبيه بمساعـدة الأصدقـاء والمعـارف. فمنعت إلهام أبوهـا من الذهاب لمقابلة حـازم، وأخبرتـه أنّهـا قرّرت أن تذهب هي برفقة جمـال. وكانا قد تزوّجـا وأنجبا طفلاً.

ولكن، في صباح اليوم التالي، عدلت إلهام عن رأيها، وتحدثت إلى حازم عبر الهاتف. فتفاجأ وهو يسمع صوتها عبر الهاتف؛ إذ لم يتوقَّع أن تتولى هي المهمة. وما إن قالت له: «كيفك حازم؟» حتى استفاقت مشاعر الحب كلها دفعة واحدة.

ما زال صوتها ناعماً ودافئاً، وله تأثير واضح فيه. وخلال لحظات، مرّت قصة حبه لها في ذهنه كشريط سينمائي. ورغم كلّ ما مر به من أحداث مؤلمة، استطاع صوتها أن يوقظ مشاعر حبه لها الدفينة في أعماقه. في البداية، لم يستطع الكلام؛ لأنّ غصة في الحلق أجبرته على الصمت. كانت لحظات مؤثرة وهو يستعرض تاريخاً يخصّه؛ تاريخاً مليئاً بالظلم، ولكنّه مليء أيضاً بمشاعر الحب والأمنيات التي كان ينسجها في خياله. كانت إلهام أميرته وملهمته، ومنبع فيض من مشاعر الحب التي كانت

تتوالد في أعماقه ولا يستطيع البوح بها لأحد. قارن بين الماضي والحاضر، ممّا جعله على وشك البكاء، فصمت وترك إلهام تتكلم. ولكي يتحرّر من مشاعر الحزن التي انتابته، وافق على أن يلتقيا في أحد المطاعم الراقية، بناء على اقتراح منها، وأنهى الاتصال. لم يكن يريد أن يبدو ضعيفاً أمامها، بل بالعكس. إذ أراد أن يكون قويّاً، ولكنّ اتصالها به فاجأه.

وفي اليوم التالي، فوجئ بوجود جمال في مكان اللقاء، ولكنّه استطاع أن يسيطر على دهشته. فقد قرّر أن يكون قوياً أمامها ولو لمرة واحدة. أراد أن يدافع عن حقه، ولذلك راح يشحذ قوته ليبدو واثقاً من نفسه أمامها، ونجح في تجاوز اللحظات الأولى. صافحهما بود وهو يبتسم، وأظهر لهما أنّه متماسك وقوي وقد تجاوز كل الماضي. ولكي يُظهِر قوّته، كان قد طلب من ثلاثة من مرؤوسيه من الجنود مرافقته، وجلسوا إلى طاولة ليست بعيدة عن طاولته مع جمال وإلهام. تواصل أحدهم مع إدارة المطعم، فسارع مدير المطعم إلى طاولة حازم، ورحّب به، بل ومدحه بفيض من كلمات التزلّف التي يتقنها أمثال هؤلاء. فسُرَّ حازم بهـذا الترحيب ويسماعه كلمات الإطراء. وبعد أن غادر مدير المطعم علّقت إلهام:

- باينتك رجل مهم.

فردّ بابتسامة:

- لكل زمن رجاله.

عندها، بدأت إلهام بتوجيه العتب ومن ثم الملامة لحازم الذي كان

يدّعي أنّه مع الحق ومع دولة الحق وضد الظلم، ولكنّه للأسف استغل نفوذه ليسجن رجلاً عجوزاً بعد أن لفّق له تهمة باطلة. ثمّ تدخل جمال، وألقى محاضرة على حازم تتضمن هجاء وتفنيداً لدولة المخابرات التي تجعل من رجالها فوق القانون، وتمارس الاضطهاد والتّعسّف ضد المواطنين. وطلب من حازم أن يعود حازم الذي يعرفونه، حازم الطيب الودود والمحبّ للآخرين. كما طلب منه ألّا ينسلخ عن طبقته، طبقة الفقراء والمظلومين، وألّا يتحوّل بسبب الظلم الذي وقع عليه إلى ظالم وعصا غليظة بيد السلطة. وعلى الفور، اندفع حازم يدافع عن نفسه، متّهماً جمال وإلهام بأنّهما مجرد مثقفين يحفظان عن ظهر قلب مجموعة من العبارات التي تتحدث عن الحق والمساواة ونصرة الفقير والمفهوم الطبقي للمجتمع والعدالة الاجتماعية، بينما هما في واقع الحال يمارسان عكس ذلك. وعندما اعترضا على كلامه، اندفع في كلامه أكثر، وراح يُذكّر إلهام بأنّه أحبها منذ أن كان طفلاً، ولكنّها رفضت أن تبادله مشاعره فقط لأنّه فقير، وفضّلت عليه رشيد الذي لم تحبّه يوماً ولكنّها أحبت نفوذ أبيه وماله، وعندما أهانها رشيد وضربها أكثر من مرة تحوّلت إلى جمال، وفضّلته على حازم.

ثم اندفع يتحدث عن ماضيه، وعن طفولته المعذبة، واغتصاب جدّها لأمه، وأفاض في شرح هذه الواقعة لما لها من دلالات اجتماعية ونفسية عميقة. فحينها، لم يجد من يدافع عنه ولا عن أمه، بل حصل العكس تماماً؛ إذ راح الجميع ينهشون لحم أمه، وأذلّوه، ولم يتركوا كلمة قبيحة إلّا وقالوها بحقّه وحقّ أمه. ثم ذكر أباه الذي قُتِل في مزرعة

جدها بسم أفعى، ولم يجد من يسعفه، وقال إنّه عمل سنتين مقابل كمية تافهة من القمح، ولولا قوة جدّته لما حصل أبوه على أي شيء مقابل عمله. فلماذا لم تقف في وجه جدها الذي استغل كل الفقراء في البلدة واستولى على حقوقهم!؟

عندها، فوجئ جمال لدى سماعه بالوقائع الّتي سردها حازم، وعن الطفولة المعذبة التي عاشها. ولكنّه قال إنّ هذا ليس مبرّراً لسجن رجل عجوز بدون سبب، وإنّ الانتقام لا يبني مجتمعاً، وإنّ ما يقوم به حازم الآن هو نفسه ما مورِس ضدّه من قبل.

فما كان من حازم إلّا أن ابتسم ابتسامة ساخرة، ووصف جمال بأنّه إنسان سطحي، يحفظ مجموعة من المقولات الّتي كتبها كتّاب لا يعرفون سوريا ولا المجتمع السوري، وليست لهم علاقة به، ويردّدها. فردّ جمال بانفعال؛ وقال إنّ حازم باع نفسه للشيطان مقابل النفوذ والقليل من النقود. وأيّدت إلهام كلام زوجها، وأضافت أنّه– أي حازم– تغيّر كثيراً، وأصبح رجلاً مخيفاً بدلاً من حازم الوديع والرقيق.

هذا الهجوم على حازم أثار غضبه، فلم يعد قادراً على السّيطرة على هدوئه المصطنع. وما كان منه إلّا أن نهض بعد أن قرّر إنهاء اللقاء، وقال إنّ الحاج مصطفى متورّط بإيواء إرهابيين، وهو لا يستطيع إطلاق سراحه لأنّ القرار ليس بيده. عندها، انفعل جمال، واتّهم حازم بأنه ليس إلّا جلاداً في يد السلطة الطاغية.

وهكذا، غادر حازم المكان ولحق به العناصر الثلاثة. غير أنّه قرّر أن

يدفع الأمور إلى نهايتها وليكن ما يكون. لذا، رفع يده عن ملف الحاج
مصطفى الذي أحيل إلى التحقيق بتهمة التكتم على معلومات تهدّد
أمن الوطن.

ربيع عام 1991

أوشك نيسان على الانتهاء.

جلست إلهام على المقعد الخلفي للسّيّارة ويجانبها سحر وفايز. وفيما السّيّارة تعبر السهول الممتدة غرب مدينة حمص، راحت إلهام تتابع المناظر البانورامية الّتي تتلاحق أمام ناظريها من خلف زجاج النّافذة: السهول المزروعة بالخضروات، والأشجار الممتدّة على مدّ البصر، والنباتات البرية، والهضاب القريبة، والسهول، والجبال... غير أنّ الحزن كان سيّد الموقف.

فها هم أعضاء المجموعة يلتقون معاً مجدداً للمرّة الأولى منذ زمن طويل؛ كلّهم ما عدا حازم. فبعد أن تخرّجوا من الجامعة، تفرّقوا وذهب كلّ منهم في اتجاه، ولكنّهم بقوا على صلة كثنائيات أو كمجموعة من ثلاثة أفراد؛ باستثناء حازم الذي نأى بنفسه عنهم. ولكن هذا اللقاء

الّذي جمعهم كان حزيناً جدّاً؛ إذ اجتمعوا مجدّداً لوداع معتز ومرافقته إلى مثواه الأخير، معتز الذي أُصيب بسرطان الرئة قبل شهرين فقط. وقد كان لقاؤهم ووداعهم إيّاه مع فاطمة الّتي تزوّجها بعد التخرج مباشرة وأنجب منها طفلاً مؤثّرْين. إذ اجتمع الأصدقاء- جمال وحكمت وفايز وسحر وإلهام- في المشفى، ورافقوا الجثمان إلى قريته، حيث ووري الثرى هناك.

وفي طريق العودة، ساد الصمت جلّ الطريق. وكان حكمت الذي فقد ثلث وزنه يقود سيارته وإلى جانبه جمال. فبعد أن ضحكت الحياة لحكمت ونجح في تجارته، استطاع شراء المتجر الذي كان يعمل فيه بمبلغ كبير، وحسّن تجارته، فأصبح يكسب نقوداً أكثر، وازدهرت تجارته بشكل لافت، إلّا أنّه اكتشف أنّه مصاب بداء السكري.

أمّا فايز فتوظّف كمهندس في مؤسسة الإسكان العسكرية، وصار يدخّن المارلبورو المهرب بدلاً من التّبغ المحلّي. وقد علّق جمال وحكمت على ذلك، وراحا يمازحانه ويذكّرانه بأنّه كان يعتبر كل مدخن للتبغ الأجنبي مؤيّداً للإمبريالية. فكان رده أنّ الناس والعالم في حالة تغير وتطور، ولا شيء يبقى على حاله. وهو لم يتزوج؛ لأنّه ضد فكرة الزواج الذي يعتبره مؤسسة فاشلة.

والتغير الآخر الذي حصل لفايز هو أنّه تواصل مع حازم قبل فترة قصيرة. إذ ذهب إليه سرّاً من دون أن يُعلم أصدقاؤه، وطلب منه أن يتوسّط له عند مديره لإعطائه سيارة. فرفع حازم سماعة الهاتف واتصل مباشرة بمدير المشاريع في المؤسسة، وطلب منه سيارة لصديقه فايز،

وسط دهشة هذا الأخير. إذ لم يكن يتوقّع أن يمتلك حازم كل هـذا النفـوذ والقـوة. وبعد أن أنهى حازم المكالمة، أغلق الهاتف، ونظر إلى فايز وقال:

– وعدني أنّها بعد أسبوع ستكون معك. وإذا ما استلمت حاكيني.

ورغم الحزن الذي كان مخيّماً على المجموعة والصمت الذي لفّهم وهم عائدون بسيارة حكمت، إلّا أنّ خبراً مفرحاً كان بانتظارهم حالما وصلوا إلى دمشق. فقد تمّ إطلاق سراح معتقلين سياسيين ولأول مرة في سوريا منذ فترة طويلة. وهم سجناء رأي يزيد عددهم على الثمانين سجيناً، بالإضافة إلى عدد ممّن لم يعملوا في السياسة طيلة حياتهم، ولا يعرفون ألف باء السياسة، ولكنّهم اعتُقلوا لسبب أو لآخر. وكان من بين هؤلاء الحاج مصطفى، جدّ إلهام. لذا، ما إن وصل الخبر إلى إلهام حتّى غادرت دمشق مع جمال وابنتهما متّجهين إلى بلدة سعدة، للاحتفال بخروج الجد مصطفى من السجن.

وفي اليوم التالي، حصل فايز على السيارة الموعودة؛ سيارة «بيك أب دويل كابين»، قديمة نسبياً، ولكنها أفرحته كثيراً. وما كان منه إلّا أن قادها واتجه إلى مكان عمل حازم ليشكره. وأثناء الزيارة، أخبر فايز حازم بوفاة معتز، فتأثّر حازم، وقال إنّه كان على علم بمرض معتز، وزاره غير مرة، وتواصل مع طبيبه المعالج الذي أخبره أنّ حياة معتز أوشكت على الانتهاء. فعلّق فايز بالقول إن الحياة ليست إلا سلسلة من الأحداث المثيرة للسخرية. فهي تأخذ منك ضعف ما تعطيك، محافظة على كمية الحزن في حياة الإنسان. ثم ختم فكرته بالقول إن

الحزن لا يأتي من العدم.

في تلك الأثناء دخل أحد العناصر، وقدّم الشاي لفايز ثم خرج. فتابع فايز فكرته عن كمية الحزن في حياة الإنسان، وقال إنّه مضى أكثر من ثلاثة عشر عاماً على صداقته مع معتز، ولم يره خلالها ولو لمرة واحدة في حالة فرح وسعادة، وإنّهم سوف يستمرّون في حياتهم ولن تزورهم السعادة، ولو لمرة واحدة، حتى لو عاشوا مئة عام.

أراد حازم أن يغيّر مناخ الحزن، فأخبر فايز بأنّه ترقى في عمله وأصبح معاون رئيس الفرع، وهذه خطوة أولى ليصبح رئيساً للفرع. فسرّ فايز وعلق:

– إي ها! هاد خبر مفرح، ألف مبروك يا صديقي.

ثمّ نهض فايز وعانق حازم وتابع:

– بدك تدعمني، لا تنس صديقك!

– مستعد اسعى لك بمنصب ما بتحلم فيه.

فتحمّس فايز، وبانت تباشير الفرحة على وجهه، واستحلفه قائلاً:

– بشرفك؟

– إي، بس بشرط، لازم تنهي صداقتك مع جمال وحكمت... بشكل خاص جمال.

– عم تحكي جد؟ ولا عم تمزح.

– إنت بتعرفني، ما بمزح بهيك أمور.

في تلك الأثناء، رن هاتف من بين الأجهزة الثلاثة الموجودة على

الطاولة، فرفع حازم السماعة وقد أشار لفايز بأن يصمت، وأجاب:

- احترامي سيدي... نعم سيدي... حاضر... حاضر...
حالاً... حالاً.

وأعاد السماعة وهو ينظر إلى فايز ثمّ قال:

- المعلم... بدي اعتذر منك... لازم امشي.

- لا يهمك... يلا... مع السلامة.

ثمّ غادرا المكتب، وذهب كلّ منهما في اتجاه.

✳✳✳

في الواقع، لم تكن العلاقة بين جمال وفواز- والد زوجته إلهام- فيها
الكثير من الوئام والود، بل كانت علاقة شائكة، فيها الكثير من
الخلافات التي وصلت أحياناً إلى حدّ الخصام الذي استمرّ لأشهر.
والسبب في ذلك يعود إلى الاختلاف بين الشخصيتين؛ فجمال يرى
أنّ فواز إنسان انتهازي ومتملّق، يضع كل شيء في الحياة- بما في ذلك
القيم- في ميزان التجارة، أي الربح والخسارة. فيما يرى أنّ جمال
إنسان متعجرف، ومتهور، وشيوعي، ويعادي نظاماً قويّاً جدّاً ومخيفاً
في الوقت نفسه، لذا لن يجني إلّا تدمير بيته. ولذلك كانت الزيارات
المتبادلة بينهما قليلة جدّاً، وتكاد تقتصر على المناسبات.

وحين وصل جمال وإلهام وابنتهما ندى ذات الأعوام الأربعة إلى بلدة
سعدة، قرّر الزّوجان أن يقضوا أسبوعين هناك- لاسيّما وأنّ البلدة تكون
جميلة في فصل الرّبيع- على أن يبقى جمال في بيت أهله القديم، ويزور

259

أهلها بين الحين والآخر.

وهكذا، بعد مصافحة الجد وتهنئته على خروجه سالماً، بدأ الدكتور فواز بفحص أبيه، وتبيّن له أنّه يعاني من عدة أمراض، ومن بينها السكري وقصور في عضلة القلب. فوضع خطة علاجية وبدأ بها فوراً.

وبعد أسبوع، بدأ فواز يُخطط لإقامة حفل ضخم بمناسبة خروج الحاج مصطفى من السجن. إذ أراد أن يصطاد عدة عصافير بحجر واحد. فقد أراد أن يتقرب أكثر من السلطة، وخاصة السلطة الأمنية في المحافظة، وأن يشهر براءة أبيه من تهمة ملفقة. غير أنّه لم يصرّح بذلك علناً كي لا يفتح معركة مع حازم، وهو الطرف الأضعف فيها. لكنّ الحفل الذي فكر فيه أشار إلى ذلك. لذا، بنى سرادق تتسع لألف زائر، ودعا إلى الحفل كل المسؤولين في المحافظة: القيادة الأمنية والسياسية والعسكرية، ووجهاء المنطقة، وشيوخ العشائر. كما ثبّت علم سوريا وعلم حزب البعث في منتصف الساحة، وعلق لافتات تشيد بالقائد التاريخي حافظ الأسد، وبالانتصارات التي حققتها سوريا. وشكّل لجنة مؤلفة من عشرة رجال من وجهاء البلدة والمسؤولين لاستقبال الزوار، ومن بينهم جمال الذي رفض القيام بذلك رفضاً مطلقاً؛ لأسباب خاصة كما قال. ولذلك كانت إلهام متأثرة بشدّة بالعلاقة السيئة بين أهلها وزوجها؛ فهي تحب جمال، وتأثرت بأفكاره، ولكنّها بالمقابل لا تستطيع التخلي عن أبيها وأمها.

يُقال إنّ الدكتور فواز اشترى خمسين خروفاً وخمسة عجول للاحتفال بخروج والده. فيما تولّى عملية الذبح والسلخ والتقطيع أولاد أبي

السعد، وتولّى أبو حسن وورشته عملية الطبخ.

وفي يوم المحدّد، بدأت الوفود بالوصول، وبدأت لجنة الاستقبال بالقيام بعملها، بينما جلس جمال بين المدعوين وهو في حالة ملل وضجر، بل في حالة ضيق؛ لأنّ ما يُبذَل من نقود لاستقبال أكثر البشر انتهازية وإجراماً يكفي لإطعام فقراء البلدة لعام كامل.

كانت هناك مجموعة من الشباب مهمتهم تقديم القهوة المرة للضيوف، ثم تقديم الشاي. وعقدت حلقة الدبكة بقيادة عازف المزمـار المشهور «أبو النوف»، وقـارع الطبل «أبو الميز»، والمطرب الشعبي «أبو معتز». إذ شكّل هؤلاء الثلاثة فرقة، ولإحياء الحقل تقاضوا أجراً كبيراً.

وهكذا، تدفّق جمهور من أهل البلدة بكثافة. وكان المحافظ، وأمين فرع الحزب، ورؤساء الأجهزة الأمنية في المحافظة، ورؤساء الفرقة العسكرية والألوية المتواجدة في المحافظة آخر الواصلين. ومن بين هؤلاء المسؤولين شوهد حازم جالساً في الصف الأول، بجانب رئيس فرع المخابرات العسكرية في المحافظة. حضوره شكّل مفاجأة لفواز ولجمال وإلهام بشكل خاص. فعندما صافح فواز الوفد الكبير تفاجأ بوجود حازم، ولذلك ارتبك وهو يصافحه، بل تردّد في مصافحته، ولكنّ يد حازم الممدودة جعلته يمدّ يده. وكانت مصافحة سريعةً خاليةً من أي عبارة تعبّر عن الود. وبعد أن أخذ الوفد مكانه، نهض حازم وهو لا يزال بحالة ضيق بسبب طريقة استقبال فواز له، واستدعى فواز وانتحى به جانباً وقال له:

- أنا ما بشرفني اجي لعندك، بس أُجبرت على المجيء لأن رئيس الفرع اتصل بي ودعاني، وما بقدر أقول له لا.

فردَّ فواز معتذراً:

- لا، بالعكس، بشرفنا حضورك، أنت ابن البلد، بترفع راسنا. وبالنهـاية نحن مقتنعين إنه مـا لك علاقة بقصة اعتقال الوالد. أهلاً وسهلاً.

فعاد حازم وجلس في مكانه بين المسؤولين الكبار في المحافظة وهو يشعر بالضيق. كانت مئات العيون من الجمهور تنظر إليه لأنه ابن البلد. وراح النّاس يتهامسون، ويقولون: «سبحان مغير الأحوال، ابن صبحة يجلس مع كبار المسؤولين في المحافظة!». غير أنّ لجنة استقبال الضيوف أولته اهتماماً خاصّاً، ما جعل مزاجه يتحسن. بل إن وجهاء البلدة كلهم أبدوا حفاوة كبيرة جداً به، ما جعله ينسى سوء استقبال فواز له.

لم ينهض جمال ولم يصافح حازم، وكذلك فعل حازم. حتّى إنّ الأخير حاول أن يشعر جمال بأنّه غير موجود؛ رغم أنّ العيون التقت. وهذا ما جعل الضجر والضيق عند جمال يصلان إلى الذروة. إذ كان جمال يرى مشاهد الانتهازية المقرفة عند معظم أهل بلدته، وهم يتملقون المسؤولين الذين كان يَنظر إليهم كمجرد لصوص ومجرمين لا أكثر.

في تلك الأثناء، كان الحاج مصطفى مضطجعاً على سريره، لا يقوى على النهوض واستقبال المدعوين. ولكنّه عندما علم أنّ حازم من بين الموجودين نهض، وغادر سريره، واتّجه إلى مكان الحفل وهو بالكاد يمشي.

وعندما وصل إلى مكان الحفل وهو يلهث من شدة التعب، أوقفه ابنه فواز وسأله عمّا يبحث عنه فقال:

– حازم، أريد حازم.

– شو بدك منه؟

– خذني لعندو وبس.

قاده فواز إلى حيث يجلس حازم وهو في حالة قلق ممّا يمكن أن يصدر عن الأب تجاه حازم. إذ خشي أن يقوم أبوه بفعل غير لائق؛ كأن يشتم حازم، أو يسترجع قصة أمّه وعلاقته معها، أو يذكّره بفقره وماضيه، أو أي عمل آخر انتقاماً لسجنه. ولذلك، راح يحسب ألف حساب لهذا اللقاء، ويحاول أن يأخذ كل الاحتياطات تجنّباً للإساءة التي ربّما يقوم بها أبوه. لذا، عندما وصلا، أوقف الابن أباه على مسافة من حازم وقال له:

– هذا سيادة المقدم حازم.

فوقف الأب وهو يترنّح ويلهث، وتوجّه إلى حازم بسيل من المديح وكلمات التبجيل التي لم يسمعها حازم طيلة حياته. وبسبب الإجهاد والتوتر اللذين كان العجوز يعاني منهما راح يتحدث بشكل متقطع. عندها، نهض حازم وهو في حالة ذهول وارتباك من هذا الموقف المفاجئ، لاسيّما وأنّ الجمهور الذي يعرف كليهما يتابع ما يجري مندهشاً. بعد ذلك، حاول العجوز أن يمشي ليقترب من حازم، ولكنّه لم يستطع، فساعده ابنه. وعندما اقترب من حازم، رفع يديه لمعانقته، ففهم حازم ما يريده العجوز، واقترب منه وسمح له بمعانقته. بكى العجوز، وتأثّر حازم بهذا الموقف، وشعر أنّ العجوز في غاية الهشاشة والضعف. وحين

بدأ تنفّس العجوز يتثاقل أكثر فأكثر أدرك فواز أنّ أباه في حالة صحية سيئة، فطلب منه أن يساعده في العودة إلى البيت. أمسكا كلاهما- حازم فواز- العجوز، كلّ من جهة، وقاداه إلى البيت. وبعد أن تجاوزوا مكان الحفل، خارت قوى العجوز، وفقد الوعي، فحملاه إلى البيت. وما إن وضعاه على السرير حتى فاضت روحه. حاول فواز إسعافه، وإعادة قلبه للعمل مجدّداً، ولكنّ كل محاولاته باءت بالفشل؛ إذ مات العجوز بين يدي ابنه وحازم.

بكى فواز، واحتضن أباه الذي عاش حياة مديدة انتهت بالسجن على يد حازم الذي بدوره ظُلم كثيراً على يد المتوفى. إنّها الحياة بما تحمله من تناقضات لا يمكن فهمها! ولكن، يجب القبول بها كي تستمر.

هل هناك من تفسير لما تقدمه الحياة من أحداث؟ هل الحياة تدير نفسها وفق منطق خاص بها، أم تدار بشكل عشوائي!؟ ولكن، عندما يكون للأحداث معنى، فهذا يعني أنّها تُدار وفق منطق ما. هذا ملخص ما دار في ذهن فواز حينها وهو ينظر إلى أبيه المسجّى أمامه. ثمّ عاد إلى الواقع على وقع سؤال أطلقه حازم:
- وهلق كيف بدنا نتصرف؟

لم يكن فواز يحتاج إلى الكثير من الوقت ليجيب؛ إذ إنّ آلية التفكير الانتهازية عملت في أقصى طاقتها، وخلص فواز إلى استنتاج مفاده أنّه تمّ إنفاق الكثير من النقود بسخاء، ولا يمكن استرجاع تلك الأموال، لذلك يجب الاستفادة من صرفها وتبديدها. فالعجوز تُوُفّي وانقضى الأمر، ولذلك يجب المتابعة في استثمار ما صُرِف من نقود. ثمّ نظر إلى

حازم، وقال له إنّه عليهما كتمان خبر الوفاة لكي يستمر الحفل، وعند المساء سيعلن وفاة والده.

ترك حازم فواز بالقرب من أبيه وعاد إلى الحفل. كانت حلقة الدبكة قد كبرت وتوسّعت حتى كاد لا يرى آخرها، بينما عازف المزمار أبو النوف ينطلق من أول الدبكة إلى آخرها، يرافقه قارع الطبل أبو الميز، فيلهبان حماسة أعضاء الدبكة، ثم ينعطفان إلى منتصف الساحة ويقفان هناك، فيباعد أبو النوف ما بين ساقيه، ويقوّس ظهره إلى الخلف وهو يعزف، بينما يركع أبو الميز على ركبته، ويضع طرف الطبل على الأرض ويبدأ بضرب حماسي متسارع على الطبل الذي يبدأ بالاهتزاز ويُصدر إيقاعاً يجعل جميع المشاركين ينخرطون في دبكة حماسية راح إيقاعها يتسارع حتى وصل الجميع إلى الذروة.

وفي خضمّ هذا الجنون المتسارع في الإيقاع واتّساع حلقة الدبكة، عاد فواز إلى الحفل، فأمسك به قائد حلقة الدبكة الذي كان قد انفصل عن الحلقة، وقاده إلى منتصفها وراح يراقصه. عندها، اضطر فواز إلى مجاراة قائد الدبكة، وراح يرقص قبالته. وأسرع أبو الميز إليهما، ثمّ ركع على ركبتيه، ووضع الطبل أمامه على الأرض، وبدأت ضرباته تتسارع وفق لحن راقص جعل فواز وقائد الدبكة يبدعان في رقصتيهما.

كان حازم يراقب ما يدور أمامه، وهو الوحيد الذي يعرف أنّ من يحتفلون لأجله قد غادر هذه الحياة إلى مكان لا أحد يعلمه. فحازم لم يفكر من قبل في المصير الذي ينتظر المرء بعد هذه الحياة. فبعد أن غادر المسجد وحلقة الطلاب الذين اعتقلوا، لم يخطر هذا السؤال في ذهنه

قطّ. تذكّر سعد وابتسامته وحركته التي لا تهدأ. ورغم منصبه ونفوذه، والثقة التي اكتسبها بنفسه، والثقة التي مُنِح إيّاها من قبل رؤسائه، لم يجرؤ يوماً على البحث عن مصير هذه المجموعة، ولم يجرؤ على تتبّع مصير سعد، وخاصة أنّه لم يُكلَّف بملف التيارات الدينية، وإنّما كُلِّف بملف الأحزاب السياسية اليسارية. إلّا أنّه أدرك- ومن خلال تجربته- أنّ سعد وباقي أعضاء المجموعة- قد قتلوا إمّا تحت التعذيب أو في سجن تدمر.

حرّك يده أمام وجهه طارداً ذبابة راحت تحوم حول أنفه، وفي الوقت نفسه طارداً تلك الأفكار أو الهواجس التي تشكّل خطراً حتى على من يهجس بها. رأى إلهام تمرّ إلى يمين السرادق وتقف هناك مع ابنتها، وعيناها تبحثان عن شخص ما، فخمّن أنّها تبحث عن جمال أو أبيها. وحين التقت عيناها عينيه، أطالت النظر إليه، بينما لم يستطع هو أن يبعد عينيه عن عينيها. لمح طيف ابتسامة ارتسمت على شفتيها ثم اختفت، قبل أن تبعد نظراتها عنه. مرّت سنوات عديدة لم يرَها خلالها، ومرّت سنوات أكثر من دون أن يتكلم معها؛ منذ أن علم بعلاقتها مع جمال.

«لقد كبرت قليلاً، وامتلأ جسدها أكثر»، همس لنفسه. ولكنّ مشاعر اللحظة الأولى التي أعادته إلى الزمن القديم لم تختفِ. فها هي تعود كما لو أنّها جرت منذ لحظات. رأى جمال يمرّ من أمامه ويتوجّه إلى حيث تقف إلهام. وعندما وصل إليها، راحت تحدّثه وتشير بيدها. كانت تتكلم بانفعال، ولكن بصوت منخفض اضطرّ جمال إلى أن يدنو

منها أكثر ليسمع ما تقوله. مرت لحظات، ثمّ انضمّ إليهما فواز وراح بدوره يتحدث. أطال الحديث، ثم تركهما وعاد إلى حلقة الدبكة، بينما عادت إلهام من حيث أتت، وعاد جمال إلى كرسيه.

علم جمال بوفاة العجوز، وراح يتابع فواز، فلم يشعر بأنّه تأثر بوفاة أبيه؛ بينما راحت الكلمات الّتي قالها فواز لإلهام وله تتردد في ذهنه:

– لا نريد أن نفسد الحفل، ولا أريد لعشرات الآلاف التي صرفتها أن تذهب هدراً. عودا إلى مكانيكما وكأنّ شيئاً لم يكن.

أي رجل خالٍ من المشاعر هذا!؟ تساءل جمال في سرّه، ثم راح يطوّر أفكاراً عن البرجوازية التي لا تحفل بالمشاعر ولا تقيم وزناً لعلاقات القرابة، وإنّما تركّز وفي جميع الأوقات والظروف على الربح والخسارة. لم يكن جمال يحب العجوز، وكان يعتبره رجلاً بخيلاً وظالماً، راكم ثروة من خلال ظلمه للآخرين. ولكنّه بالنسبة إلى فواز– الذي راح يرقص وهو يعلم بوفاة أبيه كي لا يفسد الحفل، أو كي لا تذهب النقود التي صرفها هباء– لا يزال أباه!

بالمقابل، انتقل خبر وفاة العجوز همساً من شخص إلى آخر، حتى وصل الخبر إلى جميع الحاضرين، من زوار ومسؤولين وسكان البلدة، ولكنهم جميعاً تصرّفوا وكأنّ شيئاً لم يحدث. كما لو أنّ الحشد كله اجتمع وقرّر أن يستمر الحفل حتى النهاية، على أن يتمّ الإعلان عن وفاة من أقيم هذا الحفل لأجله بعد مغادرة الجميع.

وبعد مرور بعض الوقت، وقف مختار البلدة وبجانبه فواز، وأعلنا

عن انتهاء الحفل، وقالا إنّ وقت تقديم الطعام قد حان، وشكرا الجميع على قدومهم ومشاركتهم فرحتهم. ثمّ بدأ الشباب يدخلون الساحة، وكل اثنين يحملان قدراً ممتلئة بالطعام المسمى «المليحي»؛ وهو البرغل المطبوخ باللبن، وتعلوه كمية من قطع اللحمة. كانت قطع اللحمة كثيرة، لدرجة أنّ البرغل لم يظهر للعيان. وبالإضافة إلى الطعام التقليدي، أمر فواز بتقديم «الفريكة». فكانت قطع اللحم الضخمة تعلو طبق الفريكة الذي لم يقدّم إلا للضيوف رفيعي المستوى. وضعت «المناسف» على طاولة طويلة تمتد من أول السرداق إلى آخره، وعلى جانبي الطاولة اصطفّت الكراسي. وبالموازاة مع الطاولة الأولى، امتدت عشر طاولات، وكل واحدة منها امتدّت من أول السرداق إلى آخره. ثم دعا المختار الجميع لتناول الطعام.

ربيع عام 1992

ها هو الربيع يعود مجدداً حاملاً الأمل بالسعادة لكل من هو قادر على أن يكون سعيداً. فالسعادة تحتاج إلى قدرة، والقدرة أنواع. فهناك القدرة على بذل المال، والقدرة على امتلاكه، وهناك قدرة تحتاج إلى قدرة نفسيه، ورابعة تحتاج إلى الحب، وخامسة وسادسة... وهكذا إلى ما لا نهاية من القدرات التي يمكن أن تكون سبباً للسعادة. تلك هي الفلسفة التي توصّل إليها حازم أخيراً، والتي جعلته سعيداً. فلديه قـدرة الشباب والمال والجاه والسلطة والحب. إنّه في قمة السعـادة؛ إذ يقـود سيارته عـابراً حي الروضة للقـاء من يحبّها- السيدة منى- أو كما يسمّيها «منيتي». مرّ من أمـام وزارة الثقـافة، ثم انعطف يميناً، ثم يساراً.

ما يميّز حي الروضة عن غيره من الأحياء هو الهدوء، وكثرة الأشجار المنتشرة على جانبي الشوارع التي تمتاز بنظافتها، والأبنية الأنيقة التي

لا يتجاوز الواحد منها أربعة طوابق، فضلاً عن ساكني الحي الذين ينتمون إلى الطبقة الدمشقية الأرستقراطية. انعطف يميناً، ثمّ أوقف سيارته أمام بناية تضم شقة تملكها منى وحوّلتها إلى عشٍّ سرّيّ لحبّهما.

وبينما كان حازم يوقف السيارة، لمح عامل نظافة يبتسم ويلوح له بيده. نزل من السيارة، بينما أصبح عامل النظافة بالقرب منه وهو يصيح:

- حازم... مرحباً حازم...

التقت عينا حازم عيني العامل. إنّه ثائر الذي اندفع وعانقه بحرارة مبالَغٍ فيها، وقبّله ثلاث قبلات على وجنتيه، فترك لعابه آثاراً على وجنتي حازم وهو يتكلم بصوت مرتفع، بينما رائحة جسده- بسبب التعرق أو بسبب عدم الاستحمام لفترة من الوقت- جعلت حازم يتنفس بشكل متقطع، ويظهر تعبير تقزّز على وجهه. لا يزال ثائر كما هو. فهو أشعث الشعر، وسخ الثياب، ضخم الجثة، وفظ السلوك، وغبي. اندفع ثائر يسأل حازم بصوت مرتفع تلك الأسئلة التقليدية عن الأحوال والصحة، ثم راح يمدحه ويشير إلى السيارة التي كان حازم يقودها، والثياب التي يرتديها، ويقول:

- أيامك يا عم! إي ليش لا. سقى الله أيام زمان.

فسأله حازم كي يقطع الطريق أمام ثائر الذي بدأ- كعادته كلما التقى حازم- يذكره بالماضي:

- شو عم تعمل هون؟

فأشار ثائر إلى سيارة تقوم بكنس الشوارع وتلتقط الأوساخ أيضاً. قال ثائر:

- عم نشتغل. عم ننظف أوساخ الأوغاد...

وأشار ثائر بيده إلى تلك البنايات، وتابع قائلاً إنّ الزمن غدار يُذِلّ السادة ويسحقهم، ويرفع الأنذال ويجعلهم من صفوة القوم. ثم راح يتحدث عن أيام زمـان، وذكّره بأبيه، أبي ثـائر، الذي كان الجميع يهابونه، ويرمي في السجون من يريد. ثم ذكره بأيام الطفولة. حاول حازم أن يغيّر مسار الحديث أكثر من مرة، ولكن في كل مرة، كان ثائر يعيده إلى أيام الطفولة.

فقد أراد ثائر أن يهرب من حاضره البائس والمذل إلى ماضيه التليد والمجيد الذي شكّل نقطة مضيئة في حياته. بينما شكّل ثائر بالنسبة إلى حازم ماضياً سيئاً وزمناً لا يريد أن يتذكره إطلاقاً؛ ماضياً قاسياً يُذكّره بضعفه وجبنه وبقوة ثائر وسطوته عليه. لذا، لم يكن يتمنى لقاءه، بل كان يتهرب منه كلما اجتمع به صدفة. بينما ثائر كان يتمنّى أن يلتقي حازم؛ لأنّه يذكّره بقوته ونفوذه اللذين كان يتمتّع بهما في ما مضى. وفي كل مرة يلتقيه، كان يذكّره بالماضي لكي تستمر سطوته على حازم الذي قرّر هذه المرّة أن ينهي هذه المهزلة. فبعد الجملة الأخيرة التي قالها ثائر، تحوّل حازم إلى ذئب جريح، ولكنّه بقي محافظاً على نبرة صوته المنخفضة، وغرز عينيه في عيني ثائر وقال:

- إذا بعد بتعيد هذا الكلام بدي هالمرّة امسح فيك الأرض.

فضحك ثائر، وضرب كفيه بعضهما ببعض، وتراجع خطوة إلى

الخلف، في ظل دهشة ارتسمت على وجه حازم الذي شعر أنّ تهديده لم يأتِ بأيّ نتيجة، في حين أنّه حين كان يلجأ إلى التهديد نفسه والنبرة نفسها في قبو فرع المخابرات كان يجعل الموقوف يرتجف من شدّة الخوف. ثمّ تلفّت ثائر حوله، واقترب من حازم، وأمسك بعروة قميص الأخير وقال له:

- لا تنسَ الحفرة وشو عملنا.

ثمّ أشار بيده إشارة ذات دلالة جنسية واضحة. وهنا، انتفض حازم، وتوجّه إلى ثائر بعبارات حازمة وقوية:

- تأدّب يا ولد.

فصاح ثائر:

- أنا ولد!؟ أنا ولد يا حازم يا ابن صبحة... يلي...

فما كان من حازم إلّا أن أمسك ثائر من يده وهزه بقوة وهو يقول:

- أوعى تجيب سيرة أمي على لسانك. قسمًا بالله بقصلك إياه.

فارتفع صوت ثائر أكثر، وأصبح أقرب إلى الصراخ:

- انت بدك تقصلي لساني!؟ لك حازم يرحم أيام كنت تموت من الجوع، يرحم أيام زمان...

عندها، أدرك حازم أنّه من غير اللائق الاستمرار في الحديث مع ثائر؛ إذ بدأت أصواتهما تلفت انتباه الناس. كما أدرك أنّه سيكون الخاسر إن بقي في هذه المعركة الكلامية، ولذلك عاد إلى سيارته، وقادها مسرعاً.

عاد حازم إلى شقته، واتصل بمنى، وطلب منها تأجيل اللقاء لسبب

مهم يتعلق بسرية لقاءاتهما.

منذ زمن، قرّر حازم أن يفعل كل ما يلزم ليصل إلى أعلى منصب في إدارة المخابرات. ومع مرور كل يوم، نما لديه حب أكبر للسلطة والنفوذ. ولكن في الوقت نفسه، أدرك أكثر أن الوصول إلى ما يطمح إليه أمر صعب، ويتطلّب منه التضحية والحذر. والمقصود بالتضحية هنا أن يتخلى المرء عن كل القيم الإنسانية النبيلة، ويستبدلها بكل ما هو ساقط وشاذ في هذا الكون. فأن تصبح مسؤولاً كبيراً في عالم المخابرات يعني أن ترتكب كل الجرائم باسم القانون ومتذرّعاً بحمايته، وأن تمارس كل الموبقات باسم الشرف، وتقيم علاقات مع كل شذاذ الآفاق. أمّا الحذر فيعني أنك تعمل وتعيش في بيئة ثعابين، ممّا يتطلب منك أقصى درجات الحذر كي لا تلدغ. فالخبرة علمت حازم أنّ لكل مواطن سوري- بدءاً من الفلاح والعامل البسيط، ومروراً بقادة الألوية والفرق والقيادة الأمنية، ووصولاً إلى رئيس الوزراء- ملفّاً أمنيّاً يتضمن كل نشاطاته وأفعاله السياسية والاجتماعية والاقتصادية، وخاصة علاقاته الجنسية، والرشاوى التي يتلقاها، والفساد الذي يمارسه. إذ تُرسَل التقارير الأمنية والملفات المهمة إلى القائد الأوحد الذي لا يكتب به تقرير. ويصرف القائد الأوحد جهداً ووقتاً ليقرأ تلك التقارير القادمة من جهات أمنية عدة كان قد أسّسها هو كي تتجسس على بعضها بعضاً. فكل إدارة أمنية تكتب تقارير بالإدارات الأمنية الأخرى. وكل مدير إدارة ورئيس فرع أو قسم يكتب تقارير بالآخرين، فترتسم صورة واضحة للقائد عن كل القادة الأمنيين والعسكريين والسياسيين. هذه التقارير

ليست مبرراً لإزاحة فلان من منصبه، لا أبداً؛ فالإقصاء من المنصب يخضع إلى معايير أخرى. ولكن، يمكن التشنيع بالمغضوب عليه عبر تلك الملفات وفضحه على الملأ؛ إن أرادت القيادة ذلك. ولذلك، كان حازم حريصاً طيلة الوقت على أن يكون ملفه الوظيفي خالياً من المخالفات. ولكن، رغم كل هذا الحرص، كان يرتكب المخالفات بكثير من السرية. فالمال والنساء عند إتاحتهما للمرء يصبح من المستحيل مقاومتهما. فكانت لديه عشيقات، كما تمّت رشوته بمبالغ كبيرة، ولكنه كان يعوّض عن هذه الأخطاء بمزيد من التفاني في العمل؛ فكان محقّقاً صارماً مع المتهمين، ويمارس- من خلال مجموعة من العناصر الذين انتقاهم- المزيد من التعذيب والتعذيب الشديد، حتى إنّ جميع الضباط كانوا يرسلون إليه من تعسّر عليهم من الموقوفين. فقد تفوّق حازم على جميع أقرانه من الضباط بانتزاع اعترافات غريبة من المعتقلين. وأحد هذه الاعترافات أنّ أحد المعتقلين اعترف باختطافه ثلاث عشرة طائرة كي يتخلّص من التعذيب الذي يتعرض له.

ومن بين الأسرار الخطيرة التي كان يحاول إخفاءها قدر المستطاع، والتي تُشكّل خطراً ليس على عمله وطموحه فحسب، بل وعلى حياته أيضاً، علاقته بمنى. تلك العلاقة التي بدأت قبل عام واحد فقط، ولكن كانت لها مقدمات تعود إلى بضع سنين خلت. إذ إنّ تردّد حازم وخوفه جعلا تلك العلاقة تتأخر كثيراً؛ خوفه من أبي يسار الذي يمكنه ببساطة أن يقتله. ولكن، بالمقابل، علاقته بمنى استثمار مربح جداً. فمنى بجمالها وغنجها وذكائها قادرة على إقناع زوجها بأي شيء

تريده، ويصبّ هذا في صالح حازم.

وللسيدة منى قصة مؤثرة مع أبي يسار. وتعود تلك القصة إلى العام 1977، عندما كانت منى في فندق المريديان تحضر حفلة زفاف ابنة أحد التجار الأغنياء. ولم يحضر تلك الحفلة إلّا أغنى الأغنياء وأصحاب النفوذ والسلطة. ومنى ابنة تاجر كبير من دمشق، تاجر خيوط، له حصة الأسد في تجارة الخيوط في دمشق وحلب. في تلك الحفلة، كانت منى تتنقل من مكان إلى مكان كالنحلة. وكانت ماهرة في الرقص، ومنطلقة ومنفتحة في علاقاتها، فتضحك وتشارك الجميع فرحتهم. حينها، أُعجب بها أبو يسار، الرجل الغامض الجالس في زاوية الصالة وحوله حشد من الأصدقاء المقربين، بينما انتشر حراسه الشخصيون في أرجاء الصالة كما لو أنّهم مدعوون، باستثناء اثنين جلسا إلى طاولة قريبة من طاولته. التفت أبو يسار إليهما وأشار إلى أحدهما فسارع إلى الاقتراب منه، وقال أبو يسار:

– اطلب لي فتون، قلها تجي هلق.

– أمرك معلم.

وفتون هذه كانت عشيقته، ولكن مع تقدّمها في العمر تخلى عنها، إلّا أنّها رفضت أن تغادر عالم الأغنياء والسلطة، فتحوّلت إلى «قوّادة» شخصية له. فهي تتمتّع بالقدرة على ممارسة سياسة الإقناع مع كل فتاة يريد معلمها أبو يسار أن تذهب إلى سريره. ولأنّها كانت ناجحة في كل مهمة قامت بها، احتفظ بها أبو يسار كقوّادة في عالمه السري. وهكذا، تحوّلت من عشيقة إلى قوّادة، وتحول اسمها من فاتن إلى فتون؛ كما أحب

المعلم أن يناديها.

أتت فتون التي ازداد وزنها أكثر من قبل، وجلست إلى جانب أبي يسار. فهمس في أذنها بضع كلمات، وأشار إلى منى. وعلى الفور، ابتسمت فتون وعلّقت:

- ذوقك رفيع يا معلم، والدليل أنا.

فضحك أبو يسار، وضحكت فتون ضحكة خلاعية اضطرت إلى إيقافها بعد أن حدّجها بنظرة غاضبة، ثم قالت:

- اعتبرها بسريرك بعد أسبوع.

ولكن، لم تستطع فتون أن تقنع منى خلال أسبوع، ولا حتى خلال شهر. بل باءت كل محاولاتها بالفشل، وكل مهاراتها تحطّمت على صخرة كبرياء منى التي رفضت أن تكون عشيقة رجل لا تعرفه. وعندما انتقلت فتون- بناء على تعليمات أبي يسار- إلى طرح فكرة الزواج التي لا يمكن لصبية عاقلة رفضها، رفضت منى أن تتزوج رجلاً أكبر منها بخمسة وعشرين عامـاً. عندها، جن جنون أبي يسار بسبب كبريائها وإصرارها على رفضه؛ إذ لم يحدث أن رفضته أي امرأة. فهو الذي لا يُرفَض له طلب، بل هو من يأمر فيُطاع، كيف يمكن لصبية في بداية حياتها أن ترفضه.

استدعى أبو يسار أبا منى- تاجر الخيوط الشهير- عبر مرافقه الشخصي الذي زاره في مكتبه وقال له:

- المعلم يريدك. بكرا الساعة ستة المسا.

كـانت مجرّد بضع كلمات، ولكنّها أحدثت ضجيجاً في رأس تاجر

الخيوط عصام الغزال. وراح سؤال واحد يتردّد في رأسه: «ماذا يريد مني؟»

وفي تمام الساعة السادسة، كان تاجر الخيوط عصام الغزال ينتظر في مكتب مدير مكتب أبي يسار. انتظر ساعتين. وخلال تينك الساعتين رأى ما لا يمكن أن يراه لو عاش ألف عام. إذ رأى وزراء ينتظرون للدخول إليه، كما رأى أعضاء مجلس الشعب ينتظرون أن يأذن لهم كي يروه لدقائق. وعندما حان الوقت لدخول أحدهم، قال له مدير المكتب:

– معك عشر دقائق فقط.

فأجاب عضو مجلس الشعب وهو يرتجف:

– حاضر... حاضر.

خلال ساعتين، رأى تاجر الخيوط الكثير من علية القوم في دمشق وحلب وسوريا عموماً أذلّاء ينتظرون أن تتاح لهم الفرصة لمقابلة أبي يسار لدقائق. هاله ما رآه، وجعله أكثر رعباً ممّا كان. وانتفض ووقف عندما توجّه إليه مدير المكتب وأمره بالدخول. ما إن دخل وأغلق الباب خلفه حتّى أصبح وجهاً لوجه مع رجل سمع عنه الكثير، ولكنه لم يرَه. إذ رأى رجلاً يجلس خلف طاولة مكتب كبيرة، في عمق غرفة بمساحة ملعب تنس. اقترب منه والخوف يتزايد في أعماقه، والسؤال الوحيد المرعب يتكرر في عقله: «ماذا يريد مني!؟»

شعر أنه مشى مسافة تعادل كيلومتراً ليصل إلى أبي يسار الذي مدّ له يده وهو جالس، وقال بصوت أجشّ:

– أهلاً عصام، اجلس.

فجلس عصام حيث أشار أبو يسار، فيما بدأ العرق يتصبّب منه.
فالاستقبال يشير إلى كارثة قادمة. وبعد لحظات صمت، سمع صوت
أبي يسار مرة أخرى:

- مديرية المالية عم تقول إنّك عم تتهرب من الضريبة.

فحاول عصام أن يدافع عن نفسه، ولكنّ إشارة من أبي يسار أسكتته،
فيما تابع الأخير:

- المقدار يلي لازم تدفعه بس مية مليون دولار!

عندها، مادت الأرض تحت قدمَي عصام الغزال، وتاهت نظراته،
وجفّ لعابه، ولم يعد قادراً على التّنفّس. حاول أن يتكلّم مجدّداً، ولكنّ
صوت أبي يسار أسكته:

- المذكرة رح تصدر خلال يومين، وبعدين في حجز على أموالك
المنقولة وغير المنقولة.

فخرجت بضع كلمات من فم عصام كالفحيح، كما لو أنّه خزّنها
مسبقاً في فمه وخرجت تلقائيّاً. إذ قال:

- أنا ملتزم بالضريبة، وما عندي أي مخالفات.

فردّ أبو يسار بحزم:

- يعني نحن عم نكذب!

فسارع عصام إلى إنكار ذلك بخوف:

- معـاذ الله أن تكذبـو يا سيدي. بس يعني يمكن... يكـون
في شي غلط.

تابع أبو يسار باستنكار وبالنبرة نفسها:

- يعني نحن منغلط بحق المواطنين!

فاحتار عصام كيف يجد كلمات مناسبة يدافع بها عن نفسه:

- لا، العفو يا سيدي.

عندها، ردّ أبو يسار بحزم:

- انتهت المقابلة... انصراف.

نهض عصام ببطء شديد، كما لو أنه يحمل الكرة الأرضية على ظهره، ثمّ اتجه إلى باب المكتب وهو يشعر بالأرض تميد تحت قدميه اللتين بالكاد تحملانه. اجتاز مكتب أبي يسار، ثم مكتب مدير مكتبه وهو بحالة من الشرود الشديد، ولكنّه لم ينسَ أن يبتسم لكل من يصادفه ويهزّ رأسه.

وعندما خرج من المبنى الضخم الذي يحتوي على كل أشرار الأرض- كما يظن عصام- أدرك أنه يمشي وقد انحنى ظهره وتقوّس، كما لو أنّه يقف بإذلال في حضرة ملك الأرض. لذا، عدّل من انحناءة ظهره بسرعة، فيما المبلغ الذي ذكره أبو يسار لا يفارق ذهنه. وراح يردّد:

- مية مليون دولار... مية مليون دولار!

قاد سيارته إلى مكتبه، ثمّ دخل المكتب وهو يشعر بالإعياء الشديد. رنّ هاتفه أكثر من مرة، ولكنّه لم يرد. ثمّ رن الهاتف الآخر ولم يردّ أيضاً. كان الرقم- مئة مليون دولار- قد سيطر على كل تفكيره. وراح يفكّر في من بإمكانه أن يلتجئ إليه، ومن يستطيع مساعدته.

همس لنفسه: «لا أحد».

فهذا أبو يسار! من يستطيع أن يقف في وجهه!؟ وقد قال له أبو يسار بصراحة:

– أنت متهم بالتهرب الضريبي!

اتصل برئيس غرفة تجارة دمشق الذي كان على صداقة معه، وتجمعه به صلة القربى. إذ إنّ رئيس غرفة التجارة، أبا قصيّ، لديه صلات قوية مع أجهزة المخابرات. وهكذا، اتّفقا على مكان اللقاء وزمانه.

استمع أبو قصي إلى عصام باهتمام. وعندما انتهى الأخير من شرح مشكلته ابتسم أبو قصي وقال:

– بسيطة، مشكلتك محلولة.

فصاح عصام والفرحة تغمره:

– محلولة!؟ انت شو عم تحكي!

– متل ما عم قلك. اسمعني منيح.

– تفضّل.

– أبو يسار ما بهمو الضريبة، الرجال بدو شي تاني غير الضريبة.

– شي تاني!؟ متل شو؟

– ما بعرف. بس الضريبة مانا مشكلة، شيلها من بالك. تمام؟

– أوكي، تمام.

– الشي التاني يلي بدو إياه أبو يسار، أنا رح أعرفه وأجيبلك الجواب خلال يومين تلاتة.

بعد أربعة أيام، اجتمع أبو قصي مع عصام مرة أخرى في مكتبه، وقال له إنّ المشكلة ليست في الضريبة كما خمّن، ولكن هناك شيء ما يريده أبو يسار من عصام:

– أبو يسار بدو يجتمع معك وجهاً لوجه، وهاد العنوان.

وفي اليوم التالي، ذهب عصام إلى العنوان، وهو شقة في المزة فيلّات. وطيلة الطريق، كان يفكّر في السؤال القديم نفسه: ماذا يريد؟

وبعد فترة قصيرة من لقائهما، وبعض كلمات المجاملة، قال أبو يسار إنّه يمكنه أن يساعد في تخفيض الضريبة عن عصام، بل ويمكنه إلغاؤها إن استجاب عصام لطلبه. فأجاب عصام متحمساً:

– حاضر سيدي. أنا جاهز.

فقال أبو يسار:

– زوّجني بنتك مني.

مرّت ثوانٍ من الصمت المطبق، سمع عصام خلالها أنفاسه تتلاحق وكأنّه على وشك الإغماء. في الواقع، راودته شكوك بأنّه ربّما هو في كابوس وعليه أن يستيقظ منه. ففرك جبينه، ولكنّ صوت أبي يسار أعاده إلى الواقع المرّ:

– رح يجي لعندك المأذون بعد أسبوع ويكتب الكتاب. وأنا رح اعتبر المية مليون دولار مهر لبنتك. لا أعتقد أن أي أميرة أو حتى ملكة في العالم وصل مهرها لهذا الرقم.

ثمّ وقف أبو يسار معلناً انتهاء الزيارة، ومدّ يده إلى عصام

وهو يقول:

– بعد أسبوع بينتهي كل شي. مع السلامة.

فنهض عصام، ومدّ يده لأبي يسار، ثمّ مشى خارجاً وهو يجرّ خطواته التائهة والمترنحة باتجاه الباب. مشى بشكل منحرف مبتعداً عن الباب، ثم عدّل مساره، ثم ترنّح كما لو أّنه في حالة سكر شديد.

وحين وصل عصام إلى بيته بعد معاناة وجهد كبيرين، تمدّد على سريره والعرق يتصبب منه. فهرعت زوجته إليه، ثمّ منى، وحاولتا معرفة ما يعانيه. غير أّنه لاذ بالصمت، ولم يجب عن أسئلتهما التي تتوسّل الاطمئنان على صحته أكثر مما تبغي الأجوبة. ثمّ اتصلت الزوجة بابنها الطبيب لؤي الذي أتى وفحص والده فحصاً دقيقاً، قبل أن يقرّر نقله إلى المشفى لإجراء فحوصات للقلب وتحاليل للدم رّبما تساعده في تشخيص الحالة.

وفي صباح اليوم التالي، قام رئيس الأطباء– بناء على طلب الدكتور لؤي– بفحص عصام والنظر إلى التحاليل والصور الشعاعية التي أجريت له، ليخلص إلى نتيجة قالها للؤي:

– الوالد يعاني من أزمة نفسية. خذه إلى البيت، وأعطه مهدئات؛ فهو لا يحتاج إلى مشفى.

وبعد ثلاثة أيام، تجاوز عصام الصدمة. وبحضور العائلة– الزوجة ومنى ولؤي– باح عصام بالسبب الذي جعله يعاني. وعلى الفور، تشكّل مناخ عام سيطر على الجلسة العائلية للحظات؛ مناخ من الدهشة

والذهول وعدم التصديق. ثم بدأت الأمّ بالكلام، ورفضت هذا الزواج بقوة، بينما راح لؤي يسبّ ويشتم أبا يسار، رافضاً الخضوع للابتزاز. وبعد لحظات صمت، قالت منى:

- أنا موافقة، رح اتزوجه.

طال النقاش وامتد، وارتفعت الأصوات، بل الصراخ بين ومع الجميع. إلا أنّ منى أصرّت على قرارها، وطلبت من أبيها أن يتّصل به ويخبره بموافقة العائلة. وقالت إنّه لا بديل عن ذلك إلا الفقر، وربما السجن لأبيها وللؤي. وفي لحظات اليأس، لمعت فكرة في رأس لؤي: «الرحيل!». فصاحت الأمّ مستنكرة:

- نرحل! لوين!؟

فأجاب لؤي: «الرحيل والهجرة إلى أي مكان». ثم تابع قائلاً إنّهم يملكون المال، وهذا كفيل بجعلهم أعزاء في أي مكان يصلون إليه. أثار هذا الاقتراح النقاش مجدداً، واستمرّ النّقاش لساعات. وأخيراً اقتنع الجميع باقتراح لؤي، وتحسّنت صحة الأب الذي أيّد الاقتراح بقوة وقال إنّه سوف يبيع كل أملاكه سراً.

وما إن بدأ عصام اتصالاته لبيع أملاكه بسرّية قدر الإمكان حتّى أتاه اتصال من أبي يسار يعلمه فيه أنّهم - أي العائلة - ممنوعون من السفر. فأسقط في يد عصام، وعاد كل شيء إلى نقطة الصفر.

وهكذا، تزوّجت منى من أبي يسار، واستغلت نفوذها كزوجة، بل أحسنت استغلال النفوذ، ودعمت موقع أخيها الذي سرعان ما بنى

خلال سنوات مشفى خاصاً به، كما تضاعفت ثروة أبيها، وصار لديها حساب في مصرف لبناني راح يتزايد باضطراد.

ولكن، بعد حادثة الفأر، والزيارات المتكررة التي قام بها حازم، أعجبت به منى. ودفعتها رغبتها في الانتقام من زوجها إلى التعلق به. وفي غفلة من الزوج، بدأت تحرّض حازم، وتفرش له الطريق للوصول إليها. فأرسلت له إشارات متعددة تقول له فيها إنّها بانتظار مبادرة منه. وأدركت أنّ رسالتها وصلت، ولكنّه متردد، بل خائف. ولكن، بفضل صبرها، استطاعت أن تجعله شريكها في الفراش.

وكانت منى قد اشترت شقة في منطقة الروضة، وسجّلتها باسم أخيها لؤي. وتحوّلت الشقة إلى عش الغرام لهما، فصارا يلتقيان بناء على إشارة ملغزة اتّفقا عليها كلاهما. وكانت هي تحدّد الزمن بناء على انشغالات زوجها أبي يسار أو سفره؛ فهو دائم العمل.

وبعد ما حصل بين حازم وثائر، قرّر حازم أن يثأر لنفسه منه، وأن يثأر لتلك الطفولة المعذبة، ولذلك الاعتداء الجنسي الذي مارسه بحقه. كما قرّر أن يلقّن ثائر درساً لن ينساه طيلة حياته، وأن يكشف عن وجه لم يعرفه ثائر بعد.

وهكذا، اتصل حازم بقسم المخابرات في مدينة سعدة، وطلب من رئيس القسم إحضار ثائر وإرساله إلى دمشق. وفي اليوم التالي، كان ثائر في قبو فرع المخابرات معصوب العينين، وواقفاً ووجهه نحو الحائط. وكان يتلقّى الصفعات الواحدة تلو الأخرى من كل عنصر يمر به. ثم

بدأت حفلة التعذيب الحقيقية حين تناوب ثلاثة عناصر على تعذيبه، وهو لا يزال معصوب العينين، بينما حازم يقف بالقرب منه ولا يتكلم. مرت ساعة على تلك الحال، فتخضّب جسد ثائر بالدم، في حين لم يتوقف لسانه عن التوسل. ثمّ أشار حازم بيده وقال بصوت مرتفع:

– بكفّي. فكوه.

فتوقف التعذيب، وفكّوا قيده؛ حيث إنّه كان مُعلّقاً على سلم خشبي وهو عارٍ من الثياب تماماً. وعلى الفور، سقط جسد ثائر وارتطم بالأرض، وحين حاول النهوض لم يستطع. ثم أزالوا العصابة عن عينيه، فتلفّت حوله وهو لا يزال مذعوراً. ثمّ التقت عيناه بعينَي حازم فقال متوسّلاً:

– دخيلك يا حازم فكّني من هالورطة... أبوس رجليك تخلصني.

فاقترب حازم من ثائر ووقف فوق رأسه، وجعل حذاءه ملاصقاً لوجه ثائر الذي راح يبوسه وهو يناشده ويتوسل إليه كي يُخلّصه من هذا العذاب، واعداً إيّاه بأن يمحو كل الماضي من رأسه.

فأمره حازم:

– بوس حذائي من الأسفل.

– أمرك... أمرك.

ورفع حازم حذاءه، بينما شرع ثائر يقبّله من الأسفل. ثم كرّر عبارات التوسل نفسها كي يتركه ويخلي سبيله. فما كان من حازم إلّا أن قال له:

– ما بقدر إخلي سبيلك... انت متهم بالتآمر مع العدو.

ثمّ أمر حازم عناصره بسحب ثائر إلى الزنزانة. فأمسك اثنان بيدَي ثائر، وسحبا جسده الضخم على الأرض، فوسّخها ولطّخها بالدّماء التي كانت تسيل منه. وقرب باب الزنزانة، حملاه وألقيا به إلى داخل الزنزانة، وأغلقا الباب بينما ثائر يبكي ويتوسّل إلى حازم.

انقضى أسبوعان وثائر يعاني من كوابيس مرعبة، وازداد الألم الذي يشعر به بسبب جروحه التي بدأت تتفاقم ويخرج منها القيح وتتعفّن. وانتشرت رائحة العفن من جروحه، الأمر الذي جعل السجان الذي يفتح له الباب ليرمي له الطعام يغلق أنفه بيده وهو يسبّه ويشتمه.

وبعد انقضاء ثلاثة أسابيع، أرسل حازم ممرضاً إلى زنزانة ثائر، وراح الممرّض يعقّم جروح هذا الأخير المتقيّحة كل يوم. وعندما بدأت الجروح تشفى زاره حازم، وكان قد انقضى شهر على وجوده في السجن. وما إن فتح السجان الباب وظهر حازم لثائر حتى اندفع الأخير ساجداً على الأرض، ثمّ زحف نحوه، وراح يقبّل حذاءه ويتوسّل إليه كي يطلق سراحه. فوعده حازم بذلك، ولكنّه هدّده بأنّه إذا سمع أي كلام يخصّ هذه الفترة من سجنه أو أي كلام يتعلق بالماضي فسوف يقطع لسانه حقيقة، وليس مجازاً. وهكذا، تمّ إطلاق سراح ثائر الذي بقي يعاني من آثار التعذيب النفسي والجسدي. وكلّما سأله أحد عن فترة السجن، وإن كان قد تعرض للتعذيب، كان يتلفّت حوله ثم ينفي أن يكون قد تعرض للتعذيب. وعندما سُئل عن سبب سجنه، زعم أنّ شجاراً حدث في مكان العمل حين اتّهمه أحد من العمّال بأنّه سرق عجلات سيارة وباعها. ثمّ زعم أنّ حازم تدخل وأطلق سراحه.

خريف عام 1992

أخطأت منى في التقدير؛ إذ اعتقدت أنّها تمارس الفساد وكذلك عائلتها باسم أبي يسار ويغفلة منه. ولكن، لم يكن أبو يسار غافلاً عن نشاط منى ولؤي والأب. بل كان يعرف كل شيء، وكانت التقارير عن كل نشاط أو حالة فساد يقومون بها تصله. ولم يزعجه هذا الفساد قطّ، بل سُرّ به. أمّا ما لم يكن أبو يسار يتوقّعه فهو أن تخونه منى مع أحد ضباطه الذي وظّفه بنفسه ودعمه. غير أنّ تراكمات من الملاحظات اليومية جعلت أبا يسار يشك فيها.

ولكنّ شكّه ارتقى إلى مستوى عالٍ عن طريق الصّدفة، وذلك عندما رأى سيارتها مركونة في أحد شوارع حي الروضة، بينما كان في زيارة لبيت أحد المعارف. غير أنّه لم يتكلّم مع منى، ولم يسألها عمّا كانت تفعله في ذلك الحي. بل استدعى النقيب «مهيب»، وأجلسه إلى جانبه، وقاد

السيارة إلى ذلك الحي، وطلب منه أن يأتي إلى هناك كل يوم، في أوقات مختلفة، ويبقى ثماني ساعات. ثمّ عرض عليه صورة لمنى وسيارتها، وطلب منه أن يبلغه عندما يراها في هذا الحي أو يرى حازم.

وبعد ثلاثة أسابيع من المراقبة، رأى النقيب مهيب السيارة تدخل الحي. في البداية، راوده الشك إن كانت السيارة نفسها أم لا. ولكن عندما اقتربت منه، تأكّد أنّها سيارتها، وأنّها هي التي تقودها. أوقفت السيارة أمام البناية، ثم ترجلت منها وغادرتها، ودخلت البناء. سُرّ لدى رؤيته ذلك؛ واعتبر أنّه نجح في مهمّته وقدّم خدمة لسيده. وبعد نصف ساعة، رأى حازم قادماً سيراً على قدميه. ثمّ تلفّت حازم حوله ودخل البناية نفسها. فراح يقول لنفسه: «أيّ حظ جميل لديّ؟ وأيّ يوم رائع هو هذا!!؟» ولكنّ فرحته لم تدم سوى دقائق؛ إذ سرعان ما خرج حازم من البناء، وعاد من حيث أتى. فسارع مهيب إلى الاختباء، لأنّه شكّ في أنّ حازم قد رآه عندما دخل، فقد خرج بسرعة وغادر المنطقة.

وعندما أخبر النقيب مهيب أبا يسار بما حصل، تعرّض مهيب إلى توبيخ شديد منه، ثمّ طرده أبو يسار من المكتب لأنه لم يوصله إلى اليقين، بل عمّق شكوكه أكثر، وهذا غير مريح له. وبعد ذلك، نهض أبو يسار من خلف طاولته، وراح يدور في مكتبه. وفي تلك اللحظة، دخل مدير مكتبه ليخبره عن اجتماع اليوم، وأنّه لم يبقَ الكثير من الوقت.

وخلال الاجتماع الأمني، تقرّر تصفية بقايا أحزاب المعارضة اليسارية. وكُلِّف أبو يسار بهذه المهمة بناء على أوامر من الرئيس شخصياً. عندها، ألقى أبو يسار كل شيء جانباً، واهتم بالمهمة الجديدة. إذ اعتبر

أنّ نجاحه في هذه المهمة سيجعله يترقّى في منصبه، ويصبح رجلاً ذا حظوة عند الرئيس.

وهكذا، استنفر كل قواته، وأطلق حملة اعتقالات واسعة طالت كل من له نشاط سياسي أو صلة بهذه الأحزاب.

وفي خضمّ هذه الحملة، التقى جمال صديقه حكمت في متجره، واتّخذا ركناً جانبياً وراحا يتحدّثان عن حملة الاعتقالات التي طالت رفاقاً لهما، وعلى صلة بهما. وطلب جمال من حكمت أن يتّخذ كل تدابير الحيطة كي لا يُعتَقل في غفلة منه.

مضى شهر على حملة الاعتقالات من دون أن يُعتقَل كلّ من حكمت وجمال، فاعتبر الأخير أنّ الحملة انتهت، وكلاهما بخير.

وفي أحد الأيام، استيقظ جمال كعادته عند الساعة السابعة رغم أنّه في إجازة لمدة يوم، وهو يوم الخميس. وكان من عادته عندما يستيقظ أن يستحمّ بالماء البارد، سواء أكان ذلك في الشتاء أم في الصيف؛ لأنّ روحه تستيقظ بالماء البارد، كما اعتاد أن يقول كلما سأله أحدهم. بينما غادرت إلهام لتوصل ابنتهما ندى إلى الروضة.

وعندما عادت إلهام من الروضة، كان جمال قد خرج من الحمام لتوه، وقد وضع المنشفة على خصره، ولم يرتدِ ثيابه بعد. وكان واقفاً أمام المرآة يجفّف شعره. فاقتربت منه من الخلف، وضمّته، ووضعت رأسها على ظهره قائلة:
- بحبك!

لم تعتَد إلهام أن تلفظ هذه الكلمة كيفما كان وفي أي وقت كان. ورغم أنّها قالتها كثيراً، إلّا أنّها قالتها في مناسبات وسياقات تتطلب قولها. ولكنّها اليوم قالتها بدون سبب واضح، أو سياق يتطلب منها أن تقول هذه المفردة. فقد شعرت برغبة مبهمة دفعتها إلى ضمّ جمال والهمس في أذنه بهذه المفردة المحببة إلى قلبها.

وعندما شعر جمال بأنفاسها الدافئة على ظهره ورقبته، دار دورة حول نفسه حتى أصبحت إلهام في مواجهته تماماً، وحدّق إلى وجهها وعينيها وهو يبتسم، فرأى نار الهوى تشتعل فيهما. وعلى الفور، ضمّها إليه، وقرّب وجهه من وجهها وقبّلها، فارتخت المنشفة وانزلقت على الأرض. فما كان منه إلّا أن نزع ثياب إلهام بالتدريج وهما واقفان وسط الغرفة، ثمّ اقتربا من السرير، وتابعا قصة حبهما التي بدأت منذ سنين.

وبعد أن انفصل الجسدان، أخذا قسطاً من التأمل الممتع بعد المتعة الجسدية التي كانت قد انتهت للتّوّ وأعقبها استرخاء يشبه المتعة نفسها. ثمّ نهضت إلهام وذهبت إلى الحمّام عارية، بينما ظلّ جمال مستلقياً على السّرير. وبعد مرور بعض الوقت، سمع صوت الماء، وأعقبه صوت إلهام وهي تطلب منه أن يعطيها ثيابها. فضحك، ونهض، وحمل لها ثيابها. وحين فتح باب الحمّام قال:

- غريب أمرك!

فسألته وهي تبعد الماء عن عينيها:

- ليش؟

- رحت عالحمام عارية، طيب ليش ما بترجعي متل ما رحت؟

فضحكت إلهام وأجابت:

- حتّى ما اغريك.

- إذا هيك معك حق.

ثمّ تركها في الحمام ودخل المطبخ وأعد القهوة. ووضع شريط التسجيل في المسجل، فانطلق منه صوت فيروز الساحر. عندها، خرج إلى الشرفة، ووضع فنجانَي القهوة هناك على الطاولة. وبعد لحظات، أتت إلهام وجلست، فيما ارتفع صوت فيروز وهي تغني:

بتذكر آخر مرَّة شفتك سنتا

بتذكر وقتا آخر كلمة قلتا

وما عدت شفتك

وهلَّق شفتك

كيفك إنت ملَّا إنت

فتأمّل جمال وجه إلهام التي غفلت قليلاً عن نظراته بينما هي تتابع كلمات الأغنية، وتدمدم معها، وعيناها تطوفان فوق دمشق. وعندما التقت عيناها عينيه ابتسمت وقالت:

- شبك؟

- بحبك.

- وأنا كمان.

- لا عن جد بحبّك. يعني مو مجرد كلمة وبتنقال. أنا بحبك!

شرع جمال يؤكّد على الكلمة ويشرحها بطريقة مختلفة. وقال إنَّ كلمة

«بحبك» ليست مجرد كلمة تُقال، بل هي كتاب يضمّ مئات الصفحات، بل ربّما الآلاف. وتابع: «هذه ليست مبالغة، فعندما تتحوّل الحياة إلى حب، تكون كلمة «بحبك» هي السيرة لهذه الحياة بكل تفاصيلها، وبكل أوقاتها وأمزجتها المضطربة. «بحبك» في حالة الحزن والفرح، وفي حالة الغضب والاسترخاء، بحبّك في النوم واليقظة، وفي حالَتي النشاط والكسل. بحبّك في الربيع والصيف والشتاء والخريف، وأثناء تقلبات المزاج السيئة بحبك. وفي ذروة المشاعر بحبك، وذروة الخلاف بحبك. بحبّك في كل ثانية تمر».

تركته يشرح حالته وهي تتأمّله وعيناها تفيضان حبّاً له. وشعرت بمشاعره المتدفّقة تحيط بها، لها ملمس الحرير، وعطر الزنبق والياسمين. ولكنّها شعرت فجأة بغصة في الحلق، ثمّ انزلقت من عينيها دمعتان. حاولت أن تداريهما كي لا تفسد لحظات السعادة، إلّا أنّه رآهما فسألها:

– إلهام! شو في؟

– ولا شي. هي دموع الفرح.

فشرحت له مشاعرها، وقالت إنّها لا تتحمّل لحظات السعادة المفرطة، وتخشى دائماً أن تعقب تلك اللحظات السعيدة أحداث تقلب كل الموازين وتدمر سعادتها. وأكّدت أنّ هناك لحظات حزن تعقب لحظات السعادة دائماً.

فنهض جمال من مكانه، واقترب منها، وأخذ يدها فاستجابت له ووقفت. ضمّها إليه، وشرعا يتأملان دمشق التي استفاقت ونفضت عنها لحاف النوم والكسل، وانطلق ساكنوها إلى العمل. وهمس في أذنها

بأنّ أياماً سعيدة قادمة إليهما وإلى طفلتهما وسوريا.

ولأنّ «التراس» الذي يقفان عليه يُطلّ على الشارع الرئيس الذي يخترق الحي صعوداً، رأى كلاهما سيارة ستيشن تقف بشكل مفاجئ بالقرب من باب البيت، ويترجّل منها خمسة رجال مدججين بالسلاح. وأعقب ذلك وبفارق ثوانٍ توقّف سيارتين إضافيتين قفز منهما الكثير من العناصر. وعلى الفور، أدرك جمال أنّهم من المخابرات، وأنّه سيُعتَقل لا محالة. إذ توزّع الحشد الكبير من الرجال حول البيت، ومنهم من قفز وأصبح بالقرب منهما، ومنهم من صعد إلى السطح، ومنهم من حاصر البيت من جميع الجهات. ثمّ طلب أحدهم من جمال أن يسلّم نفسه من دون إحداث أي ضجيج. فضمّ جمال إلهام إليه، وهمس في أذنها أن تخبر حكمت بما حصل فور ذهابهم من هنا. ثمّ التفت إلى الضابط وقال له إنّه سيذهب معهم، وإنّه لا يوجد مُبرّر لأي أعمال عنف. وهذا ما حدث. إذ تمّ اعتقال جمال وسط ذهول إلهام ودهشتها وقلقها. ولم تقم بأي ردة فعل، سوى متابعتها جمال بعينيها وهم يكبّلون يديه، ويضعون «الطميشة» على عينيه، ثم وهم يقتادونه إلى إحدى السيارات. وبعد ذلك، انطلقت جميع السيارات معاً.

كان أبو يسار ينتظر الصيد الثمين في فرع المخابرات، وهو يقرأ ملفات المعتقلين. فقد فرّر أن يشرف على التحقيق مع جمال؛ لأنه تبيّن من خلال قراءته الملفات أنّ هناك اعترافات تقول إنّ جمال هو المسؤول التنظيمي للحزب، ويعتبر من أهمّ مسؤولي التنظيم. فهو يعرف حجم التنظيم، والكثير من البيوت السرية العائدة إليه، والمطبعة الخاصّة به،

والكادر القيادي في التنظيم، وغير ذلك من النشاطات التي تتعلق به... ولذلك خطّط أبو يسار أن يكون مقدار تعذيب جمال ونوعيته كبيراً جداً وصاعقاً، بحيث يجعله يعترف بكل شيء وبسرعة قياسية، قبل أن يتّخذ التنظيم تدابير وقائية تحدّ من المعلومات التي قد يعترف بها جمال. وهناك معلومة أخرى وجدها أبو يسار في ملف جمال، وقد لُوِّنت بالأحمر لأهميتها. وتقول المعلومة إنّ جمال وحازم من البلدة نفسها، وإنّهما صديقــان. فابتسم أبو يسار. وعندمـا يبتسم أبو يسار فهــذا يعني أنّ هنــاك فكـرة جهنمية ابتكرهـا عقـله الإجرامي للتو. جعلته الفكـرة التي طـافت في ذهنه يبتسم؛ إذ قرّر أن يكلّف حازم بالتحقيق مع جمال، وتعذيبه.

لماذا أراد ذلك؟ هل السبب رغبته في الانتقام من حازم لأنّه يشك بوجود علاقة بينه وبين منى؟ أم هي مجرّد فكرة انتقامية من كل ما هو جميل ونبيل كالصداقة؟ هل هي تجربة لفكرة الصداقة وامتحان لها لرؤية كيفية تعامل الأصدقاء مع بعضهم بعضاً في ظروف خاصة جدّاً؟ فالصداقات قد تستمر مدى العمر، وقد تنتهي بعد فترة معينة. ولكن، لم يحصل أن عذّب صديق صديقه وقام بجلده. ربّما أراد أبو يسار من وراء هذه الفكرة الجهنمية أن يختبر الصداقة من هذا الجانب. فهو ليس عالم اجتماع، ولا باحثاً في سيكولوجية الإنسان المقهور، بل هو رجل مخابرات شرقيّ يستخدم العنف المفرط تجاه المتهم ليحصل منه على إقرار بجريمته. والمتهم هنا بعرف المشرق رجل سياسي، أمّا الجريمة فهي المطــالبة بأبسط حقوق البشر؛ وهو حقّهم في التعبير عن آرائهم.

نهض أبو يسار من خلف الطاولة، وراح يتمشى وهو يشعر بالنشوة بسبب اكتشافه فكرة جديدة في عالم المخابرات. ولكن، عندما سأل عن حازم قيل له إنّه في إجازة، ففوجئ بالأمر. إذ كيف يُسمح لضابط يشرف على القسم السياسي أن يذهب في إجازة في مثل هذا الوقت!؟ وعلى الفور، استدعى رئيس الفرع الذي شرح له أنَّ جدة حازم توفيت البارحة. ففكّر أبو يسار قليلاً، ثم أمر باستدعائه وبالتحاقه بالعمل غداً.

وحين وصلت الدورية التي اعتقلت جمال إلى مبنى فرع المخابرات، وقفت السيارة أمام باب حديدي رمادي اللون، ارتفاعه متران وعرضه متر. ثمّ أُنزِل جمال من السيارة وهو معصوب العينين، واقتيد إلى الباب الذي فُتِح فوراً، وظهر دَرَج بعده مباشرة. نزل عنصران على الدَّرج، ثم أُمِر جمال بالنزول.

داهمت جمال رائحة عفونة هبّت على وجهه مباشرة، وراح يسمع أصواتاً ضعيفة تصل إليه. وكلّما نزل أكثر، ارتفعت الأصوات أكثر، فتبيّن له أنّها أصوات بشر يصرخون من شدة الألم. كانت الأصوات تنطلق دفعة واحدة، ثم يخفت بعضها ويستمر بعضها الآخر، وبعد ذلك تنطلق أصوات أخرى بحدة عالية وهي تستغيث.

وما إن وطأت قدما جمال أرض القبو حتى تلقّى لكمة في منتصف وجهه، جعلته يرتد إلى الخلف خطوتين، ثم يستقر. كانت اللَّكمة مفاجئة وقوية، ولم يكد يستقر حتى تلتها صفعات وركلات ولكمات من جميع الاتجاهات، فسقط على الأرض مضرّجاً بدمائه. وتتالت الصفعات والركلات بالأرجل مستبيحة جسده كله، وترافقت مع

صراخ السجانين الذين راحوا يشتمونه بأقذع الشتائم ويتهمونه بالخيانة والتآمر على الوطن مع العدو الصهيوني. ثمّ قام سجّانان بسحبه من قدميه حتّى أوصلاه إلى مساحة على شكل شبه دائرة، قطرها ثمانية أمتار، وتحتوي على جميع أدوات التعذيب، وتُسمى ساحة التحقيق. وعندها بدأ التعذيب الحقيقي لجمال. فقد استخدموا جميع وسائل التعذيب، بدءاً من الدولاب، ومروراً بالصعق بالكهرباء، ووصولاً إلى الكرسي الألماني والسلم. استمر التحقيق مع جمال وتعذيبه طيلة النهار. وفقد جمال خلاله الوعي أكثر من مرة. وفي كل مرة، كانوا يسكبون الماء البارد عليه لإعادته إلى وعيه ولاستئناف التعذيب. ولكنّهم لم يحصلوا منه على أي معلومة عن التنظيم.

وفي صباح اليوم التالي، عاد أبو يسار إلى الفرع ونزل إلى القبو. وجنّ جنونه عندما علم أنّ جمال لم يتكلم، ولم يعترف حتى على نفسه. ثمّ جلبوا له كرسياً فجلس عليه. وفي ذلك الوقت، وصل حازم، ووقف مستعدّاً أمام أبي يسار الذي أشار إلى جمال المكوّر على الأرض والدم ينزف من أنحاء مختلفة من جسده، ثمّ قال له:

- صديقك وابن بلدك، اتصرّف معه. بدي منه يسلّملي التنظيم وإلّا رح يتم تصفيته.

فأجاب حازم:

- حاضر سيدي.

لم يخطر في بال حازم يوماً، ولا حتى في أسوأ كوابيسه، أن يكون وجهاً لوجه مع صديق طفولته وشبابه جمال في مثل هذا الموقف. فالمسألة

ليست خلافاً بين صديقين، ولا خصاماً بينهما، ولا حتى مقاطعة بشكل أو بآخر. بل هي شيء آخر تماماً لا يمكن وصفه إلّا بالإخوة الأعداء. ولكن، أي عداء هذا!؟ ماذا فعل جمال؟ وما الفعل المعادي الذي اقترفه تجاه حازم!؟ إنّه موقف معقد، اختلط به الخاص بالعام. فكل المشاكل الشخصية التي حدثت بين جمال وحازم في الماضي وجدت ظلالها إلى الحاضر الآن، بالإضافة إلى طموح حازم ورغبته في تسلّق سلّم المجد والسلطة، وتحقيقه مآرب قد لا تتاح له فرصة تحقيقها في ما بعد. إنّه الامتحان الأصعب؛ امتحان الحياة والصداقة والقيم النبيلة. كان أبو يسار يجلس ويراقب منتظراً ما سوف يحدث، فيما جمال ملقًى على الأرض وهو مدمّى والجراح تنزف من كل أنحاء جسده. أمّا حازم فوقف قرب رأس جمال، وراح يستحضر الذكريات الأليمة والثقيلة التي عاشها، بما فيها الخلافات والشك والغيرة، بل يمكن القول الضغينة أيضاً. فقد رأى حازم أنّ جمال اعتدى على أعزّ ما يملكه، وخطف منه حبّه الذي عاش ولا يزال يعيش في قلبه منذ أن تفتّحت عيناه على الدنيا. كما خطف منه الجانب الألطف من روحه، وتركه فريسة للغيرة والضغينة اللتين راحتا تكبران في قلبه يوماً بعد يوم. فحازم في نهاية الأمر إنسان، ولديه مشاعر وأحاسيس، ومنها الغيرة وحب الذات، وغيرها من المحفزات العدوانية. وقد استحضر هذه المشاعر كلّها كي تساعده ليخطو خطوته الأولى تجاه تعذيب صديقه جمال الذي كان لا يزال ينتظر، وقد تكور جسده وراح يئن من شدّة الألم، بينما عشرة أشخاص من عتاة الجلادين يحيطون به، منتظرين الأمر للانقضاض عليه، وأبو يسار لا يزال جالساً غير بعيد

عنهم يدخن السيجار الكوبي الفاخر.

وجّه حازم أوامره للعناصر بأن يربطوا جمال ويقيّدوه على السلم الخشبي. فلم يتحرك أحد منهم، لأنهم لم يفهموا ما قاله. إذ سمعوا ما يشبه الفحيح، أو صوت رجل على وشك الاختناق، ويحاول أن يستنجد بأحد ما. أدرك حازم أنّه في امتحان صعب جدّاً، وأنّ الوقت ينفد، وأنّ هذا التردد سوف يُحسَب عليه وليس له؛ إذ لا يجوز التقاعس ولا التردد ولو للحظة في ما يخص أمن الوطن. فهذا ما سوف يقال له عندما تبدأ محاسبته: «الوطن أغلى من الابن والبنت والعائلة والصديق! الوطن أغلى من الروح!» وهو يعرف هذه الجمل ويعرف أكثر منها، وقد سمعها وردّدها كثيراً. فجأة، خرج صوته زاعقاً كما لو أنّه طير يُذبَح:

– اشبحوه على السلم! يلا لشوف تحركو.

وعلى الفور، دبّ النشاط والحركة في صفوف العناصر الذين كانوا ينتظرون. فمنهم من أمسكوا بسلم خشبي يتجاوز طوله ثلاثة أمتار ووضعوه على الأرض، ومنهم من حملوا جمال العاري من أي لباس باستثناء لباسه الداخلي الذي تمزق وتحول ما تبقّى منه إلى لون بني بفعل الدماء والأوساخ، ووضعوه فوق السلم. ربطوا قدميه ويديه من الرسغين، ثم رفعوا السلم من جهة واحدة بحيث أصبح جمال مُقيّداً إلى السلم بشكل عكسي؛ رأسه إلى الأسفل وقدماه إلى الأعلى. ويدأوا يجلدونه بكابلات كهربائية تسمى رباعية، مصنوعة من النحاس، ومغطاة بقشرة من البلاستك. جلده ثلاثة عناصر معاً. فوقف اثنان منهم كلّ إلى جانب، فيما وقف واحد في المنتصف. كانت عملية الضرب تتمّ وفق

إيقاع منظم ومضبوط تدرّبوا عليه ومارسوه كثيراً. وكان جسد جمال كلّه مباحاً لهم. وكلّما هوى الكابل على الجسد، تشقق اللحم ونفرت منه الدماء، وأحدث جرحاً عميقاً. أمّا حازم فصاح كالمجنون طالباً منهم أن يزيدوا وتيرة الضرب، وراح يتحرّك ضمن الساحة كما لو أنّه فقد شيئاً ثميناً يريد أن يسترجعه. بينما ظلّ أبو يسار جالساً يدخّن السيجار الكوبي، ويهزّ رأسه، ويتابع حركات حازم المجنونة مبتسماً. وبعد مئة جلدة، فقد جمال الوعي تماماً، فتمّ إيقاف التعذيب بإشارة من أبي يسار الذي أمر الطبيب بفحص جمال. وعلى الفور، سارع العناصر بإنزال السلم ووضعه بشكل موازٍ للأرض. وقام الطبيب بفحص جمال، ثم همس ببضع كلمات في أذن أبي يسار الذي أمر بسكب الماء البارد عليه. فانتفض جمال مرتعشاً بفعل الماء، وقد استعاد وعيه. ثمّ اقترب منه أبو يسار قائلاً:

- رح أعطيك مهلة ربع ساعة. فكّر، بدّي التنظيم كله وإلا رح تموت متل الكلب.

وبعد ذلك، غادر أبو يسار ساحة التحقيق، وصعد إلى الطابق الثاني حيث خصّص لنفسه مكتباً.

كان جسد جمال ملتصقاً بالسلم، والدم ينزف من أماكن متفرقة منه، والألم يضغط على أعصابه. استعاد وعيه، ولكنّه ليس الوعي المتعارف عليه بين البشر، بل كان وعياً آخر؛ فهو حالة نادرة لا تحدث للبشر بشكل عادي، لأنّه خليط من الوعي واللاوعي، بين الوجود واللاوجود، هو برزخ كائن في منطقة حادة تفصل بين الحياة والموت،

هو وعي يجعله يدرك المكان الذي يتواجد فيه، ولكنّه في الوقت نفسه وعي منفصل عن جسده، ويتصل بالمحيط عبر أحاسيس مختلفة عن أحاسيس البشر، فيرى الناس من حوله بعينين أخريين، أو على هيئة أخرى مختلفة عن هيئة البشر، ويسمع بأذنين تجعلانه يسمع أصواتاً غير أصوات البشر. أما إحساسه بالألم فكان على شكل موجات ترتفع إلى الذروة ثم تنخفض حتى يتلاشى الألم. تخيّل جمال نفسه مع أصدقائه في جلسة سمر، والعود في حضنه، وبدأ يعزف ويدندن أغنية أحبّها سابقاً وغناها كثيراً للشيخ امام:

قيدوا شمعة يا أحبة و نورولي

رمشتين من رمش عين

وبيندهولي

كان صوته خافتاً ولكنه رقيق، ووصل إلى مسمعَي حازم الذي جلس منهكاً بعيداً عنه. فراح حازم يستعيد بعض الذكريّات الجميلة: أماسي الربيع والصيف على «التراس» في بيت جمال، وصوت جمال وهو يغني ويعزف، والنقاشات التي كانت تدور بينهم، والاختلافات والخلافات التي كانت تحصل بينهم ثم تزول ويعودون بعدها كما كانوا أصدقاء، واللقاءات في أروقة الكليات، وتناول القهوة والشاي والتبغ في المقصف، والنكات التي كان حكمت يلقيها، وقرارات فايز المبرمة، وحبّه الوحيد ووجعه الوحيد وحلمه الوحيد إلهام. كلّ ذلك تبدّد الآن «شذر مذر»، وها هو يمارس التعذيب بحق أقرب الناس إليه.

نهض حازم، وطلب من بعض العناصر أن يفكّوا جمال عن السلم،

ثمّ غادر ساحة التحقيق متأثراً بتلك الذكريات التي استعادها للتو. شعر أنّه ارتكب خطأً فظيعاً بحق نفسه وبحق صديقه جمال. فكيف سوّلت له نفسه أن يعذّب أقرب الناس إليه!؟ ومن أجل ماذا؟ وما هي المبررات والحجج التي تجعل إنساناً يعذّب إنساناً آخر؟ حتى إنّ المجرمين العتاة لا يعاملون بهذه الطريقة. فكيف يمكن للحياة أن ترتّب أحداثاً مؤلمة بهذا القدر!؟

دخل حازم مكتبه، وصورة جمال وهو مضرج بدمائه، وصوته الواهن وهو يغني لا يفارقانه. «يا إلهي! كيف أستطيع التخلّص من هذا العذاب!؟» همس حازم لنفسه. ثمّ راح يدور في المكتب كالمجنون، باحثاً عن مُبرّر يريحه من هذا العذاب الذي بدأ للتو يوقظ ضميره ويجلده. وأدرك على نحو غامض أنّ النفق الذي دخله بدأ منذ أن قبِل بالتعاون مع المقدم يوسف، ثم تطوّع في هذه المؤسسة القذرة. ولكنّه بالمقابل كان بحاجة إلى أي سند يتكئ عليه؛ هو الطفل المعذب الذي عاش تاريخاً مليئاً بالاضطهاد والقسوة والظلم والفقر المدقع. فنادرة هي الأيدي الحنون التي امتدت إليه ومنحته بعض الدفء والمشاعر الإنسانية. أمّا فقره فلم يساعده أحدٌ عليه. فالفقر وحش يفترس كل ما هو جميل وقيّم لدى الإنسان.

فجأةً، فُتح باب المكتب وأطل أحد مرافقي أبي يسار:

- سيدي، المعلم عاوزك.

كلمتان جعلتا حازم يشعر بالخوف والتوتر الشديدين. وشعر بأنّه متّهم وهو من سيُحقَّق معه، وسيخضع للتعذيب. ينبغي له أن يطرد

هذه الأفكار الإيجابيّة والهواجس التي تجعل منه إنساناً؛ لأنّ ضبطه متلبساً بهذه الأفكار يجعل منه متهماً وموضع شك في هذه المؤسسة التي تحاسب الآخرين على النوايا.

وعلى الفور، أسرع خلف الرجل متّجهاً إلى مكتب معلمه أبي يسار. وعندما دخل وأغلق الباب، كانت عينا أبي يسار تقدحان شرراً. وقال له بصوت مليء بالوعيد، صوت منضبط النبرة، معتدل الارتفاع، ولكنه مخيف:

- ليش وقّفت التعذيب عن الوغد!؟

- سيدي كان رح يموت.

- ولا حيوان، أنا يلي بيقرر مين يموت ومين يعيش.

- حاضر سيدي.

مرت لحظات صمت. كان حازم خلالها يهرب من عيني أبي يسار اللتين راحتا تعرّيانه. بل شعر أنّه عارٍ أمام أبي يسار الذي قال له بنبرة لا يشوبها الشك إطلاقاً:

- أنا بعرف... كل شي... بتعرف شو يعني كل شي... يعني كل شي...

ثمّ صمت أبو يسار عن الكلام، وراح يتأمّل مدى تأثير كلماته على حازم الذي بدا مرتعباً. اجتاحته مشاعر خوف هائلة، لدرجة أنّ شكله الخارجي تغير، فيما تابع أبو يسار:

- اسمع ولا حقير... انت هلق بالنسبة إلي بعوضة... بهاد الإصبع

بسحقك، أكتر من اصبع لا أحتاج حتى أخفيك من على وجه الأرض. انقلع مكتبك وبتضل هناك لحتى استدعيك... يلا.

ما إن خرج حازم حتى رفع أبو يسار سمّاعة الهاتف وقال:

- جيبولي «الشرموطة» من بيتها...

وبعد ساعتين، طلب أبو يسار- عبر الهاتف- من حازم أن ينزل إلى القبو، ساحة التحقيق، ثم نهض وغادر المكتب إلى القبو.

وعندما وصل أبو يسار، كانت ساحة التحقيق قد أعدّت كما أمر. إذ كان جمال جالساً على الأرض، لا يقوى على الوقوف، ودمه قد جفّ وجسده قد تشوّه. أمّا إلهام فقد أصبحت عارية، ما عدا الثوب الداخلي، ومقيدة اليدين والقـدمين، وظلّت واقفة تنظر إلى جمـال وهي بحالة من الدهشة والصدمة، غير مصدقة ما يحصل لها وله. وراحت تبكي وتصرخ بحالة هستيرية. فيما وقف حازم بين عناصره، غير قادر على النظر إلى إلهام.

فجأة، اقترب أبو يسار من إلهام، وباغتها بصفعة قوية جدّاً جعلتها تتوقف عن البكاء والصراخ. ثمّ توجه إليها بالكلام بهدوء:

- اسمعيني منيح...

ثمّ التفت إلى جمال وقال بسخرية:

- يا بطل، اسمعني منيح... مرتك قدامك عارية...

ثم أشار إلى مجموعة من السجانين الواقفين حول حازم وتابع:

- شايف هدول الوحوش... جاهزين... كلن عزابية ومكبوتين...

رح يفظعو بمرتك، عم ينتظرو إشارة مني... أمامك خيارين.
الأول، بدي منك كل شي بتعرفو عن التنظيم بالأسماء الحقيقية:
قيادة التنظيم، والبيوت السرية، والمطبعة... وتاني خيار إنّك تكون
بطل، وتشوف بعيونك كيف رح يغتصبو مرتك الحلوة واحد واحد
واحد... معك مهلة أسبوع تفكر.

ثم التفت إلى حازم وقال:

- حازم، الحقني.

وخرج أبو يسار من القبو، وتبعه حازم إلى مكتبه. ثمّ دخل حازم
خلف أبي يسار الذي جلس مكانه، وترك حازم واقفاً، ومرتبكاً،
ومُشوّشاً إلى أقصى درجة. وقال لحازم:

- هلق بتحط إلهام بغرفة، وممنوع حدا يقرّب عالغرفة... وانت
بتشرف على علاج جمال... شوف الطبيب وخليه يعالجه...
وبعد أربع أيام... بتجلس انت وجمال وإلهام، وبتضغط عجمال
انت وإلهام وبتخلوه يحكي... لأنه إذا ما حكى رح انتقل لتنفيذ
التهديد... وانت رح تنفّذ وتشرف على عملية الاغتصاب، يعني
تحت إشرافك. انصرف.

- حاضر سيدي.

خرج حازم من المكتب وهو في حالة يرثى لها. وبدأت رحلة العلاج.
فكل صباح، كان حازم يرافق الطبيب الذي يقوم بتنظيف الجراح
وتعقيمها وتضميدها، وإعطاء جمال الدواء، وتقديم طعام مميز له. وبعد
انتهاء الطبيب من مهمته، كان حازم يجلس مع جمال، ويحاول أن يقدّم

له المبررات والأسباب التي تجعل جمال أقلّ تشدّداً في إعطاء المعلومات عن التنظيم. ولكنّ جمال كان قد اتّخذ قراراً، وهو أن ينهي حياته قبل أن يسيء إلى أي أحد، وخاصة إلى حبيبته وزوجته إلهام. فقد قرّر الموت قبل انتهاء المدة المحددة، وعندها لن يجد أبو يسار المبرر لاغتصاب إلهام، لأنّه- أي جمال- سيكون قد رحل. وهكذا، حشد جمال طاقة هائلة من الحب والتفاني، طاقة تتجاوز البشر، لدرجة أنّه بدأ يتحكم بالعمليات الفيزيولوجية لجسده. فراحت صحّته تتراجع شيئاً فشيئاً، في الوقت الذي كان الطبيب فيه يكافح بكل ما يملك من علم وأدوات ودواء لإيقاف تدهور صحة جمال. وفي الوقت نفسه، كان حازم يجمع إلهام بجمال، لعلها تؤثر فيه وتجعله يتكلم. فكانت تجلس بجانبه وتمسك بيده، ثم تجعل رأسه على حجرها وتمسّد له شعره، من دون أن يتكلمها. كانت تغني له، وتختار ما يحبه من الأغاني. فيما جمال يحلّق في سماء مجهولة للبشر، تتحول فيها الأغنية وصوت إلهام إلى أجنحة تجعله يسافر إلى فضاءات في غاية الجمال.

في كل جلسة، كان يستمد المزيد من هذه الطاقة التي تقهر الأدوية والعلاج المقدم له، وتجعل من جسده خرقة بالية، بينما الروح تسمو وتسمو، وترتفع شيئاً فشيئاً، وتدخل عوالم يجهلها البشر، عوالم وردية اللون، وسليئة بالسعادة؛ هي المنتهى والغاية التي من أجلها وُلد الإنسان. كان القرار قد اتُّخِذ، وتنفيذه جارياً، بينما تقهقر قرار المخابرات يوماً بعد يوم؛ رغم كل إمكانياتها المسخّرة لمحاولة إيقاف المسيرة التي بدأها جمال.

نقل حازم الخبر لأبي يسار، وقــال إنّ جمــال لا تتحسّن صحته، بل على العكس. فتمّ استدعاء أطباء من المشفى ومن جميع الاختصاصات، ولكنهم لم يستطيعوا أن يقفــوا في وجه الإرادة التي امتلكها جمــال؛ فقد تحوّل قرار المــوت والحياة بالنّسبة إليه إلى قرار إراديّ. وكانت آخر كلمات جمال:

– أنا قررت الموت دفاعاً عن الصداقة والقيم الإنسانية.

وهكذا، مات جمال وحده في الزنزانة، وفوّت على أبي يسار فرصة الانتصار، وحمى حبيبته وزوجته من الاغتصاب عندما فاضت روحه، تلك الروح التي سيّجت إلهام وأحاطتها بعنايته وحبه.

وفي جنازته، أصغت إلهام إلى صوت قلبها، إلى صوت جمال وهو يغني لها تلك الأغنية كما فعل في أول لقاء جمعها به:

قيدوا شمعة يا أحبة و نورولي
رمشتين من رمش عين
ويبندهولي
من هنا سكة ملامة
من هنا سكة ندامة
سكتين يلا السلامة
أمشي فين يا ناس قولولي
قيدوا شمعة و نورولي.

✳

كريستيناهامن، تموز/يوليو 2023

306